O LIVRO DA JÂNGAL

HISTÓRIAS DE MOWGLI

Rudyard Kipling

TRADUÇÃO: ALEX MARINS

ILUSTRAÇÕES: FRITZ EICHENBERG,
EDUARDO FEITO, S. TRESILIAN,
PAUL DURAND

Os Objetivos, a Filosofia e a Missão da Editora Martin Claret

O principal Objetivo da MARTIN CLARET é continuar a desenvolver uma grande e poderosa empresa editorial brasileira, para melhor servir a seus leitores.

A Filosofia de trabalho da MARTIN CLARET consiste em criar, inovar, produzir e distribuir, sinergicamente, livros da melhor qualidade editorial e gráfica, para o maior número de leitores e por um preço economicamente acessível.

A Missão da MARTIN CLARET é conscientizar e motivar as pessoas a desenvolver e utilizar o seu pleno potencial espiritual, mental, emocional e social.

A MARTIN CLARET está empenhada em contribuir para a difusão da educação e da cultura, por meio da democratização do livro, usando todos os canais ortodoxos e heterodoxos de comercialização.

A MARTIN CLARET, em sua missão empresarial, acredita na verdadeira função do livro: o livro muda as pessoas.

A MARTIN CLARET, em sua vocação educacional, deseja, por meio do livro, claretizar, otimizar e iluminar a vida das pessoas.

Revolucione-se: leia mais para ser mais!

MARTIN CLARET

COLEÇÃO A OBRA-PRIMA DE CADA AUTOR

O Livro da Jângal

Histórias de Mowgli

Rudyard Kipling

MARTIN CLARET

CRÉDITOS

Título original em inglês: *The Jungle Book* (1894) e
The Second Jungle Book (1895)

IDEALIZAÇÃO E COORDENAÇÃO
Martin Claret

ASSISTENTE EDITORIAL
Rosana Gilioli Citino

CAPA
Ilustração
Cláudio Gianfardoni

MIOLO
Revisão
Heloisa Helena Beraldo
Marcos Ribeiro da Silva

Tradução
Alex Marins

Projeto Gráfico
José Duarte T. de Castro

Direção de Arte
José Duarte T. de Castro

Digitação
Graziella Gatti Leonardo

Editoração Eletrônica
Editora Martin Claret

Fotolitos da Capa
OESP

Papel
Off-Set, 70g/m²

Impressão e Acabamento
Paulus Gráfica

Editora Martin Claret Ltda. – Rua Alegrete, 62 – Bairro Sumaré
CEP: 01254-010 – São Paulo - SP
Tel.: (0xx11) 3672-8144 – Fax: (0xx11) 3673-7146

www.martinclaret.com.br

Agradecemos a todos os nossos amigos e colaboradores — pessoas físicas e jurídicas — que deram as condições para que fosse possível a publicação deste livro.

Este livro foi impresso no inverno de 2005.

Nova edição revisada e ilustrada, com todos os contos do personagem Mowgli contidos no *Livro da Jângal* e *Segundo Livro da Jângal*.

A história do livro e a coleção "A Obra-Prima de Cada Autor"

MARTIN CLARET

Que é o livro? Para fins estatísticos, na década de 1960, a UNESCO considerou o livro "uma publicação impressa, não periódica, que consta de no mínimo 49 páginas, sem contar as capas".

O livro é um produto industrial.

Mas também é mais do que um simples produto. O primeiro conceito que deveríamos reter é o de que o livro como objeto é o veículo, o suporte de uma informação. O livro é uma das mais revolucionárias invenções do homem.

A *Enciclopédia Abril* (1972), publicada pelo editor e empresário Victor Civita, no verbete "livro" traz concisas e importantes informações sobre a história do livro. A seguir, transcrevemos alguns tópicos desse estudo didático sobre o livro.

O livro na Antiguidade

Antes mesmo que o homem pensasse em utilizar determinados materiais para escrever (como, por exemplo, fibras vegetais e tecidos), as bibliotecas da Antiguidade estavam repletas de textos gravados em tabuinhas de barro cozido. Eram os primeiros "livros", depois progressivamente modificados até chegarem a ser feitos — em grandes tiragens — em papel impresso mecanicamente, proporcionando facilidade de leitura e transporte. Com eles, tornou-se possível, em todas as épocas, transmitir fatos, acontecimentos históricos, descobertas, tratados, códigos ou apenas entretenimento.

Como sua fabricação, a função do livro sofreu enormes modificações dentro das mais diversas sociedades, a ponto de constituir uma mercadoria especial, com técnica, intenção e utilização determinadas. No moderno movimento editorial das chamadas sociedades de consumo, o livro pode ser considerado uma mercadoria cultural, com maior ou menor significado no contexto socioeconômico em que é publicado. Enquanto mercadoria, pode ser comprado, vendido ou trocado. Isso não ocorre, porém, com sua função intrínseca, insubstituível: pode-se dizer que o livro é essencialmente um instrumento cultural de difusão de idéias, transmissão de conceitos, documentação (inclusive fotográfica e iconográfica), entretenimento ou ainda de condensação e acumulação do conhecimento. A palavra escrita venceu o tempo, e o livro conquistou o espaço. Teoricamente, toda a humanidade pode ser atingida por textos que difundem idéias que vão de Sócrates e Horácio a Sartre e McLuhan, de Adolf Hitler a Karl Marx.

Espelho da sociedade

A história do livro confunde-se, em muitos aspectos, com a história da humanidade. Sempre que escolhem frases e temas, e transmitem idéias e conceitos, os escritores estão elegendo o que consideram significativo no momento histórico e cultural que vivem. E, assim, fornecem dados para a análise de sua sociedade. O conteúdo de um livro — aceito, discutido ou refutado socialmente — integra a estrutura intelectual dos grupos sociais.

Nos primeiros tempos, o escritor geralmente vivia em contato direto com seu público, que era formado por uns poucos letrados, já cientes das opiniões, idéias, imaginação e teses do autor, pela própria convivência que tinha com ele. Muitas vezes, mesmo antes de ser redigido o texto, as idéias nele contidas já haviam sido intensamente discutidas pelo escritor e parte de seus leitores. Nessa época, como em várias outras, não se pensava na enorme porcentagem de analfabetos. Até o século XV, o livro servia exclusivamente a uma pequena minoria de sábios e estudiosos que constituíam os círculos intelectuais (confinados aos mosteiros durante o começo da Idade Média) e que tinham acesso às bibliotecas, cheias de manuscritos ricamente ilustrados.

Com o reflorescimento comercial europeu, nos fins do século XIV, burgueses e comerciantes passaram a integrar o mercado livreiro da época. A erudição laicizou-se e o número de escritores aumentou, surgindo também as primeiras obras escritas em línguas que não o latim e o grego (reservadas aos textos clássicos e aos assuntos considerados dignos de atenção). Nos séculos XVI e XVII, surgiram diversas literaturas nacionais, demonstrando, além do florescimento intelectual da época, que a população letrada dos países europeus estava mais capacitada a adquirir obras escritas.

Cultura e comércio

Com o desenvolvimento do sistema de impressão de Gutenberg, a Europa conseguiu dinamizar a fabricação de livros, imprimindo, em cinqüenta anos, cerca de 20 milhões de exemplares para uma população de quase 10 milhões de habitantes, cuja maioria era analfabeta. Para a época, isso significou enorme revolução, demonstrando que a imprensa só se tornou uma realidade diante da necessidade social de ler mais.

Impressos em papel, feitos em cadernos costurados e posteriormente encapados, os livros tornaram-se empreendimento cultural e comercial: os editores passaram logo a se preocupar com melhor apresentação e redução de preços. Tudo isso levou à comercialização do livro. E os livreiros baseavam-se no gosto do público para imprimir, principalmente obras religiosas, novelas, coleções de anedotas, manuais técnicos e receitas.

Mas a porcentagem de leitores não cresceu na mesma proporção que a expansão demográfica mundial. Somente com as modificações socioculturais e econômicas do século XIX — quando o livro começou a ser utilizado também como meio de divulgação dessas modificações e o conhecimento passou a significar uma conquista para o homem, que, segundo se acreditava, poderia ascender socialmente se lesse — houve um relativo aumento no número de leitores, sobretudo na França e na Inglaterra, onde alguns editores passaram a produzir obras completas de autores famosos, a preços baixos. O livro era então interpretado como símbolo de liberdade, conseguida por conquistas culturais. Entretanto, na maioria dos países, não houve nenhuma grande modificação nos índices porcentuais até o fim da Primeira Guerra Mundial (1914/18), quando surgiram as primeiras grandes tiragens de um só livro, principalmente romances, novelas e textos didáticos. O número elevado de cópias, além de baratear o preço da unidade, difundiu ainda mais a literatura. Mesmo assim, a maior parte da população de muitos países continuou distanciada, em parte porque o livro, em si, tinha sido durante muitos séculos considerado objeto raro, atingível somente por um pequeno número de eruditos. A grande massa da população mostrou maior receptividade aos jornais, periódicos e folhetins, mais dinâmicos e atualizados, e acessíveis ao poder aquisitivo da grande maioria. Mas isso não chegou a ameaçar o livro como símbolo cultural de difusão de idéias, como fariam, mais tarde, o rádio, o cinema e a televisão.

O advento das técnicas eletrônicas, o aperfeiçoamento dos métodos fotográficos e a pesquisa de materiais praticamente imperecíveis fazem alguns teóricos da comunicação de massa pensarem em um futuro sem os livros tradicionais (com seu formato quadrado ou retangular, composto de folhas de papel, unidas umas às outras por um dos lados). Seu conteúdo e suas mensagens (racionais ou emocionais) seriam transmitidos por outros meios, como por exemplo microfilmes e fitas gravadas.

A televisão transformaria o mundo todo em uma grande "aldeia" (como afirmou Marshall McLuhan), no momento em que todas as sociedades decretassem sua prioridade em relação aos textos escritos. Mas a palavra escrita dificilmente deixaria de ser considerada uma das mais importantes heranças culturais, entre todos os povos.

Através de toda a sua evolução, o livro sempre pôde ser visto como objeto cultural (manuseável, com forma entendida e interpretada em função de valores plásticos) e símbolo cultural (dotado de conteúdo, entendido e interpretado em função de valores semânticos). As duas maneiras podem fundir-se no pensamento coletivo, como um conjunto orgânico (onde texto e arte se completam, como, por exemplo, em um livro de arte) ou apenas como um conjunto textual (onde a mensagem escrita vem em primeiro lugar — em um livro de matemática, por exemplo).

A mensagem (racional, prática ou emocional) de um livro é sempre intelectual e pode ser revivida a cada momento. O conteúdo, estático em si, dinamiza-se em função da assimilação das palavras pelo leitor, que pode discuti-las, reafirmá-las, negá-las ou transformá-las. Por isso, o livro pode ser considerado instrumento cultural capaz de libertar informação, sons, imagens, sentimentos e idéias através do tempo e do espaço. A quantidade e a qualidade de idéias colocadas em um texto podem ser aceitas por uma sociedade, ou por ela negadas, quando entram em choque com conceitos ou normas culturalmente admitidos.

Nas sociedades modernas, em que a classe média tende a considerar o livro como sinal de *status* e cultura (erudição), os compradores utilizam-no como símbolo mesmo, desvirtuando suas funções ao transformá-lo em livro-objeto. Mas o livro é, antes de tudo, funcional — seu conteúdo é que lhe dá valor (como os livros de ciências, filosofia, religião, artes, história e geografia, que representam cerca de 75% dos títulos publicados anualmente em todo o mundo).

O mundo lê mais

No século XX, o consumo e a produção de livros aumentaram progressivamente. Lançado logo após a Segunda Guerra Mundial (1939/45), quando uma das características principais da edição de um livro eram as capas entreteladas ou cartonadas, o livro de bolso constituiu um grande êxito comercial. As obras — sobretudo *best sellers* publicados algum tempo antes em edições de luxo — passaram a ser impressas em rotativas, como as revistas, e distribuídas às bancas de jornal. Como as tiragens elevadas permitiam preços muito baixos, essas edições de bolso popularizaram-se e ganharam importância em todo o mundo.

Até 1950, existiam somente livros de bolso destinados a pessoas de baixo poder aquisitivo; a partir de 1955, desenvolveu-se a categoria do livro de bolso "de luxo". As características principais destes últimos eram a abundância de coleções — em 1964 havia mais de duzentas, nos Estados Unidos — e a variedade de títulos, endereçados a um público intelectualmente mais refinado. A essa diversificação das categorias adiciona-se a dos pontos-de-venda, que passaram a abranger, além das bancas de jornal, farmácias, lojas, livrarias, etc. Assim, nos Estados Unidos, o número de títulos publicados em edições de bolso chegou a 35 mil em 1969, representando quase 35% do total dos títulos editados.

Proposta da coleção
"A Obra-Prima de Cada Autor"

"Coleção" é uma palavra há muito tempo dicionarizada e define o conjunto ou reunião de objetos da mesma natureza ou que têm alguma relação entre si. Em um sentido editorial, significa o conjunto não-limitado de obras de autores diversos, publicado por uma mesma editora, sob um título geral indicativo de assunto ou área, para atendimento de segmentos definidos do mercado.

A coleção "A Obra-Prima de Cada Autor" corresponde plenamente à definição acima mencionada. Nosso principal objetivo é oferecer, em formato de bolso, a obra mais importante de cada autor, satisfazendo o leitor que procura qualidade.*

Desde os tempos mais remotos existiram coleções de livros. Em Nínive, em Pérgamo e na Anatólia existiam coleções de obras literárias de grande importância cultural. Mas nenhuma delas superou a célebre biblioteca de Alexandria, incendiada em 48 a.C. pelas legiões de Júlio César, quando estes arrasaram a cidade.

A coleção "A Obra-Prima de Cada Autor" é uma série de livros a ser composta por mais de 400 volumes, em formato de bolso, com preço altamente competitivo, e pode ser encontrada em centenas de pontos-de-venda. O critério de seleção dos títulos foi o já estabelecido pela tradição e pela crítica especializada. Em sua maioria, são obras de ficção e filosofia, embora possa haver textos sobre religião, poesia, política, psicologia e obras de auto-ajuda. Inauguram a coleção quatro textos clássicos: *Dom Casmurro*, de Machado de Assis; *O Príncipe*, de Maquiavel; *Mensagem*, de Fernando Pessoa e *O Lobo do Mar*, de Jack London.

Nossa proposta é fazer uma coleção quantitativamente aberta. A periodicidade é mensal. Editorialmente, sentimo-nos orgulhosos de poder oferecer a coleção "A Obra-Prima de Cada Autor" aos leitores brasileiros. Nós acreditamos na função do livro.

---

* Atendendo a sugestões de leitores, livreiros e professores, a partir de certo número da coleção, começamos a publicar, de alguns autores, outras obras além da sua obra-prima.

À guisa de prefácio

LUIZ CARLOS GABRIEL*

Entre as muitas tarefas difíceis nas quais me envolvi ao longo dos meus 65 anos, posso considerar esta, a de escrever algumas linhas como abertura em uma obra de Rudyard Kipling, uma das mais marcantes. Um dos maiores escritores do fim do século XIX e primeiro quartel do século XX, primeiro Prêmio Nobel de Literatura inglês, jornalista, correspondente de guerra, poeta, ensaísta, ficcionista como poucos, Kipling foi de felicidade ímpar ao escrever *O Livro da Jângal* ou *História de Mowgli*.

Comemoram-se, neste ano de 2005, cento e onze anos da publicação da primeira edição do *Livro da Jângal*. É um dos livros mais traduzidos do mundo e conta as sagas do menino criado por uma família de lobos, o menino-lobo Mowgli. A princípio as aventuras de Mowgli foram publicadas, junto a outros contos, no *Livro da Jângal*, em 1894. Em 1896, Kipling publicou *O Segundo Livro da Jângal*, o qual tinha, dentre outras, novas aventuras de Mowgli. Anos mais tarde, retomando a história do menino-lobo, Kipling escreveu o conto "In the Rukh", traduzido, na presente edição, como "O guarda-parques". Esse conto pouco conhecido faz parte

* Luiz Carlos Gabriel participa do movimento escoteiro desde 1947. É professor, jornalista, graduado em Gestão de Recursos Humanos e pós-graduado em Psico-Pedagogia. (N. do E.)

do livro *Many Inventions* e também foi publicado em algumas edições do *Homem que queria ser rei.* "O guarda-parques" — último conto que figura na presente edição — é uma história muito interessante em que Mowgli, já crescido, começa a se inserir na Alcatéia dos Homens.

Essas histórias, inspiradas na infância do autor passada na Índia e descritas com grande precisão, contêm todos os ingredientes necessários para não só aguçar a curiosidade do leitor, mas também para que ele sinta que faz parte delas. "Quais são esses ingredientes?" — você me pergunta. Mistério, aventura, descobertas, amizade, lealdade, solidariedade, sabedoria, destreza, amor. Em cada história narrada e em cada personagem descrito podemos identificar situações pelas quais já passamos ou características de pessoas próximas ou que já cruzaram nossa vida.

Não foi por acaso que o genial educador e criador do escotismo, Baden-Powell, usou o tema do *Livro da Jângal* como base ao Lobismo. Para criar um fundo fantasioso aos lobinhos, cada garoto se torna um Mowgli e os adultos "se apropriam" de nomes dos personagens do livro como, por exemplo, Bagheera, a astuta pantera negra; Baloo, o mestre urso; Akela, o hábil chefe da Alcatéia de Seeonee; Kaa, a sábia velha serpente. A excelência do programa e metodologia desenvolvidos pode ser medida pela presença do escotismo, em especial dos lobinhos, em mais de 200 países, com mais de 20 milhões de participantes.

Se ler é um prazer e ler Kipling é uma emoção, ler *O Livro da Jângal* é aprender a ser mais humano; é entender como são as inter-relações dos homens com as lições dadas pela natureza e pelos habitantes da jângal; e, sobretudo, é entender o significado da palavra "somos do mesmo sangue, tu e eu". Boa caçada a todos!

MAPA DA JÂNGAL

Luiz Carlos Gabriel

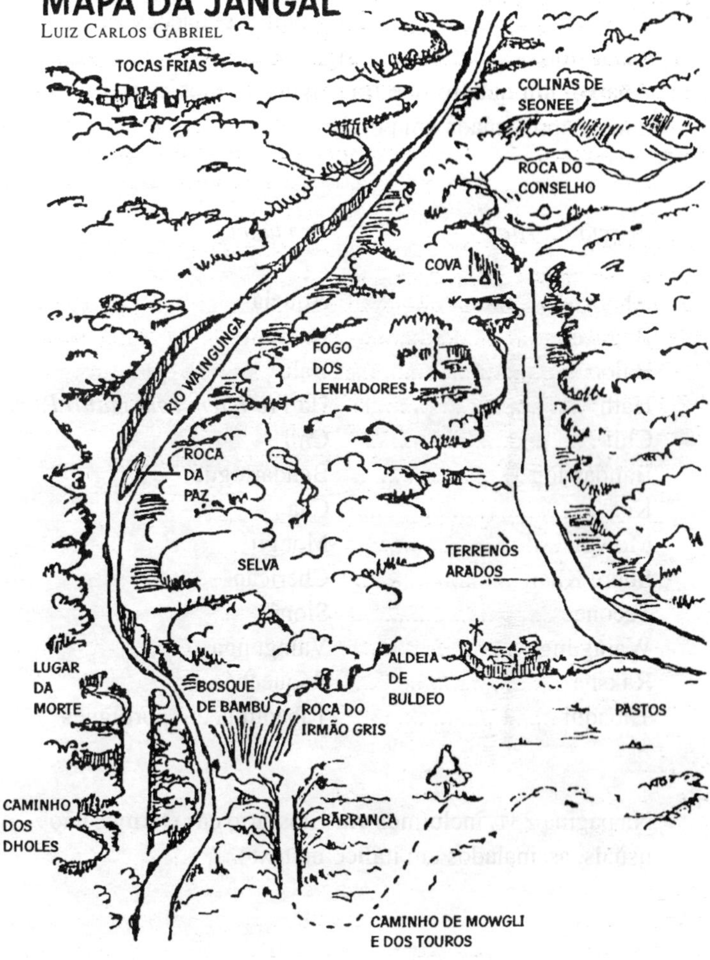

Os nomes de locais, animais e outras situações citados nas histórias são todos de origem indiana.
Abaixo, um quadro que traz alguns termos com a pronúncia aproximada em português:

Forma escrita	*Pronúncia*
Akela	Aquelá
Bagheera	Baguira
Baloo	Balu
Hathi	Háti (*o h tem som gutural*)
Chil	Chil
Bandar-log	Bandarlogue
Kaa	Cáa
Mowgli	Mougli
Shere Khan	Cherican
Seeonee	Sioní
Waingunga	Vaingunga
Raksha	Ráquechá
Tabaqui	Tabáquida em português:

Na página 231, incluímos um Glossário com termos não usuais, assinalados em itálico no texto.

O Livro da Jângal

HISTÓRIAS DE MOWGLI

Paul Durand

Fritz Eichenberg

Os irmãos de Mowgli

O Abutre Chil conduz a noite incerta
Que o morcego Mang ora liberta —
É esta a hora em que adormece o gado,
Pelo *aprisco* fechado.
É esta a hora do orgulho e da força,
Unha ferina e aguda garra.
Ouve-se o grito: Boa caçada àquele
Que à lei da Jângal se agarra.

Canto noturno na Jângal

Nos montes de Seeonee, ali pelas sete horas daquele dia tão quente, Pai Lobo despertava do seu longo sono, espreguiçava-se, bocejava e estirava as pernas para espantar a lombeira entorpecente. Deitada ao seu lado, com o focinho entre os quatro filhotes do casal, Mãe Loba tinha os olhos fixos na lua que, naquele momento, aparecia na boca da caverna.

— Ogreh! É tempo de sair de novo à caça — murmurou Pai Lobo, e já ia deixando a caverna quando um vulto de cauda peluda assomou à entrada.

— Boa sorte para todos, ó Chefe dos Lobos! — exclamou o vulto. — E também boa sorte e rijos dentes para esta nobre ninhada, a fim de que jamais padeçam fome no mundo.

Era o chacal Tabaqui, o Lambe-Pratos, que os lobos da Índia desprezavam por lhes viver à *ilharga*, a fazer pequenas maldades e a contar rodelas, quando não anda a fossar o *monturo* das aldeias para roer pedaços de couro. Mas, se o desprezavam, também o temiam, porque era chacal e os chacais facilmente ficam loucos e então esquecem o respeito devido aos mais fortes e percorrem a

Jângal[1] mordendo quanto animal encontram. Até o tigre foge ou esconde-se, quando vê um pequeno tabaqui louco, sendo, como é, a loucura a coisa mais desagradável que existe para um habitante da Jângal. Os sábios chamam a isso hidrofobia; os animais dizem simplesmente *dewanee* — loucura.

— Entra — disse-lhe Pai Lobo —, mas desde já te digo que não há nada de comer aqui.

— Não haverá para um lobo — respondeu Tabaqui. — Para criatura mesquinha como eu, um osso velho vale por banquete. Quem somos nós, os Gidur-log (raça dos chacais), para escolher?

E, isto dizendo, dirigiu-se, guiado pelo faro, a um canto da caverna onde via uns ossos de gamo com uma pouca de carne, que se pôs a roer alegremente.

— Muito obrigado por este delicioso petisco — disse Tabaqui sem interromper o serviço, lambendo os beiços. E depois: — Que lindos filhos os teus, Pai Lobo! Olhos assim tão grandes jamais vi. Não negam serem filhos de rei.

Tabaqui sabia muito bem que é imprudente elogiar crianças na presença delas e se daquele modo elogiava os filhotes do lobo, fazia-o apenas para ver o mal-estar causado aos pais. Assim, sempre roendo o seu osso, sentou-se sobre as patas traseiras e ficou um instante calado, a gozar da maldadezinha; depois disse com malignidade:

— Shere Khan, o Turuna, mudou seu campo de caça. Vai agora prear por estes montes, conforme me informou.

Shere Khan era o tigre que morava às margens do Waingunga, a cinco léguas dali.

— Shere Khan não tem o direito de fazer isso! — protestou Pai Lobo irritado. — Pela Lei da Jângal, não tem o direito de mudar de campo sem prevenir os moradores. A presença aqui de Shere Khan vai aterrorizar a caça num raio de dez milhas, e eu... e eu tenho de caçar por dois, nestes tempos que correm.

— Não é à toa que a mãe de Shere Khan lhe chama Lungri (o aleijado) — disse Mãe Loba. — Ficou manco duma pata logo que

---

[1] *Jângal*, em hindustani, derivado do sânscrito *jangala*, deserto, significa deserto, floresta, mata virgem. Dele tiraram os ingleses a palavra *jungle* como sentido geral de mata virgem tropical, sobretudo quando apresenta os característicos das florestas que recobrem as terras baixas da Índia (Webster). A pronúncia tanto em inglês como em hindustani é a mesma — "jângal".

nasceu; por isso só se alimenta de gado. Agora, como os habitantes humanos do Waingunga andam furiosos com ele, o estúpido pensa em mudar-se para aqui a fim de também enfurecer os homens desta zona. Vão eles limpar a floresta quando Shere Khan estiver ausente, e nós e nossos filhotes seremos forçados a correr muito quando a *macega* estiver batida. Bastante gratos devemos todos ficar, não resta dúvida, ao tal Shere Khan!

— Posso contar a ele da tua gratidão? — perguntou com ironia o chacal.

— Fora daqui! — berrou Pai Lobo enfurecido com a impertinência. — Vai caçar com teu mestre, que já nos aborreceste bastante por hoje.

— Vou, sim — respondeu Tabaqui muito calmo. — Já estou ouvindo o rumor de seus passos por entre os arbustos.

Pai Lobo espichou as orelhas. De fato distinguiu, vindo do vale por onde corria um riacho, o bufo colérico de um tigre que nada caçara e não fazia empenho de que toda a Jângal soubesse disso.

— Doido! — exclamou Pai Lobo. — Começar sua caçada noturna bufando dessa maneira... Pensa acaso que os cabritos monteses desta zona são os bezerros gordos do Waingunga?

— Ele não está caçando cabrito nem bezerro — advertiu Mãe Loba. — Está caçando homem...

Os bufos haviam mudado para uma espécie de rosnar sem direção. Esse rosnar sem direção, que parece vir dos quatro pontos cardeais, desorienta os lenhadores e ciganos que dormem ao relento, fazendo-os, às vezes, correr justamente para as goelas do tigre.

— Caçando homem! — repetiu Pai Lobo com os dentes arreganhados. — Não tem esse tigre bastantes rãs nos charcos para assim meter-se a comer gente, e logo em nossos domínios?

A Lei da Jângal, que nada prescreve sem razões, proíbe a todos os animais que comam homens, exceto quando algum deles está matando para ensinar os filhos como se mata. O motivo disto é que, quando comem um homem, cedo ou tarde aparecem no lugar homens brancos montados em elefantes e rodeados de centenas de homens pardos com archotes e gongos — e então a floresta inteira sofre. Mas a desculpa que os animais apresentam para que o homem seja respeitado, é que constitui ele a mais fraca e indefesa de todas as criaturas, sendo, portanto, covardia atacá-lo. Dizem também — e é verdade — que os comedores de homens se tornam sarnentos e perdem os dentes.

O rosnar do tigre crescia de tom, terminando afinal por um urro — *Aaarh!* —, sinal de bote. Em seguida, um uivo de desapontamento.

— Errou o pulo — disse Mãe Loba. — Que terá acontecido?

Pai Lobo correu para fora e logo parou, a fim de ouvir melhor os uivos ferozes de Shere Khan, que uivava como se houvesse caído em mundéu.

— O doido atirou-se a uma fogueira de lenhadores e queimou as patas — disse Pai Lobo. — E Tabaqui está com ele — completou depois, adivinhando de longe o que se passava.

— Algo se aproxima — pressentiu de súbito Mãe Loba torcendo uma orelha. — Atenção!

Também ouvindo rumor na folhagem, Pai Lobo ficou de pulo armado para o que desse e viesse. Aconteceu, então, uma coisa linda: um pulo que se deteve a meio caminho. Porque o lobo iniciara o pulo antes de saber do que se tratava e, já no ar, vendo o que era, recolheu o resto do pulo, voltando à posição anterior.

— Homem! — exclamou ele. — Um filhote de homem!

Bem defronte, de pé, apoiado a um galhinho baixo, havia surgido um menino nu, de pele morena, que mal começava a andar — uma isca de gente como jamais aparecera outra em nenhuma caverna de fera. O menino olhava para Pai Lobo, a sorrir.

— Filhote de homem? — repetiu de longe Mãe Loba. — Jamais vi um. Traze-o cá.

Acostumados a lidar com as suas próprias crias, os lobos sabem conduzir um ovo na boca sem o quebrar; por isso pôde Pai Lobo trazer o pequeno suspenso pelo congote e depô-lo no meio da sua ninhada sem lhe causar o menor arranhão.

— Que pequenino! Como está nu e que valente é! — exclamou Mãe Loba com ternura, enquanto a criança se ajeitava entre os lobinhos, para melhor aquecer-se. — Ai! — continuou a loba. — Está comendo a comida dos nossos filhos, e é um filhote de homem... Será que já houve família de lobos que pudesse gabar-se de ver um filhote de homem misturado à sua ninhada?

— Já ouvi falar de coisa assim — disse Pai Lobo —, mas não em nosso bando, nem em tempo de minha vida. Está completamente sem cabelos e morreria com um tapinha meu. Mas, veja! Olha-nos sem medo nenhum...

Nisto a caverna escureceu: a cabeça quadrada de Shere Khan obstruía-lhe a entrada. Atrás do tigre, vinha Tabaqui dizendo:

— Meu senhor, meu senhor, ele meteu-se por aqui.

— *Shere Khan* nos faz grande honra — disse Pai Lobo amavelmente, à guisa de saudação ao tigre, embora o ódio dos seus olhos desmentisse a gentileza das palavras. — Que deseja, Shere Khan?

— Quero a minha caça: um filhote de homem que entrou nesta cova — respondeu o tigre. — Seus pais fugiram. Entregai-mo.

Shere Khan lançara-se contra um acampamento de lenhadores, exatamente como o lobo havia previsto, e estava agora furioso com a dor das queimaduras. Queria vingar-se no menino que conseguira escapar. Mas Pai Lobo sabia que a entrada da caverna era estreita demais para dar passagem a um tigre e que, portanto, a cólera daquele não oferecia perigo nenhum. Em vista disso respondeu:

— Os lobos são um povo livre. Recebem ordens unicamente do seu chefe e jamais de nenhum comedor de bezerros. O filhote de homem é nosso: para o matarmos, se quisermos.

— Se quisermos! — repetiu com sarcasmo o tigre. — Quem fala aqui em querer? Pelo touro que matei, não posso ficar nesta caverna de cães à disposição de tais quereres. Sou eu, Shere Khan, quem fala, ouviste?

E o rugido do tigre encheu a caverna, qual um trovão. Mãe Loba achegou-se dos seus filhotes, fixando nos olhos flamejantes do tigre os seus olhos vivos como duas luzezinhas verdes.

— Quem responde agora sou eu — disse ela. — Eu, Raksha, a Demônia. O filhote de homem é nosso, Lungri, só nosso! Não será morto por ti. Viverá, para correr pelos campos com o nosso bando e com ele caçar; e, por fim, presta bastante atenção, ó caçador de crianças, ó comedor de rãs e peixe, e, por fim, te caçará a ti, um dia! Vai-te, agora! Pelo Sambhur que matei (porque não caço bezerros gordos), vai para tua mãe, ó tigre chamuscado e mais manco do que nunca! Vai-te!

Pai Lobo olhou-a assombrado. Já era vaga a sua lembrança do dia em que conquistara aquela companheira em luta feroz com cinco rivais — no tempo em que a loba vagueava solteira no bando e ainda não recebera o nome de guerra que possuía agora, Raksha, a Demônia.

Shere Khan tinha podido sustentar o olhar do lobo pai, mas não pudera sofrer o olhar da loba mãe, firme da sua posição e pronta a bater-se em luta de morte. Shere Khan retirou da abertura da caverna a cabeçorra quadrada, para depois de uns bufos de cólera urrar:

— Os cães sabem ladrar de dentro dos canis! Havemos de ver o que pensa a Alcatéia disso de abrigar e defender filhotes de homens. Esse bichinho é meu e nos meus dentes será triturado, ó cambada de ladrões de rabo de espanador!

O tigre retirou-se a bufar e a loba voltou ofegante para o meio da sua ninhada. O lobo disse então gravemente:

— Shere Khan está com o direito neste ponto. O filhote de homem tem de ser apresentado à Alcatéia para que os lobos decidam da sua sorte. Queres conservá-lo contigo?

— Sim — respondeu de pronto a loba. — Ele veio nuzinho, de noite, só e faminto. Apesar disso, não mostrou o menor medo. Olha! Lá está puxando um dos nosso filhotes... E pensar que por um triz aquele carniceiro aleijado não o matou aqui em nossa presença, para depois, muito fresco, escapar-se do Waingunga enquanto os camponeses fizessem *razia* em nossas terras! Conservá-lo comigo? Pois decerto! — E voltando-se para a criança nua: — Dorme sossegada, pequenina rã. Dorme, Mowgli, pois assim te chamarei doravante, Mowgli, a Rã. Dorme que tempo há de vir em que caçarás Shere Khan, como te quis ele caçar inda há pouco.

— Mas que dirá à Alcatéia? — indagou Pai Lobo apreensivo.

A Lei da Jângal permite que cada lobo deixe a Alcatéia logo que se case. Mas assim que seus filhotes desmamam, os pais têm de levá-los ao Conselho, geralmente reunido uma vez por mês durante a lua cheia, para que os outros os fiquem conhecendo e os possam identificar. Depois dessa apresentação, os lobinhos entram a viver livremente, podendo andar por onde quiserem. E até que hajam caçado o primeiro gamo, nenhum lobo adulto tem o direito de matar um deles, por qualquer motivo que seja. A pena contra esse crime consiste na morte do criminoso. Assim é, e assim deve ser.

Pai Lobo esperou que seus filhotes desmamassem e, então, em uma noite de assembléia, dirigiu-se com Mãe Loba, Mowgli e seus filhotes para o ponto marcado: a Roca do Conselho, um pedregoso alto de montanha onde cem lobos poderiam ajuntar-se. Akela, o Lobo Solitário, que chefiava o bando graças à sua força e astúcia, já lá estava, sentado na sua pedra, tendo pela frente, também sentados sobre as patas traseiras, quarenta ou mais lobos, de todos os pêlos e tamanhos, desde veteranos ruços que podem sozinhos carregar um gamo nos dentes, até jovens de três anos que *julgam* poder fazer o mesmo. O Solitário os chefiava ia fazer um ano. Por duas vezes caíra em *mundéu*, quando mais jovem, e em uma delas viu-se batido a ponto de ficar por terra, como morto. Em virtude disso, tinha experiência da malícia dos homens, suas táticas e jeitos.

Houve pouca discussão na assembléia. Os filhotes, que vieram para ser apresentados, permaneciam no meio do bando, ao lado de seus pais. De vez em vez um veterano chegava-se até eles, examinava-os cuidadosamente e retirava-se. Ou então uma das mães empurrava o pequeno para um ponto onde pudesse ficar bem visível, de modo que não escapasse às vistas de toda a Alcatéia. Do seu rochedo, Akela dizia:

— Vós conheceis a Lei. Olhai bem, portanto, ó Lobos, para que mais tarde não haja enganos.

E as mães, sempre ansiosas pela segurança dos filhos, repetiam:

— Olhai bem, ó Lobos. Olhai bem.

Por fim, chegou a vez de Mãe Loba sentir-se aflita. Pai Lobo empurrava Mowgli, a Rã, para o centro da roda, onde o filhotinho de homem se sentou, sorridente, a brincar com uns pedregulhos que brilhavam ao luar.

Sem erguer a cabeça de entre as patas, prosseguia Akela no aviso monótono do *Olhai bem, ó Lobos*, quando ressoou perto o rugido de Shere Khan:

— Esse filhote de homem é meu! Entregai-mo! Que tem o Povo Livre com um filhote de homem? — urrava ele.

Akela, sempre impassível, nem sequer pestanejou. Apenas ampliou o aviso:

— Olhai bem, ó Lobos. O Povo Livre nada tem que ver com as opiniões dos que não pertencem à sua *grei*. Olhai, olhai bem.

Ouviu-se um coro de uivos profundos, do meio do qual se destacou, pela boca de um lobo de quatro anos, que achara justa a reclamação do tigre, esta pergunta:

— Sim, que tem a ver o Povo Livre com um filhote de homem?

A Lei da Jângal manda que, em casos de dúvida quanto ao direito de algum ser admitido pela Alcatéia, seja esse direito defendido por dois membros do bando que não seus pais.

— Quem se apresenta para defender este filhote? — gritou Akela. — Quem, no Povo Livre, fala por ele?

Não houve resposta e Mãe Loba preparou-se para luta de morte, caso o incidente tivesse desfecho contrário ao que o seu coração pedia.

A única voz, sem ser de lobo, permitida no Conselho, era a de

FRITZ EICHENBERG

Baloo, o sonolento urso pardo que ensinava aos lobinhos a Lei da Jângal; o velho Baloo que podia andar por onde lhe aprouvesse porque só se alimentava de nozes, raízes e mel, além de que sabia pôr-se de pé sobre as patas traseiras e grunhir.

— Quem fala pelo filhote de homem? Eu. Eu me declaro por ele. Não vejo mal nenhum em que viva entre nós. Embora não possua eloqüência, estou dizendo a verdade. Deixai-o viver livre na Alcatéia como irmão dos demais. Baloo lhe ensinará as leis da nossa vida.

— Outra voz que se levante — disse Akela. — Baloo já falou,

FRITZ EICHENBERG

Baloo, o mestre dos lobinhos. Quem fala pelo filhote além de Baloo?

Uma sombra projetou-se no círculo formado pelos lobos, a sombra de Bagheera, a Pantera Negra, realmente cor de ébano, com vivos reflexos de luz na sua pelagem de seda. Todos a conheciam e ninguém atravessava seu caminho. Bagheera era tão astuta como Tabaqui, tão intrépida como o búfalo, e tão incansável como o elefante ferido. Tinha, entretanto, a voz doce como o mel que escorre de um galho e a pele mais macia do que o veludo.

— Ó, Akela e demais membros do Povo Livre! Direito não tenho de falar nesta assembléia, mas a Lei da Jângal diz que, se há dúvida quanto a um novo filhote, pode a vida dele ser comprada por um certo preço. A Lei, entretanto, não declara quem pode ou quem não pode pagar esse preço. Estou certa?

— Sim, sim! — gritaram os lobos mais moços, eternamente esfaimados. — Ouçamos Bagheera. O filhote de homem pode ser comprado por um certo preço. É da Lei.

— Bem — disse a pantera. — Já que não me autorizais a falar, peço licença para isso.

— Fala! Fala! — gritaram trinta vozes.

— Matar um filhotinho de homem constitui pura vergonha, além de que ele pode ser muito útil a todos nós quando crescer. Em vista disso, junto-me a Baloo e ofereço o touro gordo que acabo de matar a menos de milha daqui como preço de o receberdes na Alcatéia, de acordo com a Lei. Aceitais a minha proposta?

Houve um clamor de dezenas de vozes que gritaram:

— Não vemos mal nisso. De qualquer maneira, ele morrerá na próxima estação de chuvas ou será queimado pelo sol. Que dano nos pode fazer a vida dessa rãzinha nua? Que fique na Alcatéia. Onde está o touro gordo, Bagheera? Aceitamos tua proposta.

Cessada a grita, ressoou a voz grave de Akela:

— Olhai bem, ó Lobos.

Mowgli continuava profundamente absorvido com os seus pedregulhos, sem dar nenhuma atenção aos que dele se achegavam para vê-lo bem de perto. Por fim, todos se dirigiram para onde estava o touro gordo, ficando ali apenas Akela, Bagheera, Baloo e o casal de tutores do menino.

Shere Khan urrava de despeito por ter perdido a presa cobiçada.

— Urra, urra! — rosnou Bagheera entre dentes. — Urra, que tempo virá em que esta coisinha nua te fará urrar noutro tom; não fosse um filhote de homem...

— Está tudo bem — disse Akela. — O homem e seus filhotes são espertos. Poderá este vir a ser de muita vantagem para nós um dia.

— Certamente, porque não podemos, eu e tu, ter a pretensão de chefiar o bando toda a vida — ajuntou Bagheera.

Akela calou-se. Estava a pensar no tempo em que os chefes de Alcatéia entram a sentir o peso dos anos. A força dos músculos vai em declínio até que outro surge, o mata e fica o novo chefe — para decair também a seu tempo.

— Leva-o — disse Akela a Pai Lobo —, e trata de bem educá-lo para que seja útil ao Povo Livre.

Eis como entrou Mowgli para a Alcatéia: à custa de um touro gordo e por iniciativa das palavras de Baloo.

Pulemos agora dez anos de descrição da vida Mowgli entre os lobos, coisa que daria matéria para todo um volume. Digamos apenas que ali cresceu entre os lobinhos, embora todos ficassem adultos antes que Mowgli deixasse de ser criança. Pai Lobo ensinou-lhe a vida e a significação das coisas da Jângal em todas as suas *minudências*. Os menores rumores nas ervas, o movimento das brisas, as notas do canto da coruja, cada arranhadura que a garra dos morcegos deixa na casca das árvores onde se penduram por um momento, a lambada n'água de cada peixinho ao dar pulos na superfície — tudo significa muito para os animais da floresta.

Quando Mowgli não estava aprendendo, sentava-se ao sol para dormir. Depois comia, e depois de comer punha-se a dormir de novo. Quando se sentia sujo, ou encalorado, banhava-se nas lagoas da Jângal, e quando queria mel (Baloo lhe ensinara que mel e nozes constituem alimentos tão bons quanto a carne) trepava às árvores para colhê-lo nas colmeias. Com Bagheera aprendera a trepar em árvores. A pantera costumava saltar sobre um galho e dizer-lhe: "Venha, Irmãozinho!" A princípio, Mowgli trepava qual o bicho-preguiça; por fim, adquiriu a rapidez e destreza dos velhos macacos. Um dia começou a ter o seu lugar no Conselho. Sentava-se entre os lobos e brincava de encará-los a fito, até que baixassem os olhos. Freqüentemente tirava espinhos das patas de seus irmãos lobos. Também costumava descer o morro durante a noite, para aproximar-se das aldeias e espiar os homens. Adquirira, entretanto, uma grande desconfiança dos homens desde que Bagheera lhe mostrou um mundéu feito em certo ponto da floresta, habilmente oculto por folhas secas. O que mais agradava a Mowgli era ir com Bagheera aos espessos da Jângal para lá dormir enquanto a pantera caçava. Bagheera ensinou-lhe a caçar, como caçar e o que caçar. Aos touros, por exemplo, tinha de respeitar, porque devera sua entrada na Alcatéia à vida de um touro.

— Toda a Jângal é tua — disse-lhe Bagheera — e tens o direito de matar sempre que te sentires bastante forte para isso; mas, por amor ao touro ao qual deves a vida, tens que poupar o gado, seja velho ou novo. Esta é a Lei da Jângal.

Mowgli, que sempre a ouvia respeitosamente, jamais deixou de seguir aqueles mandamentos.

E assim cresceu, e cresceu forte como todas as criaturas que não sabem que estão aprendendo as lições da vida e nada mais têm a fazer no mundo além de comer.

Mãe Loba disse-lhe certa vez que Shere Khan não era criatura em quem se confiasse, e que ele estava predestinado a matar Shere Khan. Um lobinho novo que isto ouvisse o guardaria na memória para o resto da vida. Mowgli, porém, embora se considerasse lobo, era homem e breve o esqueceu.

Shere Khan andava sempre a atravessar-se em seu caminho. À medida que Akela envelhecia e se tornava mais fraco, o tigre mais e mais se achegava dos jovens lobos, que o seguiam na caça para pegar lambujem — coisa que o Lobo Solitário jamais autorizaria, se ainda pudesse manter a sua autoridade dos bons tempos. Por isso Shere Khan costumava elogiá-los, admirando-se de que lobos moços e fortes se sujeitassem à chefia de um lobo decrépito, assistido de um filhote de homem.

— Dizem por aí — intrigava ele — que nas reuniões do Conselho nenhum de vós ousa sustentar o olhar desse menino — e, ao ser recordado isto, todos os lobos rosnavam coléricos.

Bagheera, cujos olhos e ouvidos andavam por toda a parte, soube da intriga e por várias vezes avisou Mowgli de que Shere Khan tencionava matá-lo. Mowgli ria-se, respondendo:

— Tenho por mim a Alcatéia, e tenho também a ti. E tenho ainda a Baloo, que, apesar de preguiçoso, dará bons tapas em minha defesa. Por que, pois, recear Shere Khan?

Certa tarde muito quente, Bagheera veio com uma nova idéia que talvez Ikki, o Porco-Espinho, lhe houvesse sugerido. Estavam no mais espesso da floresta, Mowgli deitado com a cabeça em repouso sobre o pêlo macio da pantera.

— Mowgli — disse Bagheera —, quantas vezes já te disse que Shere Khan é teu inimigo?

— Tantas quantos cocos há naquela palmeira — respondeu o menino, que ainda não sabia contar. — Mas que tem isso, Bagheera? Estou com sono, sabes? Shere Khan não me interessa mais do que Mao, o Pavão.

— Não é tempo de dormir — replicou a pantera. — Baloo sabe disso. A Alcatéia sabe disso. Os veados, louquinhos que são, sabem disso. E até Tabaqui já te avisou.

— Ora, ora! — exclamou Mowgli com desprezo. — Tabaqui veio-se a mim, não faz muito tempo, com certas impertinências: que eu era filhote de homem e outras. Agarrei-o pela cauda e malhei-o duas vezes de encontro a um coqueiro, para ensiná-lo a ser menos atrevido.

— Foi imprudência porque, embora Tabaqui seja um malfeitor mesquinho, ter-te-ias posto ao corrente de algo proveitoso para ti. Abre os olhos, Irmãozinho. Shere Khan não ousa matar-te aqui na Jângal; mas não te esqueças de que Akela envelhece e breve chegará o dia em que não mais poderá ele abater um gamo. Estará, então, no fim da sua longa chefia. Muitos dos lobos aos quais foste apresentado no Conselho também estão velhos, e a geração nova pensa pela cabeça de Shere Khan. Todos admitem, com o tigre, que não há lugar na Alcatéia para filhotes de homem. E dentro em pouco serás mais que isso... serás homem...

— E que é ser homem? Não poderá um homem viver com seus irmãos lobos na Alcatéia? — replicou o menino. — Sou da Jângal, tenho obedecido à Lei da Jângal, e não existe no bando um só lobo ao qual eu não haja tirado espinhos das patas. Tenho a certeza de que todos me têm como irmão.

Bagheera espreguiçou-se com os olhos semicerrados.

— Irmãozinho — disse ela —, apalpa o meu pescoço.

Mowgli o fez, e na sedosa pele do pescoço de Bagheera descobriu um ponto pelado e caloso.

— Ninguém na Jângal sabe que tenho esta marca... esta marca de coleira. Sim, meu caro Irmãozinho, nasci entre homens e foi entre homens que minha mãe morreu, nas jaulas do Palácio do Rei de Odeypore. Por esse motivo é que te salvei na reunião do Conselho, quando não passavas de criancinha nua. Sim, por isso, por ter nascido também entre homens! Anos vivi sem conhecer a Jângal. Era alimentada através de barras de ferro, e assim até o dia em que me senti plenamente Bagheera, a Pantera, não mais brinquedo de ninguém. Quebrei os ferrolhos da jaula com um tapa. E justamente porque aprendi muito com os homens é que me tornei mais temível na Jângal do que o próprio Shere Khan. Não está certo?

— Perfeitamente — respondeu Mowgli. — Todos na floresta temem Bagheera. Todos... exceto Mowgli!

— Oh, tu és um filhote de homem — respondeu Bagheera com ternura. — E, assim como retornei à Jângal, retornarás um dia para os homens; para teus irmãos, caso não sejas morto no Conselho.

— Por quê? Por que quererá alguém matar-me aqui? — interpelou o menino.

— Olha para mim — respondeu Bagheera, e Mowgli olhou-a

firme nos olhos, fazendo que a pantera desviasse a cabeça em menos de meio minuto. — Por *isto* — concluiu ela. — Nem eu, que nasci entre homens e tenho por ti amor, posso sustentar a força dos teus olhos, Irmãozinho. Todos cá te odeiam porque não podem sustentar teu olhar, porque és engenhoso, porque sabes a arte de arrancar espinhos das nossas patas... porque és homem, em suma.

— Eu ignorava semelhante coisa... — disse Mowgli com tristeza, franzindo a testa sobrancelhuda.

— Que manda a Lei da Jângal? Primeiro, dar o golpe; depois, fazer o que quiser. Pelo teu desprezo a este mandamento eles conhecem que és homem. Mas sê prudente! Pressinto que no dia em que Akela errar pela primeira vez o bote (e é já com esforço que ele evita isso) a Alcatéia inteira se voltará contra ele... e contra ti. Reunir-se-á o Conselho lá nas Rocas, e então...

Isto dizendo, Bagheera ergueu-se de um salto, excitada. E continuou:

— Vai depressa lá embaixo, à aldeia, e traze a Flor Vermelha que cresce em todas as casas. Assim, quando chegar o dia em que tenhas necessidade de um amigo mais forte do que Bagheera ou Baloo, te-lo-ás na Flor Vermelha.

A Flor Vermelha para Bagheera significava o Fogo, esse elemento de que as criaturas da Jângal têm medo profundo e ao qual nomeiam e descrevem de mil modos diferentes.

— A Flor Vermelha! — replicou Mowgli pensativo. — A Flor Vermelha que cresce nas cabanas durante a noite! Sim, trarei uma muda...

— Bravos! — exclamou a pantera. — Desse modo deve falar um filhote de homem. Não te esqueças de que essa flor cresce em pequenos fogareiros. Traze-a e conserva-a num deles, a fim de que permaneça viva até o momento de a usares.

— Muito bem — disse Mowgli. — Mas estás segura, ó minha cara Bagheera — e, isto dizendo, lançou o braço em torno do pescoço esplêndido da pantera, olhando-a no fundo dos olhos —, estás segura de que todo o mal provém de Shere Khan?

— Pelo Ferrolho que minha pata quebrou, tenho a certeza disso, Irmãozinho.

— Então, pelo Touro que foi dado em troca da minha liberdade, ajustarei contas com Shere Khan e o farei pagar um pouco mais do que deve! — concluiu Mowgli dando um salto de decisão.

— É um homem, um homem em tudo! — murmurou Bagheera

consigo mesma enquanto se deitava de novo. — Shere Khan, que mau negócio fizeste há dez anos, quanto tentaste caçar essa rãzinha nua!...

Mowgli correu pela Jângal com o coração a arder. Alcançou a caverna dos lobos ao cair da noite e, tomando fôlego, lançou os olhos para o vale, lá embaixo. Os lobinhos estavam ausentes; Mãe Loba, entretanto, no recesso da caverna, conheceu logo, pelo modo de Mowgli respirar, que alguma coisa perturbava o espírito da sua rã adotiva.

— Que há, filho? — perguntou ela.

— Intrigas de Shere Khan — respondeu Mowgli. Depois: — Vou caçar esta noite nos arredores da aldeia — declarou e afastou-se morro abaixo rumo ao vale.

Em certo ponto parou, ao sentir que a Alcatéia andava à caça; percebeu o resfolego de um Sambhur perseguido; ouviu, depois, os gritos cruéis dos lobos jovens dizendo:

— Akela! Akela! Deixemos que o Lobo Solitário mostre a sua força. Afastemo-nos todos! Deixemos que o Chefe avance sozinho. Vamos! Dá o bote, Akela!

E o Lobo Solitário devia afinal ter errado pela primeira vez o bote, porque Mowgli ouviu um bater de dentes em seco e o grito de um gamo que derruba o seu assaltante a coice.

Mowgli não esperou por mais; continuou apressado o seu caminho rumo à aldeia, enquanto ao longe os uivos e ladridos da Alcatéia se iam amortecendo a distância.

— Bagheera disse a verdade — murmurou o menino ofegante ao alcançar a primeira cabana. — O dia de amanhã vai ser decisivo para o Lobo Solitário e para mim.

Espiou por uma janela aberta. Viu fogo aceso no fogão. Esperou. Viu a dona da casa levantar-se do seu canto para ir atiçá-lo e pôr mais lenha. E quando a madrugada veio e tudo fora se fez neblina branca e fria, viu o filho daquela mulher levantar-se, encher uma vasilha de barro com brasas para subir com ela em direção ao curral das vacas.

"É assim?", pensou Mowgli. "Se um filhote de mulher lida com a Flor Vermelha, então nada há que temer", e saindo dali foi esperar o menino mais adiante, onde pudesse arrancar-lhe das mãos a vasilha de brasas para fugir com ela. Fez isso em um relance, deixando o rapazinho a berrar de susto. — São eles tal qual eu — murmurou Mowgli enquanto soprava as brasas, como tinha visto o menino fazer. — Esta *coisa* morrerá se não lhe dou comida —

murmurou depois, pondo sobre as brasas um punhado de gravetos. A meio morro veio-lhe ao encontro Bagheera, com o reluzente lombo negro orvalhado pela neblina da manhã.

— Akela errou o bote ontem — disse a pantera. — Eles o teriam matado nessa hora, se não desejassem fazer o mesmo a ti, para que ambos acabem juntos. Andaram à tua procura por toda a Jângal.

— Estive na aldeia, donde vim armado, vê! — e Mowgli apresentou-lhe a panela de brasas vivas.

— Ótimo! Muitas vezes vi os homens botarem galhos secos sobre isso, fazendo abrirem-se grandes flores vermelhas. Não tens medo, Mowgli?

— Não. Por que teria medo? Lembro-me agora... se não é sonho... que, antes de ser lobo, costumava deitar-me ao lado da Flor Vermelha, cujo calor é reconfortante.

Todo aquele dia passou Mowgli sentado em sua caverna a lidar com as brasas, alimentado-as com galhinhos secos para ver crescerem as chamas, e depois com galhos maiores até que conseguiu um tição que o satisfez. À tarde apareceu Tabaqui a lhe dizer, com insolência, que o estavam esperando no Conselho da Roca. Mowgli riu-se tanto ao ouvir a notícia que Tabaqui se retirou desnorteado. E foi ainda a rir-se que se apresentou à reunião do Conselho.

Viu lá Akela, o Lobo Solitário, não mais sentado em cima, mas ao lado da sua pedra — sinal de que a chefia do bando estava aberta aos pretendentes. Shere Khan passeava de um lado para outro, seguido e bajulado pelos lobos que lhe viviam à lambujem. Bagheera veio colocar-se junto de Mowgli, o qual tinha sobre os joelhos a panela de fogo. Quando todos se reuniram, Shere Khan tomou a palavra — coisa que jamais acontecera no tempo da chefia de Akela.

— Shere Khan não tem esse direito — cochichou Bagheera para Mowgli. — Dize-lhe isso. Chama-lhe filho de cão. Vai amedrontar-se, verás.

Mowgli saltou de pé.

— Povo Livre — gritou ele —, então é certo que vai Shere Khan chefiar agora a Alcatéia? Que tem a ver um tigre com a nossa vida?

— Vendo que a chefia do bando está aberta e sendo convidado a falar... — começou o tigre. Mas foi interrompido.

— Convidado por quem? — gritou Mowgli. — Somos acaso chacais, dos que vivem dos teus restos? A chefia do bando é negócio que só a nós diz respeito.

Houve uivos de "Cala a boca, filhote de homem! Deixa-o falar!

Shere Khan guarda os preceitos da nossa Lei". Por fim, os lobos mais velhos urraram:

— Que fale o Lobo Morto!

Quando um chefe de bando perde pela primeira vez o bote, passa a ser chamado Lobo Morto até que lhe tirem a vida.

Akela ergueu lentamente a velha cabeça.

— Povo Livre — disse ele —, e também vós, chacais de Shere Khan! Por muitas estações vos conduzi à caça e nunca, em meu tempo, nenhum caiu em mundéu, nem ficou aleijado. Agora confesso que perdi meu bote, mas vós sabeis da conspiração que para isso houve. Sabeis como tudo foi preparado para que eu perdesse meu bote. Foi manha bem hábil, reconheço. Tendes, entretanto, o direito de matar-me neste Conselho. Assim sendo, que venha a mim o que vai pôr termo à vida do Lobo Solitário. Pela Lei da Jângal, é meu direito lutar contra todos, um por um.

Houve um prolongado rosnar, pois nenhum lobo se atrevia a lutar sozinho com Akela. Shere Khan, então, urrou:

— Bah! Para que darmos atenção a este pateta sem dentes? Ele está condenado a morrer. Também o filhote de homem já viveu muito. Povo Livre, lembrai-vos de que, no começo, esse filhote foi meu, minha comida. Dai-mo, agora! Ando cansado de aturar suas loucuras de homem-lobo. Vem ele perturbando a Jângal há dez estações. Entregai-me o filhote de homem ou caçá-lo-ei sem licença, não vos dando nem um osso sequer. É um homem, um filhote de homem, e pelo tutano dos meus ossos, eu o odeio!

Então metade do bando uivou:

— Um homem! Um homem! Que tem um homem em comum conosco? Que vá viver com os homens!

— Para que toda a aldeia se volte contra nós movida por ele? — exclamou Shere Khan. — Não! Dai-mo! Ele é homem. Bem sabeis que nenhum de nós pode sustentar o seu olhar.

Akela ergueu de novo a sua velha cabeça para dizer:

— Mowgli comeu a nossa comida. Dormiu conosco na caverna. Caçou para nós. Jamais infringiu um preceito da nossa Lei.

— Há ainda uma coisa — ajuntou Bagheera. — Por ele paguei o preço de um touro gordo, preço que foi aceito. O valor dum touro não é grande, mas a honra de Bagheera vale alguma atenção — concluiu a Pantera Negra com voz macia.

— Um touro! — rosnou o bando com desprezo. — Um touro pago há dez anos! Que valem ossos tão velhos?

— E que vale a palavra de honra? — replicou Bagheera mostrando os dentes alvíssimos. — Bem, bem, sois o Povo Livre...

— Nenhum filhote de homem pode viver com as criaturas da Jângal — urrou Shere Khan. — Dai-mo!

— Ele é nosso irmão em tudo, exceto no sangue — gritou Akela —, e ainda assim quereis matá-lo? Na verdade sinto que já vivi muito. Alguns de vós sois comedores de gado; de outros sei que, instruídos por Shere Khan, vão pela calada da noite roubar crianças na aldeia. Covardes, todos, para covardes estou falando. Sei que preciso morrer e, embora nenhum tenha coragem de atacar-me, ofereço minha vida em troca da deste filhote de homem. Pela honra da Alcatéia, porém... embora honra pouco valha aqui... prometo que, se deixardes que o filhote de homem siga o seu destino, não arreganharei os dentes quando um de vós vier tomar-me a vida. Morrerei sem lutar. Isto salvará ao bando pelo menos três vidas. Mais não posso fazer. Assim, salvar-vos-ei da vergonha que será matar um irmão contra o qual nada se alega de criminoso, um irmão que já foi defendido neste Conselho e cuja vida foi resgatada por preço aceito por todos, de acordo com a Lei da Jângal!

— Ele é um homem, um homem, um homem! — urrou a Alcatéia, da qual a maioria apoiava Shere Khan.

Ao ouvir isso, o tigre entrou a sacudir a cauda.

— O negócio está agora contigo — disse Bagheera a Mowgli. — Nada mais temos a fazer, senão lutar.

Mowgli ergueu-se de pé, com a panela de fogo nas mãos. Estendeu os braços, cheio de raiva e mágoa de ter sido lobo tanto tempo e só agora haver percebido quanto os lobos o odiavam.

— Ouvi! — gritou ele. — Basta de discussão de cachorro! Muito já me dissestes esta noite para provar que sou homem (a mim que desejava ser lobo toda a vida...), de modo que estou realmente convencido de que sou homem. E, como sou homem, não vos chamarei mais irmãos e sim *sag* (cães), como dizem os homens. O que ireis fazer ou não é lá convosco. O que farei é comigo: comigo, o homem, que aqui traz uma braçada daquela Flor Vermelha que vós, cães, tanto temeis!

Isto dizendo, Mowgli derramou as brasas no chão, ateando em chamas um tufo de ervas secas. A Flor Vermelha ergueu-se violenta, em línguas vivíssimas, fazendo a Alcatéia recuar aterrorizada, enquanto Mowgli acendia um feixe de galhos com o qual traçou um círculo de fogo em torno de si.

— Estás senhor da situação — murmurou Bagheera em voz baixa. — Salva Akela da morte. Foi sempre teu amigo.

Akela, o severo lobo que jamais pedira mercê, lançou um olhar de indizível expressão ao menino da Jângal, ao rapazinho nu, de cabelos caídos sobre os ombros, cuja sombra, criada pelas chamas, dançava no chão.

— Bem — gritou Mowgli correndo os olhos em torno. — Vejo mesmo que sois cães. E, como sois cães, vou-me para a minha gente. A Jângal ficará fechada para mim; esquecerei a vossa língua e a vossa companhia de tantos anos. Serei, porém, mais generoso do que sois. Porque fui durante dez anos vosso irmão em tudo, menos no sangue, prometo que, quando me tornar um homem entre os homens, não vos trairei perante eles, como me traístes aqui na Jângal.

E com estas palavras Mowgli esparramou o fogo com o pé, fazendo subir ao céu um *repuxo* de faíscas.

— Não haverá guerras entre a minha gente e a Alcatéia, mas há uma dívida a ser paga antes que me vá — gritou dirigindo-se para o lado de Shere Khan, o qual olhava estupidamente para as chamas.

Mowgli avançou para ele corajosamente, agarrou-o pela barba (Bagheera o seguia de perto para o que desse e viesse) e disse:

— Levanta-te, cão! Quando um homem fala, os cães se levantam; levanta-te antes que eu faça a Flor Vermelha crescer em teu focinho!

Shere Khan derrubou as orelhas e fechou os olhos, cegado pelo archote de Mowgli.

— Este comedor de bezerros andou dizendo que ia matar-me no Conselho por não ter podido comer-me quando eu era uma criancinha indefesa. Mas nós, homens, sabemos como bater nos cães. Abre essa goela, Lungri, para que te meta esse facho pela garganta adentro! — berrou o menino, dando com o fogo na cabeça do tigre, o qual saltou de lado, tonto de medo e dor.

— Pah! Vai-te embora, gato fingido! Mas lembra-te de que na próxima reunião do Conselho, quando eu aqui vier ainda mais homem do que já sou, trarei tua pele sobre minha cabeça. Quanto ao mais, que Akela permaneça livre e viva como quiser. *Ninguém* o matará porque *eu* não quero, estais ouvindo? Não quero! E agora, ninguém mais fica aqui sentado, de língua de fora, como se fossem todos uns grandes personagens. Não passais de cães que eu toco assim: "Passa fora, cambada! Depressa! Chispa!..."

E, como o facho de fogo estava no máximo da combustão,

FRITZ EICHENBERG

Mowgli o virou violentamente ao redor, dando com ele à direita e à esquerda, fazendo os lobos sumirem aos uivos, com o pêlo chamuscado. Apenas permaneceram uns dez, que haviam tomado o seu partido, além de Akela e Bagheera. Mas, nesse momento, uma coisa esquisita assaltou o coração do menino da Jângal. Vieram-lhe soluços de desespero, ao mesmo tempo que grossas lágrimas lhe brotavam dos olhos.

— Que será isto? — exclamou, mal compreendendo o seu estado. — Não quero, sinto que não quero deixar a Jângal. Que tenho eu? Estarei morrendo, Bagheera?

— Não, Irmãozinho. Estás apenas chorando pela primeira vez, uma coisa que só os homens costumam fazer. Vejo disso que já és homem, não apenas filhote de homem. A Jângal está realmente fechada para ti, doravante. Deixa que as lágrimas caiam, Mowgli. Chora, chora...

E Mowgli chorou. Sentou-se e chorou, como se seu coração fosse arrebentar — ele, que jamais havia chorado em toda a sua vidinha.

— Sim, irei para o meio dos homens, agora. Mas tenho antes de dizer adeus à minha mãe — murmurou dirigindo-se para a caverna onde Mãe Loba morava com Pai Lobo. Lá chorou novamente, abraçando o corpo peludo da que o criara, enquanto quatro lobinhos novos lhe uivavam ao lado, de tristeza.

— Não me esquecereis nunca? — soluçou Mowgli.

— Nunca, enquanto pudermos seguir um rastro — responderam os lobinhos. — Mas aparece ao pé da montanha, de vez em quando. Lá estaremos para brincar contigo.

— Volta logo — disse Mãe Loba, a olhar enternecida para aquele estranho filho nu. — E jamais te esqueças de que te amei a ti inda mais do que aos meus próprios lobinhos.

— Virei, sim — respondeu Mowgli —, e um dia aparecerei de novo no Conselho envolto na pele de Shere Khan. Não te esqueças de mim, mãe. Dize a todos na Jângal que jamais se esqueçam de mim...

A manhã ia rompendo quando Mowgli deixou a montanha, sozinho, rumo à aldeia onde moravam as misteriosas criaturas chamadas homens.

Canto de caça da Alcatéia de Seeonee

Bale o Sambhur, quando desponta a aurora,
uma, duas, três vezes.
E a corça dá um salto ousado, um salto ousado
Até a lagoa onde bebe o veado.
Isto eu notei agora
uma, duas, três vezes.

O Sambhur bale, se a manhã raiar,
uma, duas, três vezes.
E o lobo eis que recua e o aviso leva
À Alcatéia que espera, e, pela treva,
Seguimos o seu passo, a ladrar, a ladrar,
uma, duas, três vezes.

Quando desperta a aurora, o clã dos lobos ruge,
uma, duas, três vezes.
Ó, pés, na Jângal que não deixam rastros!
Olhos que podem ver pela noite sem astros!
Voz! Sim! Dai-lhes a voz! Escuta! Escuta!
uma, duas, três vezes.

Fritz Eichenberg

As caçadas de Kaa

São suas manchas a alegria do leopardo,
São os seus cornos o orgulho do touro.
Sê limpo! O caçador é tanto mais *galhardo*
Quanto mais limpas tem suas vestes de couro.

Se, com o corno agressivo, o Sambhur despontar,
Tu não te apressarás em vir nos informar,
Que nós o conhecemos há dez estações.

Tu não oprimirás os filhotes estranhos,
Mas chame-os sempre de Irmã e de Irmão,
Se bem que sejam eles pequenos e sonsos,
Filhos de Ursa, quem sabe se eles são?

Ninguém igual a mim! exclama com certeza
O filhote no orgulho da primeira presa —
É pequeno o filhote e a Jângal é imensa.
Abata-se-te o orgulho! Cala e pensa!

Máximas de Baloo

O que se vai contar aqui sucedeu algum tempo antes da ida de Mowgli para entre os homens, bem antes da vingança que o menino-lobo tomou de Shere Khan. Passou-se quando Baloo andava ensinando ao filhote de homem a Lei da Jângal. Este corpulento, grave e idoso urso pardo estava encantado com a inteligência do seu discípulo, porque os outros, os lobinhos, só aprendiam a Lei na parte que dizia respeito à vida das Alcatéias. Abandonavam o mestre logo que podiam repetir os Versos do Caçador: "Pés que não fazem barulho, ouvidos que apanham a voz dos ventos ainda em suas cavernas, olhos que enxergam no escuro e dentes bem brancos constituem a marca dos nossos irmãos — de todos os nossos irmãos, exceto Tabaqui, o Chacal, e também a Hiena, que odiamos".

Mowgli, porém, como Filhote de Homem que era, tinha de aprender muito mais. Às vezes, Bagheera vinha de manso por entre os arbustos para ver como o seu favorito ia de lições, e ficava de cabeça recostada a um tronco ouvindo-o repeti-las. O menino da Jângal já subia em árvores tão bem como nadava nas lagoas, e nadava tão bem como corria pela floresta. Por isso estava Baloo a lhe ensinar a Lei das Águas e a Lei das Árvores — como, de cima dum galho vivo, adivinhar um galho morto adiante; como falar polidamente a uma colmeia quinze metros acima do chão; o que dizer a Mang, o Morcego, ao ter de incomodá-lo em seu galho, em pleno esplendor do sol; como avisar as serpentes aquáticas quando se vai dar um mergulho na lagoa. Nenhuma das criaturas da Jângal gosta de ser perturbada, nem de ser forçada a fugir com o súbito aparecimento dum intruso. Por isso, também lhe foi ensinado o Grito do Caçador Intruso, o qual tem de ser repetido até que venha resposta, sempre que uma criatura quer caçar fora de sua zona. Esse grito é assim: "Licença para caçar aqui, que estou com fome". E a resposta: "Caça, mas só para matares a fome, não por prazer".

Estes exemplos mostram quanto Mowgli tinha de aprender de cor — coisas que o cansavam pelo grande número de vezes que havia de repeti-las.

— Mas — disse Baloo a Bagheera certa vez em que na presença da pantera deu uns tapas no menino desatento —, um filhote de homem é um filhote de homem e, portanto, tem de aprender "toda" a Lei da Jângal.

— Lembra-te de que ele é ainda muito pequenino — advertiu Bagheera, a qual o teria estragado de mimos se fosse a sua professora. — Como poderá esta coisinha guardar tantas lições na cabeça?

— O tamanho dele acaso evita que seja morto? Certo que não. Por isso lhe ensino tanta coisa — defesas — e nele bato, sem o machucar, quando se mostra desatento no aprender.

— Sem o machucar! Que sabes tu de delicadeza, ó Pata de Ferro? — grunhiu Bagheera. — Não vês que a sua carinha está toda arranhada, toda marcada com as cicatrizes da tua delicadeza de urso? Ugh!...

— Melhor seja marcado da cabeça aos pés por mim, que o amo,

do que ficar lindo de pele, mas ignorante da defesa — respondeu Baloo vivamente. — Estou agora a ensinar-lhe as Palavras Mestras da Jângal, que o hão de proteger das Aves e do Povo Serpentino. Breve poderá defender-se de toda a Jângal apenas repetindo as palavras que lhe ensinei. Não vale uns tapas essa segurança?

— Bem, mas cuidado em não ensiná-lo demais, matando-o. Ele não é tronco de árvore onde se exercitem tuas patas. Essas palavras quais são? Delas não necessito, bem sabes, porque sou feita para ajudar-me a mim mesma e ainda para ajudar aos outros, nunca para pedir ajuda — disse Bagheera, espichando elasticamente as patas e olhando com orgulho para as garras de aço azul, cortantes como o *formão*. — Apesar disso, gostaria de conhecê-las.

— Chamarei Mowgli para que as diga... se ele o quiser. Vem cá, Irmãozinho! — gritou o urso.

— Minha cabeça está azoando como árvore de abelhas — murmurou por cima dos dois animais a voz queixosa de Mowgli, que vinha escorregando duma árvore abaixo, colérico e indignado. Ao pôr pé em terra, acrescentou:

— Vim por Bagheera, não por ti, rabujento Baloo.

— Não me ofende essa raiva, já que estás magoado e dolorido por causa duns tapas muito justos que te dei. Vamos. Dize a Bagheera as Palavras Mestras da Jângal, que te venho ensinando estes dias.

— Palavras Mestras de que povo? — indagou Mowgli, deleitado de exibir seus conhecimentos. — A Jângal possui muitas linguagens, que conheço todas.

— Conheces um bocadinho, não todas. Vê, Bagheera, ele jamais agradece ao mestre. Também nenhum dos lobinhos ainda voltou a agradecer-me o ensino. Vamos. Dize as Palavras do Povo Caçador, ó grande aluno!

— *Somos do mesmo sangue, vós e eu* — repetiu Mowgli, dando às palavras o acento exato que o Povo Caçador, os ursos, usam.

— Bem. Agora a Palavra das Aves.

Mowgli repetiu-a, com o grasno de Chil, o Abutre, no fim da sentença.

— Agora a palavra do Povo Serpentino — pediu Bagheera.

A resposta foi um indescritível assobio ou silvo, tão bem imitado que o próprio Mowgli bateu as mãos para aplaudir-se, saltando em seguida sobre o dorso elástico da pantera e esporeando-a com os calcanhares, enquanto fazia para Baloo as mais horríveis caretas.

— Aí está! Esses modos justificam os meus tapas, disse o urso com ternura. Um dia há de agradecer-mos.

E, voltando-se para Bagheera, contou como aprendera as Palavras Mestras com Hathi, o Elefante Selvagem, o qual as conhecia todas melhor do que ninguém. Contou ainda como Hathi havia levado Mowgli a uma lagoa para que aprendesse a Palavra das Serpentes da própria boca das cobras d'água, visto que ele, Baloo, não as podia pronunciar com absoluta correção. Em conseqüência, estava Mowgli agora a salvo de todos os acidentes possíveis na Jângal, porque nem cobras, nem aves, nem animais de pêlo poderiam agravá-lo.

— Não tem a temer nenhum — concluiu Baloo orgulhosamente.

— Exceto a tribo dos lobos — murmurou Bagheera a meia voz. Depois, alto, para Mowgli: — Tem dó das minhas costelas, Irmãozinho. Que dança é essa aí em cima?

Estava Mowgli a puxar com violência o pêlo do pescoço da pantera e a esporeá-la com quanta força tinha para que desse atenção ao que ia dizer. Quando a viu toda ouvidos, assim como Baloo, berrou a plenos pulmões:

— Nesse caso, terei minha própria tribo, que guiarei o dia inteiro pela Jângal.

— Que nova loucura é essa, sonhador de sonhos? — indagou Bagheera.

— Sim, e havemos, do alto das árvores, de jogar ramos e nozes sobre este urso velho — continuou Mowgli. — "Eles" prometeram-me isso.

Paft! A grossa pata de Baloo colheu o menino de cima do dorso da pantera num relâmpago. Seguro entre seus braços peludos, Mowgli percebeu que o urso estava em cólera.

— Mowgli — disse Baloo —, estiveste a conversar com os Bandar-log, o Povo Macaco?

O menino olhou para Bagheera para ver se também estava colérica. Os olhos que encontrou tinham a dureza do jade.

— Estiveste com os macacos? Com os macacos cinzentos, o povo sem lei, os comedores de tudo? Que vergonha!...

— Quando Baloo machucou minha cabeça — respondeu Mowgli ainda na mesma posição —, saí pela Jângal, para muito longe. Os macacos cinzentos, em certo ponto, desceram das árvores, cheios de piedade por mim. Só eles tiveram dó de mim...

— O dó do Povo Macaco! — exclamou Baloo com ironia. —

Isso vale o mesmo que dizer o silêncio da cachoeira, a frescura do fogo... E depois, filhote de homem?

— Depois... depois me deram castanhas e mais coisas gostosas e... carregaram-me nos braços ao topo das árvores, onde declararam ser meus irmãos em tudo, menos em cauda, que eles têm e eu não, e disseram ainda que eu viria a ser o grande chefe dos macacos.

— Os macacos não têm chefe — rosnou Bagheera. — Mentiram. Mentem sempre.

— Foram muito bondosos comigo — prosseguiu Mowgli —, chegando a pedir que voltasse de novo. Dizei-me: por que nunca me levasteis para o meio desse povo? Eles sabem andar de pé, como eu. Não me maltratam. Brincam o dia todo. Larga-me, Baloo! Deixa-me ficar de pé, urso malvado! Quero e hei de visitar os macacos outra vez...

— Ouve, filhote de homem — urrou o urso com voz de trovão. — Ensinei-te a Lei da Jângal no que diz respeito a todos os animais, menos aos macacos que moram em árvores. Eles não têm lei. São *proscritos*. Não têm linguagem. Usam palavras furtadas aqui e ali, pois vivem espiando e escutando de cima dos galhos o que nós outros dizemos cá embaixo. Seus usos não são os nossos. Chefes, não possuem. Também não guardam memória de nada. Bazofiam sem parar, pretendendo ser um grande povo prestes a iniciar grandes coisas na Jângal. Mas, assim que uma noz cai da árvore, põem-se a rir e esquecem de tudo. Nós, na Jângal, não temos nenhum entendimento com esse povo. Não bebemos onde eles bebem; não andamos por onde eles andam; não caçamos onde eles caçam; não morremos onde eles morrem. Já viste a mim, por acaso, falar neles, algum dia?

— Nunca — respondeu Mowgli num murmúrio que soou nítido no silêncio em que o trovejar de Baloo deixara a Jângal.

— O Povo da Jângal os baniu da sua boca e do seu pensamento. Eles são numerosíssimos, maus, sujos, sem brio, animados do desejo único de serem vistos e admirados por nós. Mas não atentamos neles *nunca*, nem mesmo quando jogam nozes ou porcarias sobre nossas cabeças.

Mal acabara Baloo de pronunciar estas palavras, uma chuva de nozes e galhos secos caiu sobre eles, vinda de cima das árvores próximas, acompanhada de um rumor muito conhecido de saltos, guinchos, uivos e tossidas.

— O Povo Macaco não existe para o Povo da Jângal. Lembra-te sempre, Mowgli.

Fritz Eichenberg

— Não existe — confirmou Bagheera. — Mas julguei que Baloo já houvesse avisado Mowgli disso.

— Eu? Eu? Como poderia adivinhar que iria ele meter-se com a sujidade? Macacos! Ugh!...

A chuva de nozes e galhos continuou, fazendo que o urso e a pantera se fossem dali e levassem Mowgli consigo. O que Baloo dissera dos macacos correspondia à realidade. Vivem no alto das árvores, e como os animais da Jângal raro olham para cima, não há nunca oportunidade de trato entre eles. Mas quando os macacos encontram um lobo, tigre ou urso ferido, metem-se logo a atormentá-lo, bem como se divertem em atirar nozes e galhos secos contra todos os animais que lhes passam ao alcance — por brincadeira, para serem notados. E se não são notados, guincham guinchos sem sentido, convidando o Povo da Jângal a subir às árvores para lutar com eles, ou então se empenham em terríveis combates entre si por questões ridículas, deixando os mortos em lugar onde possam ser vistos. Andam sempre prestes a ter um chefe, e leis, e costumes, mas nunca chega a hora, porque a memória macaca, muito débil, jamais guarda uma coisa dum dia para outro. Por isso se justificam com um dito que criaram: "O que os Bandar-log pensam hoje, toda a Jângal pensará um dia", idéia que muito os consola. Nenhum animal os pode apanhar; também nenhum lhes dá a mínima atenção;

FRITZ EICHENBERG

daí ficarem tão agradados quando Mowgli foi procurá-los e tão furiosos ao ouvirem a reprimenda de Baloo.

Eles não queriam fazer coisa nenhuma. Os Bandar-log não fazem nada. Mas um surgiu com o que lhe pareceu grande idéia e disse aos outros que Mowgli poderia ser útil ao bando, visto como sabia tecer esteiras de vime, boas para a proteção contra os ventos. Assim, se pudessem apanhá-lo, poderiam com ele aprender essa arte. Como filho de lenhadores, Mowgli herdara várias habilidades, e tecia esteiras sem nunca pensar como essa arte lhe viera. Os Bandar-log, sempre à espia do alto das árvores, tinham observado isso, achando a coisa maravilhosa. Daí a idéia de pô-lo como chefe do bando, de modo que se tornassem o primeiro povo da Jângal, admirado por todos e de todos invejado. Naquele dia, vieram seguindo Baloo e Bagheera pelo alto das árvores, ocultamente, com um plano qualquer na intenção. Nisto chegou a hora da sesta. Mowgli, envergonhado com o que havia feito, não se aproveitou do sono dos seus amigos para ir ter com os Bandar-log. Ficou também a sestear por ali, acomodado entre as patas da pantera e do urso, firmemente resolvido a nunca mais meter-se com a gente macaca.

Súbito, o menino acordou agarrado nos braços e pernas por pequenas munhecas ásperas, ao mesmo tempo que sobre sua cabeça as ramagens eram sacudidas violentamente. Baloo, também desperto, atroou a Jângal com o seu urro agudo, ao passo que Bagheera, de dentes arreganhados, se projetava num salto elástico sobre o tronco da árvore próxima. Os Bandar-log guincharam de triunfo, enquanto se sumiam galhos acima, fora do alcance da pantera.

— Eles nos viram! — gritavam num delírio de contentamento. — Bagheera nos viu! Todo o Povo da Jângal nos admira pela nossa habilidade e engenho!

Depois principiaram a lutar entre si nos galhos, coisa que ninguém descreve. Os macacos possuem seus caminhos e encruzilhadas por cima das árvores, podendo por eles caminhar até de noite e, assim, atravessar montanhas e vales. Dois dos mais fortes, com Mowgli nos braços, passavam de árvore em árvore, aos pulos de cinco a seis metros. Sem tal carga poderiam saltar o dobro. Repugnado como se achava, nem por isso deixou Mowgli de gozar aquela selvagem corrida aos pulos. Mas a visão, a espaços, do solo onde ficaram Baloo e Bagheera, o aterrorizava, como também o aterrorizava, ao fim de cada pulo, ver-se sustido apenas por um galho que cedia ao peso dos raptores.

A escolta que o conduzia era habilíssima em levá-lo ao mais alto das copas; nesses momentos, rápidos como o relâmpago, os macacos atiravam-se numa direção ou noutra, para se agarrarem aos galhos mais grossos das árvores próximas. Por vezes tinha Mowgli oportunidade de ver dum golpe a massa verde da Jângal num raio de muitas léguas, como o marujo do alto do mastro vê léguas e léguas de mar em torno do seu navio. Tais visões eram rápidas; os raptores logo o puxavam e o remergulhavam no seio escuro das copas, cuja ramagem lhe chibatava as faces, de raspão. Desse modo — saltando e escorregando, guinchando e latindo —, a tribo inteira dos Bandar-log seguia pela estrada verde com o precioso prisioneiro nas unhas.

Por vezes receou Mowgli cair ou ser largado por aquelas munhecas; nesses momentos, vinham-lhe coléricos ímpetos de lutar. Vendo, porém, quão inútil era a luta, pôs-se a refletir. A primeira coisa a fazer seria comunicar-se com Baloo e Bagheera, porque, na velocidade com que os macacos o conduziam, aqueles amigos estavam se distanciando cada vez mais.

Olhar para baixo, inútil; só enxergava galhos e mais galhos. Olhar para cima, sim, talvez nisso estivesse a salvação. Acertou. Logo que ergueu os olhos para o céu, viu, muito alto, um ponto que se movia no azul. Era Chil, o Abutre, a descrever círculos no ar para descobrir presas mortas na floresta que se estendia abaixo. Chil percebeu que os macacos estavam conduzindo qualquer coisa e logo descaiu das alturas algumas centenas de metros, a fim de verificar se a carga era algo bom de comer. Soltou um pio de surpresa quando percebeu Mowgli, num dos momentos em que era lançado duma árvore para outra, e lhe ouviu a Palavra dos Abutres gritada em tom agudo: "Somos do mesmo sangue, eu e tu!"

Mas a onda verde das copas rápida se fechou, tirando o menino das vistas de Chil, que, cheio de curiosidade, voou para uma árvore adiante, donde pudesse avistar Mowgli outra vez.

— Marca a direção que levo e avisa a Bagheera e Baloo — gritou o menino ao passar por aquela árvore.

— Em nome de quem? — indagou Chil, que só conhecia Mowgli de nome e feitos.

— Em nome de Mowgli, a Rã, ou do filhote de homem, como muitos me chamam. Marca a direção.

Estas últimas palavras mal foram ouvidas por coincidirem com um novo mergulho na galharada, mas Chil fez que sim e ergueu-se no céu até tornar-se de novo um ponto quase imperceptível. Lá de cima, firmou o telescópio dos olhos sobre o mar de copas, a fim de bem observar, pelo movimento das folhas e galhos, a trilha que os macacos seguiam.

— Eles nunca se afastam para muito longe — murmurou consigo Chil. — Nunca fazem o que combinam ou pretendem fazer. Distraem-se pelo caminho. Se não me iludo, devem estar, neste momento, em disputa sobre qualquer coisa sem importância.

E Chil continuou de observação, flutuando, de pés encolhidos, librado a lentos impulsos de asas.

Longe dali, Baloo e Bagheera ardiam em cólera. A pantera trepara tão alto a uma árvore que perdera o equilíbrio e viera ao chão com as garras cheias de fragmentos de casca.

— Por que não ensinaste tudo, tudo, ao filhote de homem? — gritou ela furiosa para o pobre Baloo, que marchava no trote, com esperança de alcançar os raptores. — De que adiantou tanto tapa, se não lhe deste todas as lições necessárias?

— Depressa, mais depressa — respondeu Baloo ofegante. — Nós... ainda poderemos alcançá-los.

— Neste andar? Neste andar não forçaríamos sequer uma vaca ferida. Mestre da Lei da Jângal, carrasco do filhote de homem, uma légua mais desse teu trote te deixará estrompado. Pára e medita.

Estudemos um plano. Eles são capazes de o largar do alto das árvores, se os seguirmos muito de perto.

— *Arrula! Whoo!* Talvez já o tenham feito, cansados de o conduzir. Quem pode fiar-se dos Bandar-log? Morcegos mortos chovam sobre minha cabeça! Venham ossos negros para minha comida! Lancem-me dentro de colmeia de abelhas selvagens para que eu seja morto a ferretoadas, e enterrem-me como a Hiena, visto que sou o mais desgraçado de todos os ursos! *Arrulala! Wahooa!* Mowgli! Mowgli! Por que te não preveni contra o Povo Macaco, em vez de te punir por tantas coisinhas?

Baloo castigava-se a taponas na cara e rolava no chão, uivando de dor.

— Ele sabe todas as palavras que lhe ensinaste; pelo menos as repetiu a mim ainda há pouco — disse Bagheera com impaciência. — Baloo, que modos são esses? Mais respeito por ti próprio! Que pensaria a Jângal se eu, Bagheera, rolasse no chão como Ikki, o Porco-Espinho, e uivasse, como estás fazendo?

— Que me importa a mim o que a Jângal pensa? Mowgli, o meu Mowgli, pode estar morto a estas horas...

— A não ser que o derrubem do alto das árvores ou o matem por *desfastio*, nada receio pelo filhote de homem. Mowgli é manhoso e está bem instruído, além de que possui olhos que fazem inveja a todas as criaturas. Mas (e é esse o grande perigo) está em poder dos Bandar-log, e como eles vivem nas árvores, não os intimida nenhum outro animal da Jângal.

Bagheera pôs-se a lamber uma das patas, pensativamente.

— Louco que fui! — continuou Baloo, erguendo-se do chão. — Louco peludo! Louco dos loucos! É verdade que Hathi, o Elefante Selvagem, costuma dizer: "Cada qual tem o seu medo". Os Bandar-log têm medo de Kaa, a Serpente. Kaa sabe subir até o alto onde eles sobem e costuma furtar seus filhotes durante a noite. O nome de Kaa os gela de terror. Vamos em procura de Kaa.

— Que poderá ela fazer por nós? Não pertence à nossa raça, sem pés que é e com aqueles olhos tão maus — sugeriu Bagheera.

— Kaa possui a habilidade e a experiência das criaturas muito velhas. Além disso, vive sempre com fome — disse Baloo animado de esperanças. — Prometer-lhe-emos cabritos, muitos cabritos.

— Kaa dorme por quatro semanas cada vez que se alimenta. Pode estar a dormir agora e, ainda que o não esteja, ela sabe caçar por si mesma quantos cabritos queira.

A pantera não conhecia muita coisa a respeito dos costumes de Kaa e, portanto, estava incrédula.

— Nesse caso, eu e tu, velhos caçadores que somos, forçá-la-emos a agir — aventurou Baloo, seguindo com a pantera em direção à moradia de Kaa, a Serpente da Rocha.

Encontraram-na estirada ao sol, admirando o seu vestuário novo, pois que vinha de terminar o retiro durante o qual muda de pele. Mostrava-se esplêndida de vigor. Por seis metros o seu corpo desenhava no chão nós e curvas fantásticas, enquanto a língua, muito viva, lambia os lábios do focinho chato — como se estivesse pensando no jantar a vir.

— Nada comeu ainda — disse Baloo num suspiro de alívio. — Cuidado, Bagheera! Kaa fica um tanto cega sempre que muda de pele e compensa isso com a rapidez dos botes.

Não era Kaa uma serpente venenosa, chegando mesmo a desprezar, como covardes, as que o eram. Sua força residia nos músculos. Quando enleava alguma presa, tornava inútil qualquer resistência.

— Boas caçadas! — saudou Baloo, sentando-se defronte dela.

Como todas as cobras, Kaa era dura de ouvidos. Por isso, ao ouvir a saudação de Baloo, enleou-se para o bote de defesa, sinal de que não o ouvira claramente. Logo depois, compreendendo o que era, respondeu :

— Boa caçada para todos nós. Ó, Baloo, que novidade te traz aqui? Boa caçada, Bagheera! Um de nós, pelo menos, está com fome. Sabeis dalguma presa ao alcance? Algum veado ou, pelo menos, algum cabrito? Sinto-me vazia qual poço seco.

— Estamos caçando — disse Baloo com voz amável e sem pressa, pois sabia que nada se deve precipitar com os animais grandes.

— Permiti-me que vá convosco — disse Kaa. — Um tapa a mais de Bagheera ou Baloo nada custa, enquanto eu tenho de esperar, às vezes, dias num carreiro da Jângal para apanhar um veado, ou trepar em muitas árvores para colher um macaco. Desagradável, isso. Os galhos não são hoje o que eram na minha mocidade. Secos e podres, todos eles...

— Talvez teu grande peso de agora explique essa diferença — sugeriu Baloo.

— Estou dum belo comprimento, não há dúvida — disse Kaa com certo orgulho. — Mas a culpa é dos galhos de hoje em dia, muito fracos. Em minha última caçada, quase caí, e o ruído da escorregadela despertou os Bandar-log, que me lançaram em rosto os piores nomes.

— Sem pés, minhoca amarela — murmurou Bagheera, que sabia quais os insultos com que os macacos insultam as cobras.

— *Ssss!* — chiou Kaa. — Disseram isso de mim?

— E coisas ainda piores disseram a quem os quisesse ouvir, na lua passada. Mas ninguém os aplaude. Eles não cessam de dizer coisas, e de ti chegaram a inventar que és uma serpente desdentada, incapaz de atacar presa maior do que um cabrito novo, e sabes por quê? São uns cínicos, esses macacos! Porque, dizem, tens grande medo do chifre dos bodes — concluiu a pantera jeitosamente.

Uma serpente, sobretudo uma velha serpente da espécie de Kaa, raro se mostra colérica. Baloo e Bagheera, porém, puderam notar-lhe um movimento significativo dos músculos queixais.

— Os Bandar-log mudaram-se para aqui perto — disse com disfarçada indiferença a cobra. — Quando vim hoje espichar-me ao sol, ouvi-os em gritaria nas árvores próximas.

— São... são esses os macacos que estamos seguindo — disse Baloo com repugnância, porque era a primeira vez que uma criatura da Jângal assim confessava interesse por macacos.

Compreendendo isso, Kaa observou:

— Alguma fizeram, para terem à cola dois caçadores deste porte, caçadores mestres! Andais, então, na pista deles, ó valentes caçadores?

— Nada sou — respondeu Baloo com modéstia — além dum velho e às vezes caduco professor da Lei da Jângal, e aqui a amiga Bagheera...

— Bagheera é Bagheera! — interveio a pantera batendo firme os dentes, já que não entendia de humildades. — O caso é este, Kaa. Os comedores de nozes raptaram o nosso filhote de homem, que talvez conheças de fama.

— Ouvi de Ikki alguma coisa sobre um filhote de homem a criar-se em certo bando de lobos de Seeonee. Mas não acreditei. Ikki vive cheio de histórias mal ouvidas e pior contadas.

— Essa é verdadeira. Trata-se dum filhote de homem como jamais existiu igual — disse Baloo. — O mais vivo e intrépido de todos os filhotes de homem, meu discípulo, e discípulo que fará o nome do velho Baloo famoso em toda a Jângal. Além disso, eu... nós o adoramos, Kaa.

— *Tss! Tss!* — silvou a serpente, movendo a cabeça chata da esquerda para a direita. — Também sei quem o adora. Ouvi histórias que poderei repetir...

— Fiquem as histórias para uma noite de lua em que estivermos de papo cheio e com boa disposição — interrompeu Bagheera vivamente. — Nosso filhote está nas munhecas dos macacos, os quais, de todas as criaturas da Jângal, só temem a ti, Kaa.

— Temem a mim só — confirmou Kaa —, e com justo motivo. Barulhentos, doidos, mesquinhos! mesquinhos, doidos e barulhentos: eis o que são os Bandar-log. Um filhote de homem em semelhante companhia está mal. Bastante perigoso. Eles cansam-se das nozes que colhem e jogam-nas por terra. Carregam um ramo o dia inteiro, como se tivessem algo de muito importante a fazer, e súbito o picam em mil pedaços. Não considero invejável a sorte desse filhote de homem. Insultaram-me de minhoca amarela, não é?

— Sim, minhoca amarela, além de coisas que não posso dizer, de vergonha.

— Precisamos ensiná-los a ter melhor língua. *Aaa-sssh!* Precisamos ajudá-los a se educarem. E para onde conduziram esse filhote?

— Só a Jângal o sabe. Para o poente, creio — informou Baloo. — Julgávamos que tu o soubesses, Kaa.

— Eu? Como? Eu os apanho quando os pilho em meu caminho, mas jamais os procuro.

— Up, Up! Up, Up! Illo! Illo! Illo! Levanta os olhos, ó Baloo da Alcatéia de Seeonee!

Baloo ergueu a cabeça e viu que Chil, o Abutre, descia do alto, com o sol a lhe brilhar nas asas. Apesar do avançado do dia, tinha Chil percorrido grande área da floresta em procura do urso.

— Que há? — indagou Baloo.

— Vi Mowgli entre os Bandar-log. Pediu-me que avisasse seus amigos. Os macacos o levaram para além do rio, para as Tocas Frias, na Cidade Perdida. Ficarão lá por um dia, por dez dias ou por uma hora. Pedi a Mang, o Morcego, que os espionasse à noite. É o que tenho a dizer. Boa caçada para todos vós aí embaixo!

— Papo cheio e bom sono para ti, Chil! — gritou Bagheera. — Lembrar-me-ei deste serviço em minha próxima caçada e deixarei de lado a cabeça para ti só, amigo!

— Nada, nada. O filhote de homem gritou-me a palavra certa e eu não podia deixar de fazer o que fiz — explicou Chil, desaparecendo de rumo ao seu pouso.

— Mowgli não esqueceu as minhas lições! — exclamou Baloo com orgulho. — Imagine-se isso! Uma criança, e poder lembrar-se da Palavra das Aves num momento difícil!...

— Sinto-me também orgulhosa dele — ajuntou Bagheera. — Mas vamos às Tocas Frias, é tempo.

Os três sabiam onde elas ficavam, embora poucos habitantes da Jângal as freqüentassem, porque os animais fogem dos sítios onde o homem já morou. Apenas porcos-do-mato e macacos são vistos em lugares assim. Os outros, só em tempo de seca. Nessas cidades em ruína, sempre se acumula alguma água nos reservatórios semi-destruídos.

— Fica daqui a seis horas de jornada — informou Bagheera. — Seis horas na corrida máxima — especificou.

Baloo, muito sério, disse que a acompanharia o mais rápido que pudesse.

— Não podemos esperar por ti, Baloo. Segue-nos. Eu e Kaa iremos na frente.

— Sem pés como sou, deslizo rápido como qualquer quatro-pés — disse Kaa simplesmente.

Baloo fez grande esforço para acompanhá-las, mas, como tinha de ir parando para tomar fôlego, atrasou-se. Bagheera levava a frente, ligeira como todas as panteras, e Kaa, sem dizer nada, fazia o máximo, seguindo-a de perto. Ao chegarem a um rio, Bagheera saltou e deixou Kaa para trás, a transpô-la a nado. Em terra firme, porém, a cobra de novo alcançou a pantera.

— Pelo Ferrolho que eu quebrei! — exclamou Bagheera quando a viu na sua cola. — És de fato ligeira, Kaa!...

— Estou com fome! — explicou a serpente. — Além de que, eles me chamaram de rã amarela.

— Pior. Minhoca amarela. Verme. Verme amarelo...

— Dá na mesma. Toca! — e Kaa projetou-se ainda com mais ímpeto pelo meio das ervas.

O Povo Macaco estava descauteloso na Cidade Perdida, sem um pensamento sequer para os amigos de Mowgli. Haviam metido o rapazinho dentro da cidade, que mostravam com grande orgulho. Mowgli jamais vira uma cidade indiana e, conquanto não passasse aquela dum amontoado de ruínas, pareceu-lhe magnificente. Lá estava a rua de pedra que conduzia às portas exteriores, aos portões arruinados onde se viam ainda pedaços de madeira presos a *gonzos* ferrujentos. Árvores haviam crescido dentro e fora dos muros das casas, reduzidas a montes de pedras soltas. Tufos de plantas trepadeiras escorriam das janelas das torres, como em procura do solo.

Grande palácio sem teto coroava uma elevação; suas fontes e pátios mal indicavam o que haviam sido, tanto o mármore de que eram feitos estava sujo das manchas verdes e vermelhas dos musgos invasores. Os grandes pilares da estrebaria dos elefantes desequilibravam-se, com os blocos deslocados pelas raízes das figueiras bravas. Desse palácio observador, podia ver filas e filas de casas sem teto, que tinham, em conjunto, vistas do alto, a aparência de favos vazios de mel e cheios de *negrores*. O informe bloco de pedra que fora o ídolo da praça onde quatro ruas despejavam; o esburacado das esquinas onde existiram chafarizes públicos; os semidestruídos domos dos templos de cujas brechas irrompia a copa das figueiras — tudo aquilo espantava Mowgli. Chamavam os macacos, àquela cidade, sua cidade e, em conseqüência, desprezavam os demais habitantes da Jângal que não podiam se gozar de semelhantes ruínas. Todavia, ignoravam para que tinham sido feitas aquelas construções. Sentavam-se em círculo no *hall* do palácio, onde o rei costumava reunir o Conselho de Estado, para catar pulgas, como se essa fosse a função dos Conselheiros de Estado. Ou então entravam e saíam das casas sem teto, juntando pedaços de tijolo ou telha, que guardavam nos cantos; depois, esquecidos dos guardados, lutavam em grande confusão, para, logo em seguida, irem brincar nos balcões do rei. Lá sacudiam roseiras e árvores de fruta para verem flores e frutas virem abaixo. Exploravam todos os corredores e túneis escuros do palácio e os inúmeros cômodos e celas sem luz, sem jamais conservarem a memória do que viam. O tempo era todo despendido assim, em micagens e agitação estéril, convencidos de que estavam a fazer o que os homens fazem.

Quando bebiam nos tanques, deixavam a água lodosa, de tanto agitá-la. Empenhavam-se em brigas nos relvados e, de repente, corriam a reunir-se perto dali para gritar bem alto:

— Não há na Jângal povo mais sábio, mais hábil, mais forte e gracioso do que os Bandar-log.

E assim o tempo todo, até que se cansavam de brincar de cidade e voltavam às árvores, ansiosos de serem vistos e admirados pelos outros animais.

Mowgli, que fora ensinado na Lei da Jângal, nada sabia daquele estranho viver em cidade. Os macacos haviam-no levado para ali à

FRITZ EICHENBERG

noitinha e, em vez de irem dormir, como se faz após longa viagem, puseram-se de mãos dadas, a dançar e a cantar as mais doidas cantigas. Um deles deitou discurso para insinuar aos demais que a captura de Mowgli vinha marcar época na história dos Bandar-log, pois que Mowgli iria lhes ensinar a fazer as esteiras de vime que protegem contra os ventos. Mowgli, de fato, começou a tecer à vista deles e todos procuraram imitá-lo. Em poucos minutos, porém, cansaram-se daquilo, largaram as varas de vime e puseram-se a puxar as caudas uns dos outros, saltando e guinchando.

— Quero comer! — declarou Mowgli. — Não conheço esta parte da Jângal, não sei seus costumes. Trazei-me comida ou deixai-me ir caçar.

Vinte ou trinta macacos saíram aos pulos em busca de nozes e mamões selvagens. Mas brigaram pelo caminho e lá destruíram todas as frutas que haviam colhido. Cada vez mais esfomeado e colérico, Mowgli errou ao acaso pela ruinaria, desferindo, de tempo em tempo, o Grito do Caçador Forasteiro. Inutilmente. Ninguém respondia e Mowgli percebeu que se achava em muito mau lugar.

"Tudo quanto Baloo disse dos Bandar-log é verdade", pensou

FRITZ EICHENBERG

consigo. “Não têm Lei, nem Grito de Caça, nem chefes, nada a não ser palavras loucas e micagens torpes. Assim, se eu for morto aqui ou vier a morrer de fome, bem feito; terá sido unicamente por culpa minha. Tenho de esforçar-me por voltar à minha Jângal. Baloo irá castigar-me, mas será melhor isso do que estar a desfolhar roseiras com estes estúpidos seres”.

Mowgli tentou sair da cidade em ruínas; os macacos, porém, fizeram-no voltar, dizendo que ele não sabia o quanto era feliz ali. O menino cerrou os dentes e acompanhou calado a turba de símios até o terraço existente junto aos reservatórios d’água. No centro desse terraço, via-se uma casa de verão, construída de mármore branco pela rainha de cem anos atrás. A cúpula desmoronara pela metade, obstruindo a entrada principal, reservada às grandes damas. As paredes se sustentavam ainda — paredes de mármore rajado, com embutidos de fino lavor onde a ágata, a turmalina, o jaspe e o lápis-lazúli emitiam brilhos multicores sempre que tocados pelos raios da lua. Dolorido como se achava, sonolento e faminto, Mowgli não pôde deixar de rir-se quando vinte macacos, guinchando a um tempo, começaram a provar-lhe a loucura que seria deixar a sociedade dum povo tão sábio, tão forte e tão formoso como eles eram.

— Somos grandes. Somos livres. Somos admiráveis. Somos o povo mais notável da Jângal. Todos nós pensamos assim, logo é verdade — gritavam em coro. — E como és um novato aqui e ainda poderás contar isto aos demais povos da Jângal, a fim que dêem tento de nós para o futuro, vamos dizer-te tudo a respeito de nós próprios.

Mowgli nada objetou e os macacos se reuniram aos centos no terraço da rainha para ouvir os oradores que iam cantar hinos ao povo Bandar-log. Cada vez que um se engasgava no meio do discurso por falta de fôlego, a turba guinchava em uníssono: "É verdade tudo quanto ele diz; nós somos assim". Mowgli meneava a cabeça e piscava, sempre concordando quando lhe perguntavam qualquer coisa. Lá consigo refletia:

"Tabaqui com certeza mordeu toda esta gente e a deixou louca. Evidentemente os macacos sofrem de *dewanee*. Será que não dormem nunca? Lá caminha uma nuvem em direção à lua. Se escurecer de todo, aproveitarei a ocasião para fugir. Sinto-me tão cansado..."

Aquela nuvem também estava atraindo a atenção de dois amigos de Mowgli, ocultos nos fossos que rodeavam a Cidade Perdida. Bagheera e Kaa, sabendo quão perigosos se mostram os macacos em bando, mantinham-se em guarda para não sacrificar a partida. Os macacos jamais lutam, a não ser que a proporção seja de cem para um — e que animal na Jângal pode aceitar essa proporção?

— Vou tomar pelo lado norte — sussurou Kaa. — Lá me aproveitarei da declividade do terreno, e não creio que os macacos possam lançar-se aos centos sobre o meu lombo.

— Sei — disse Bagheera —, mas é pena que Baloo não esteja aqui. Temos que agir sem ele. Quando a nuvem tapar a lua, penetrarei no terraço. Parece que lá estão reunidos em conselho em torno do rapaz.

— Boa caçada! — murmurou Kaa, um tanto sarcástica, e deslizou rumo norte.

Os muros da cidade naquele ponto mostravam-se menos arruinados do que em outros, de modo que a serpente demorou para romper caminho por entre as pedras. Enquanto isso, a nuvem ocultara inteiramente a lua. Súbito, Mowgli, com surpresa, percebeu Bagheera a penetrar no terraço. Chegara de manso, para, então, qual um raio, atirar-se contra o bando. Um grito uníssono de pavor e ódio acolheu a pantera. Logo, porém, um dos macacos gritou:

— É um inimigo só. Mata! Mata!

E o bando inteiro investiu contra a pantera, mordendo, arranhando, unhando, enquanto cinco ou seis agarravam Mowgli e o arrastavam para cima da casa de verão, onde o despejaram dentro, pelo rombo da cúpula. Outro, que não ele, ter-se-ia ferido gravemente na queda; Mowgli, entretanto, lembrou-se das lições de Baloo e soube chegar ao fundo de pé.

— Fica aí — gritaram-lhe os macacos — até que matemos os teus amigos; depois voltarás a brincar conosco... se o Povo Venenoso te houver poupado.

Referiam-se às cobras que habitavam aquelas ruínas.

— Somos do mesmo sangue, eu e vós! — gritou Mowgli ao ouvir isso, dando assim a Palavra de Senha das Serpentes. Como resposta ouviu um silvo perto.

— *Ssss! Ssss!* Não te movas, Irmãozinho, que teus pés poderão fazer-nos mal — sussurraram meia dúzia de cobras que moravam ali.

Mowgli permaneceu o mais que pôde imóvel, espiando através das frestas do domo caído e ouvindo, lá em cima, o terrível estrépido da luta. Urros de cólera e dor, guinchos, ganidos e, em meio de toda essa inferneira, o rosnar feroz da pantera, que, pela primeira vez, estava lutando em defesa da própria vida.

"Baloo deve estar perto; Bagheera não teria vindo só", pensou Mowgli.

Depois, lembrando-se dum recurso que seria precioso para a sua amiga, berrou-lhe:

— Para os tanques, Bagheera! Atira-te à água! Mergulha!

Bagheera ouviu-o e ganhou nova coragem. Redobrou de violência, enquanto recuava, polegada a polegada, na direção dos reservatórios. Súbito, ressoou perto o grito de guerra de Baloo. O velho urso acabava de chegar.

— Bagheera — exclamou ele —, eis-me cá! Vou subir. *Ahuwora!* As pedras estão muito lisas para meus pés, mas os infames Bandarlog não terão muito que esperar.

Baloo alcançou, por fim, o terraço, e lá foi envolvido por uma nuvem de macacos. Pôde, porém, tomar posição de defesa e, atracando-se com magotes de símios, começou a parte de matança que lhe cabia. O ruído dum corpo que cai n'água veio dizer a

Mowgli que Bagheera estava a salvo nos tanques, onde os macacos não a perseguiriam. De fato, lá ficou mergulhada, só com a cabeça de fora, enquanto os macacos apinhados nos rebordos uivavam de fúria, prontos a se lançarem sobre ela caso saísse d'água em socorro de Baloo. Bagheera, então, ergueu para o ar o focinho molhado e desferiu, com desespero, o Grito de Senha das Serpentes: "Somos do mesmo sangue, eu e vós!" Fez isso imaginando que Kaa houvesse abandonado a partida no último momento. O próprio Baloo, meio asfixiado pelo enxame de macacos, não deixou de sorrir àquele chamado.

Kaa tinha acabado de varar por entre as fendas dos muros e coleava-se toda, da cabeça à ponta da cauda, como para verificar se seus músculos estavam em ordem. Enquanto o ataque a Baloo prosseguia e a macacada no rebordo dos tanques guinchava de ódio, Mang, o Morcego, ergueu-se em vôo tonto para ir anunciar pela Jângal o grande acontecimento. Breve, Hathi, o Elefante Selvagem, trombeteou o seu grito de guerra, de passo que bandos de macacos de outras tribos se punham em marcha pelo alto das árvores para socorro dos irmãos da Cidade Perdida. Até as aves se viram despertas muitas milhas em redor. Mas Kaa avançava, sequiosa de sangue. O ataque das serpentes da sua espécie consiste em golpes de cabeça, em choques violentos nos quais entram em jogo todos os músculos do corpo. Imagine-se uma lança ou um *aríete*, ou um martelo pesando meia tonelada, movido por um cérebro frio que viva no cabo — e ter-se-á a imagem do sistema de luta de Kaa. Uma serpente de cinco a seis pés de comprimento pode derrubar um homem, se o golpeia no peito — e Kaa tinha trinta pés de longo... Seu primeiro golpe foi desferido em cheio na massa de macacos amontoada em cima de Baloo — e tão forte que não necessitou ser secundado. Os macacos debandaram aos gritos de "Kaa! É Kaa! Salve-se quem puder!"

Gerações e gerações de macacos educaram-se no medo às serpentes — e aqueles tinham ouvido dos pais e avós as histórias terríveis de Kaa, a assaltante noturna que marinhava árvore acima para raptar o mais forte dentre eles que pilhasse dormindo; a velha Kaa, que sabia mimetizar-se de galho seco com perfeição tamanha que a todos iludia, até o momento em que de galho se transformava de novo em serpente agílima no bote. Nada temiam os Bandar-log tanto como essa cobra, porque nenhum imaginava até onde ia o seu poder, nem nenhum sustentava a fixidez do seu olhar, nem nenhum houvera jamais saído vivo dum seu abraço. Por isso, fugiram, tomados de pânico, e galgaram o topo dos telhados em ruína, permitindo que o velho Baloo respirasse, afinal. Embora sua pele fosse mais espessa que a de Bagheera, o urso a tinha bastante castigada. Kaa, então, abriu a boca pela primeira vez e pronunciou uma única palavra, um silvo agudo. Os macacos de fora, que vinham em socorro dos dali, detiveram-se, estarrecidos. Aquele silvo os gelara. Também os que se achavam no topo dos muros e telhados emudeceram. No silêncio que se fez, pode Mowgli ouvir, lá do fundo da casa de verão, o ruído da água a espirrar dum corpo que se sacode. Bagheera acabava de deixar os tanques. Nesse momento, o clamor rompeu de novo. Os macacos treparam aos pontos mais altos. Penduraram-se às saliências das pedras, uns contra os outros, enquanto Mowgli, espiando através das aberturas do domo, sorria para eles com desprezo e desafio.

— Tirai o filhote de homem da casa de verão — disse Bagheera, inda ofegante. — Eu nada mais posso fazer. Salvemo-lo e saiamos daqui. Os Bandar-log querem atacar-nos de novo.

— Os Bandar-log não darão um só passo à frente — disse Kaa, e sua boca temida silvou novo *ssss* agudíssimo.

Imediatamente um silêncio de morte se fez na macacada.

— Não pude vir antes, Irmão — disse ela a Baloo —, mas creio que ouvi teu chamado... ou foi Bagheera quem me chamou?

— Sim... sim... chamei-te no ardor da batalha — confessou a pantera. — E Baloo? Está muito ferido?

— Não sei se ainda me resta no corpo qualquer coisa intacta — respondeu o urso, estirando os membros para lhes verificar o estado. — *Wow!* Estou bem moído, não resta dúvida. Devemos a ti nossas vidas, Kaa, eu e Bagheera.

— Não importa. Onde está o homenzinho?

— Aqui neste mundéu, donde não posso sair — gritou Mowgli do fundo da casa de verão. — O domo arruinado do palácio está sobre minha cabeça.

— Tirem-no fora! Mowgli dança que nem Mao, o Pavão. Acabará esmagando todos os nossos filhotes — gritaram as cobras do fosso.

— *Hah!* — exclamou a serpente numa gargalhada. — Ele arranja amigos por toda a parte. Afasta-te, Mowgli, e que o Povo Venenoso se oculte nos buracos. Vou romper a parede.

Kaa examinou cuidadosamente as paredes da casa de verão até

FRITZ EICHENBERG

encontrar o ponto mais fraco, onde as pedras pudessem ceder aos seus golpes. Depois ergueu-se, afastando a cabeça a seis pés de distância, e com o poderoso aríete do focinho chato martelou o muro. Breve uma pedra cedeu e depois outra, vindo abaixo a parede em meio de nuvem de pó. *Incontinente*, Mowgli saltou da prisão com os braços abertos para os seus salvadores.

— Estás ferido? — perguntou Baloo, retribuindo o abraço que o menino lhe dera.

— Machucado, apenas, arranhado e faminto. Ó, eles vos maltrataram bastante, Irmãos! Vejo-vos derreados e sangrentos...

— Pior com eles — disse Bagheera, lambendo os beiços e olhando para o monte de macacos mortos rente aos tanques.

— Tudo isto é nada, já que estás em seguro, Mowgli. Tudo o fizemos por amor da Pequena Rã que tanto nos orgulha — disse o urso.

— Deixemos as expansões para mais tarde — murmurou a pantera com voz dura, que soou mal ao menino. — Aqui está Kaa, a quem devemos nós a vitória e tu deves a vida. Agradece-lhe de acordo com o uso, Mowgli.

O menino da Jângal voltou-se e viu a cabeça da serpente erguida um pé acima da sua.

— Com que então é este o homenzinho! — disse ela. — Bem lisa tem a pele e no todo não se diferencia muito dos Bandar-log. Toma cuidado, filhote de homem, para que por alguma noite escura eu te não confunda com os macacos. Sempre que mudo de pele fico algum tempo meio cega.

— Somos do mesmo sangue, tu e eu — foi a resposta do menino. — Devi a ti minha vida esta noite. Doravante, minha caça será tua caça, sempre que o quiseres, Kaa.

— Obrigada, Irmãozinho — respondeu a serpente, piscando.— E que pode caçar tão intrépido caçador como tu? Pergunto-o para que saiba se me convém seguir-te quando saíres à caça.

— Nada mato ainda, sou muito criança, mas sei conduzir cabritos para os que podem apanhá-los. Quando estiveres com fome, vem verificar se estou ou não dizendo a verdade. Tenho alguma astúcia *nisto* — continuou Mowgli mostrando as mãos — e se algum dia caíres em mundéu, poderei pagar a dívida que hoje contraí para contigo... e ali para com Bagheera e Baloo. Boa caçada para todos vós, mestres.

— Bem dito! — rosnou o urso, entusiasmado com o aluno.

Também a serpente o cumprimentou, pousando-lhe a cabeça no ombro por uns instantes. Depois disse:

— Coração bravo e língua cortês, sim. Isso te levará longe, na Jângal, homenzinho. Agora, segue teus amigos. Vai dormir, que a lua está alta e o que resta não deve ser visto de teus olhos.

A lua escondia-se detrás dos morros e a linha trêmula dos macacos apinhados no topo dos muros semelhava uma franja irregular. Baloo dirigiu-se aos tanques para beber, enquanto a pantera punha sua pelagem em ordem. A serpente deslizou para o centro do terraço, onde fechou a boca com ruído tal que todos os macacos fixaram nela os olhos.

— A lua descamba — disse Kaa dirigindo-se para os Bandar-log. — Inda podeis ver-me?

Dos muros e tetos em ruína, ressoou um gemido como resposta:

— Vemos-te, sim, ó Kaa.

— Bem. Comece-se então a dança... a Dança da Fome de Kaa. Permanecei imóveis e olhai.

A serpente enrolou-se em três voltas e oscilou a cabeça da esquerda para a direita. Depois começou a fazer boleios em oito e triângulos, que logo se desfaziam em quadrados e pentágonos, nunca parando, nunca se precipitando, nunca interrompendo o seu cântico de silvos. Por fim, o luar morreu de todo e os coleios da serpente deixaram de ser visíveis. Os macacos apenas ouviam o flébil rumor das escamas de Kaa.

Baloo e Bagheera estavam imóveis, como de pedra, grugulejando a espaços. Mowgli assombrava-se.

— Bandar-log — disse Kaa, por fim. — Podeis mover uma só pata que seja sem ordem minha? Respondei!

— Não, Kaa. Sem ordem tua não podemos mover nem pés nem mãos.

— Bem. Chegai mais perto. Mais, mais...

A linha dos macacos aproximou-se, lenta, fazendo que Baloo e Bagheera instintivamente se afastassem.

— Mais perto! — silvou Kaa, e os macacos achegaram-se ainda mais.

Mowgli bateu no pescoço da pantera e do urso, convidando-os a irem-se. Ambos olharam-no com olhos de quem sai dum pesadelo.

— Conserva a mão sobre meu pescoço — murmurou a pantera. — Segura-me, que me sinto arrastada para Kaa. *Aah!*

— Que fraqueza é essa, Bagheera? Nada aconteceu. Apenas a velha Kaa se diverte, fazendo círculos no chão, disse Mowgli.

— Vamo-nos embora — e os três tomaram pela fenda que abria para a floresta.

— *Uf!* — exclamou Baloo quando se viu entre árvores outra vez. — Nunca mais me meterei em negócios com Kaa — jurou ele, eletrizado por súbito arrepio.

— Ela sabe mais do que nós — disse Bagheera inda trêmula. — Se me demoro uns minutos ainda, lá iria parar dentro da sua garganta.

— Muitos macacos entrarão por esse caminho antes que a lua surja de novo! Kaa vai ter uma boa caçada hoje, à sua moda...

— Mas que significa tudo isto? — perguntou Mowgli, que nada sabia do poder de fascinação das serpentes. — Até agora o que vi foi uma velha cobra fazendo boleios e círculos no chão... uma velha serpente de focinho machucado. *Ho! Ho!*

— Mowgli — disse a pantera com severidade —, o focinho de Kaa está machucado por amor de ti. Minhas orelhas e quartos, bem como o pescoço de Baloo, estão feridos por amor de ti. Nenhum de nós poderá caçar com prazer por muitos dias.

— Nada disso tem importância — interveio Baloo. — Temos conosco o filhote de homem e é tudo.

— Sim, mas custou-nos muito, não só em tempo perdido como em ferimentos, em pêlos... acho que perdi metade dos meus pêlos... e ainda, o que é pior, em honra. Lembra-te, Mowgli, de que eu, a Pantera Negra, fui forçada a pedir socorro a Kaa e que, juntamente com Baloo, me senti diante dela como um passarinho fascinado. Tudo em conseqüência de teres ido brincar com os infames Bandar-log.

— É verdade, é verdade! — exclamou o menino, compungido. — Confesso que sou um mau filhote e que meu estômago dói de fome...

— *Mff!* Que diz a Lei da Jângal num caso destes, Baloo? — perguntou a pantera.

O urso não queria meter Mowgli em mais embaraços, nem podia, tão pouco, deixar de cumprir a Lei. Por isso, murmurou apenas:

— Arrependimento não evita punição, é a Lei. Mas, lembra-te, Bagheera, de que ele não passa duma criança.

— Não me esquecerei disso — respondeu a pantera. — Mowgli, entretanto, cometeu uma falta pela qual tem de ser punido. Alguma coisa a objetar, Mowgli?

— Nada. Sou culpado. Por falta minha, vós ambos vos achais feridos. A punição será justa.

A pantera deu-lhe então meia dúzia de tapas de amor, tapas que, do seu ponto de vista, teriam apenas sacudido um filhote de pantera, mas que para uma criança de sete anos correspondia a castigo bastante severo. Quando o último soou, Mowgli ergueu-se do chão sem uma palavra, apenas fungando.

— Agora — disse Bagheera —, salta sobre o meu dorso, Irmãozinho, e vamo-nos para casa.

Uma das belezas da Lei da Jângal é que o castigo acerta tudo. Depois dele, nenhum ressentimento subsiste.

Mowgli pousou sua cabecinha no pêlo de Bagheera e dormiu tão profundamente que nem sequer despertou ao ser deposto no chão da caverna de Mãe Loba.

Canto de caminho dos Bandar-log

Estamos nós bem no meio da estrada
Que vai até a lua enciumada.
As nossas tribos livres vós não invejais?
Não sonhastes ter mãos além das naturais?
Não invejais, assim, este rabo estendido
Com a curva harmoniosa do arco de Cupido?
Estais tristes agora? Fique a alma tranqüila!
Irmão, observa a tua cauda como oscila!

À proteção das sombras aqui nós nos assentamos,
E nas formosas coisas agora pensamos.
Nós sonhamos agora, as futuras façanhas
Completas num minuto, apesar de tamanhas.
São nobres, grandes e boas ações
Que podemos obrar por nossas ambições.
Agora nós iremos. Fique a alma tranqüila!
Irmão, observa a tua cauda como oscila!

Todas as vozes, macias ou graves,
De morcegos e veados, de alimárias e aves,
Barba ou pluma, escama ou couro,
Vamos nos reunir para parlar em coro:
Excelente! Magnífico! Notamos
Que como os homens nesta hora falamos.
Imitemos o homem... Fique a alma tranqüila!
Irmão, observa a tua cauda como oscila!
Este é o caminho da raça dos símios.

Nós nos alçando, então, através dos pinheiros,
Até onde cresce a vinha, assim como um rojão,
Pelos destroços vistos, por nosso alarido,
É certo que faremos uma grande ação.

Como apareceu o medo

O rio é extinto, o lago é escasso.
Nós dois iremos, braço a braço.
O flanco imundo, a face quente,
Contornaremos a corrente.
Presos os dois de um temor forte,
Sem mais pensar em caça ou morte.
E quando o corço, a se esconder,
Também vê o lobo a tremer
E o bode eis que vislumbra o dente
Que lhe matou o pai, horrente.
O rio é extinto, o lago é escasso.
Nós dois iremos, braço a braço.
Boa caçada a todos. E eis que alaga
A chuva... E quebra a Trégua da Água.

A Lei da Jângal — que é a mais velha lei do mundo — atende a quase todos os acidentes que possam acontecer para o Povo da Jângal; código mais perfeito o tempo e os costumes nunca fizeram. Os leitores lembram-se de que Mowgli havia passado uns anos de sua vida na Alcatéia de Seeonee, aprendendo com Baloo a Lei. Foi Baloo, o urso pardo, quem lhe disse, certa vez em que o menino se mostrava impaciente com as suas constantes recomendações, que a Lei era qual o Cipó Gigante, que, quando enleia, não larga mais. "Depois que tiveres vivido tanto quanto eu, Irmãozinho, verás que todos os filhos da Jângal obedecem pelo menos a uma lei — e isso não é coisa agradável de ver-se...", dissera o urso.

Essa lição entrou por um ouvido e saiu pelo outro, porque um menino que passa a vida a comer e a dormir não liga importância a coisa nenhuma antes que algo sério lhe aconteça. Mas dia chegou em que as palavras de Baloo se confirmaram: Mowgli teve ocasião de ver toda a Jângal agindo sob o comando da Lei.

Foi durante um inverno em que as chuvas deram de falhar. Ikki, o Porco-Espinho, encontrando Mowgli ao pé de uma touceira de bambus, avisara-o de que os inhames selvagens estavam secando. Todos sabem como é Ikki cuidadoso na escolha do alimento, que não toma senão do melhor e do mais maduro. Por isso, Mowgli sorriu e disse:

— Que me importa semelhante coisa?

— Nada, *agora* — respondeu Ikki, com os espinhos eriçados de um modo desagradável. — Mais tarde, veremos. Dize-me, Irmãozinho, ainda aparece água no fundo da Roca das Abelhas?

— Não. A tola da água está se indo toda, mas não quero quebrar minha cabeça pensando nisso — foi a resposta de Mowgli, que por aquele tempo estava certo de saber mais do que cinco filhos da Jângal somados.

— Mau para ti. Uma rachazinha nessa cabeça sempre permitiria a entrada de alguma sabedoria... — rosnou Ikki, fugindo com o corpo antes que Mowgli lhe puxasse os bigodes.

Mowgli referira ao urso a conversa. Baloo assumiu uma expressão grave e, como falando para si próprio, murmurou:

— Se eu fosse só, mudava-me destas paragens antes que os outros comecem a fazê-lo. Mas isto de mudar e viver entre estranhos acaba sempre em luta... luta que pode ser nociva ao filhote de homem. Esperarei a ver como a *mohwa* floresce.

Naquela estação, a árvore da *mohwa*, de cujas flores Baloo era ávido, não vingava florescer. Os botões cor de creme, macios como cera, torravam-se ao calor antes de abertos. Apenas umas tantas pétalas raquíticas tombavam, quando o urso, a prumo nas patas traseiras, vascolejava a árvore.

Polegada a polegada, o asfixiante calor invadia o coração da Jângal, fazendo-a a princípio amarela, depois sépia, finalmente negra. Estorricava-se a vegetação que cresce na rampa das *ravinas*. Lagoas esgotavam-se, transfeitas em lameiros onde os cascos dos animais punham moldes. As trepadeiras sumarentas escorriam das árvores abaixo, murchas, para virem morrer, ressecas, ao pé dos troncos. Bambus feneciam e zuniam lugubremente quando os ventos bochornais se coavam por entre suas varas nuas. Os musgos verde-oliva descascavam-se das mais bem abrigadas rochas, deixando-as calvas e quentes como pedrouços do deserto.

Pressentindo o que estava para vir, os pássaros e macacos já tinham emigrado para o norte, e dia a dia os cerdos e veados mais se aproximavam das aldeias também cruelmente castigadas; iam morrer de inanição aos olhos de homens muito fracos para persegui-los. Só Chil, o Abutre, engordava. Como havia carniça! Cada tarde vinha ele com o informe, sempre desalentador, de que o sol estava matando a Jângal em um círculo correspondente a uma semana de vôo em diâmetro.

Até ali ignorante do verdadeiro sentido da palavra fome, teve Mowgli de recorrer ao mel azedo, de três anos de idade, tomado de colmeias abandonadas — mel preto como a amora e pulverulento como o açúcar. Também caçava as vespeiras que se formam sob a casca das árvores, para furtar-lhes as ninhadas de ninfas.

Todas as criaturas da Jângal tinham a pele sobre os ossos; Bagheera poderia abater três gamos por noite sem conseguir refeição que a satisfizesse. O pior, porém, era a falta d'água, porque, se os filhos da Jângal bebem espaçadamente, necessitam beber bastante cada vez.

O calor aumentava sempre, fazendo desaparecer toda a umidade. Por fim, o Waingunga, já muito baixo, tornou-se a única reserva d'água a correr por entre as barrancas mortas — e quando Hathi, o Elefante Selvagem, viu no centro do leito a lomba azulega de uma rocha que emergia, reconheceu nela a Roca da Paz. Ergueu, então, a tromba e proclamou a Trégua das Águas, como seu pai havia feito cinqüenta anos antes. Veados, porcos-do-mato e búfalos repetiram seu grito como um eco — e Chil, o Abutre, voou em círculos cada vez mais amplos, espalhando no espaço, com pios, o tremendo aviso.

Segundo a Lei da Jângal, é vedado matar nos bebedouros quando a Trégua das Águas vigora. Razão: o beber tem precedência sobre o comer. Os Filhos da Jângal podem cuidar de si de qualquer forma, quando a caça é pouca; mas água é água, e se resta uma só fonte para todos, o caçar torna-se proibido nas horas de matar a sede. Na boa estação de chuvas abundantes, os que descem a beber no Waingunga — ou onde seja — fazem-no com risco da própria vida. Este perigo cria a fascinação da vida noturna. Mover-se tão cauteloso que nem uma folha seca estalide; atravessar as águas nas corredeiras, cujo som permanente absorve todos os ruídos; beber com os olhos alerta e músculos retesos, prontos para o salto da fuga; espojar-se nas margens arenosas e regressar para a Jângal bem disposto, a gozar a admiração dos companheiros, constituem coisas em que os gamos se deleitam, justamente porque sabem que, de um momento para outro, Bagheera ou Shere Khan podem arremessar-se sobre eles de salto e abatê-los. Agora, porém, toda aquela excitação de vida e morte deixava de existir. Os animais vinham ao bebedouro bambos de magreza e fome, tigres, ursos, búfalos e javardos juntos, e ali, apalermadamente, se dessedentavam nas águas sujas, sem ânimo de moverem-se.

Os veados e porcos-do-mato erravam ao acaso o dia inteiro na esperança de algo melhor que cascas mortas e folhas ressecas. Os búfalos já não encontravam pântanos onde refocilar, nem pasto verde com que encher o bucho. As cobras haviam deixado a Jângal e descido para os rios murchos, na expectativa de apanharem rãs extraviadas. Enrodilhavam-se por longo tempo em torno das pedras nuas, sem sequer darem botes quando o focinho de um porco a fossar o chão as deslocava. As tartarugas de rio tinham acabado todas nos dentes de Bagheera, a mais hábil das preadeiras; os peixes dormiam enterrados no barro ainda úmido. E a lomba azulega da Roca da Paz dia a dia avultava, comprida qual dorso de cobra. Quando nelas as ondazinhas da correnteza batiam, a água chiava como em contato do ferro quente.

Para ali veio Mowgli, à noite, em procura de frescor e saciedade. O mais esfaimado dos seus inimigos não daria tento dele. Sua pele nua o tornava ainda mais miserrando que os outros viventes.

Mowgli tinha a grenha transfeita em aniagem descorada pelo sol; suas costelas lembravam o vime dos balaios e os calos dos joelhos e cotovelos, provindos do arrastar-se de quatro, davam a esses membros o aspecto de varas cheias de nós. O olhar, entretanto, sempre firme e calmo sob as fortes sobrancelhas. É que Bagheera, sua conselheira naquele transe, não cessava de recomendar-lhe que agisse com calma, que caçasse em silêncio, que não perdesse o sangue-frio.

— Passamos um bem mau tempo — disse Bagheera certa noite de forno —, mas tudo se remediará se conseguirmos sobreviver até o fim. Está teu estômago cheio, filhote de homem?

— Há nele alguma coisa. Será, Bagheera, que as chuvas se esqueceram para sempre de nós?

— Hão de voltar. A *mohwa* há de florescer novamente e os veadinhos de novo engordarão nos capins rebrotados. Vamo-nos à Roca da Paz ouvir novidades. Trepa no meu ombro, Irmãozinho.

— Não me parece tempo de carregar peso. Posso muito bem caminhar por meus pés. Mas... como estamos no fim, Bagheera!...

A pantera correu os olhos pelos seus surrados flancos sujos de poeira e murmurou:

— A noite passada matei um boi na canga. Tão deprimida me sinto, que não o teria atacado se estivesse solto... *Wou!*

Mowgli sorriu.

— Sim, somos uns grandes caçadores agora! — disse mofando. — Eu ataco valentemente... as ninfas das vespeiras!

E, assim falando, os dois mártires da seca desceram ao leito do rio onde o *frouxel* de uma corredeira se espraiava em várias direções.

— As águas não podem durar muito — disse Baloo, que já lá estava. — Olhai. As trilhas que conduzem a este ponto parecem caminhos abertos pelos homens, de tão batidas.

No plaino que se estendia até longe, o subosque da Jângal morrera de pé, mumificado. A pata dos gamos e porcos batera-o de sulcos poentos e, a despeito do cedo que era, cada um desses sulcos se mostrava cheio de peregrinos em procura d'água. Veadinhos e gazelas tossiam dentro dos rolos de pó erguidos pela procissão.

Rio acima, na curvatura do mortiço remanso donde emergia a Roca da Paz, estava Hathi, o Elefante Selvagem, guardião da Trégua das Águas; tinha em redor seus filhos, magérrimos, com as pelancas rugosas inda mais ressaltadas pelo jogo do luar. Balançavam-se lentamente, de um lado e de outro, como sempre fazem os elefantes. Abaixo de Hathi, a vanguarda dos veados; mais abaixo ainda, as manadas dos porcos-do-mato e búfalos; do lado oposto, onde as árvores desciam até a orla d'água, os Comedores de Carne — o tigre, os lobos, a pantera, o urso.

— Vivemos realmente sob uma lei — disse Bagheera quando entrou n'água, vendo a galhaça dos veados assustadiços e o rebanho de cerdos que se entreatropelavam. — Boa caçada para todos vós do meu sangue — acrescentou, já semi-imersa, com meio corpo no raso. E entre dentes rosnou: — Caçada boa têm-na os bons caçadores...

Os apuradíssimos ouvidos dos veados apanharam no ar esta última sentença — e um arrepio de medo perpassou pelo bando. "Tréguas, não esquecer que estamos em Tréguas", dizia esse frêmito.

— Paz, paz! — grugulejou Hathi, o Elefante Selvagem. — As Tréguas estão em vigor. Não é oportuno falar em caçada.

— Ninguém o sabe melhor do que eu — rosnou Bagheera,

EDUARDO FEITO

volvendo rio acima, os olhos cor de ouro. — Uma simples comedora de tartaruga sou agora, uma pescadora de rãs. *Ngaayah!* Pudesse alimentar-me de ervas...

— *Nós* o apreciaríamos grandemente — baliu um veadinho novo, nascido na primavera daquele ano.

Apesar do miserável estado em que os filhos da Jângal se viam, todos sorriram, inclusive Hathi; Mowgli, mergulhado na água morna até aos ombros, riu alto, esparramando espuma em um assomo de alegria.

— Bem dito, botãozinho de veado! — rosnou a pantera. — Quando as Tréguas terminarem, lembrar-me-ei favoravelmente da tua agudeza. — E nele fixou os olhos penetrantemente, como para o reconhecer em qualquer tempo.

Bebedouro abaixo e acima, a conversa tinha-se generalizado. Ouviam-se o ronco dos cerdos a abrirem passagem; o resmungo dos búfalos que se bamboleavam ao andar, o vozeiro dos gamos a contarem entre si tristes histórias da dolorosa peregrinação em que andavam, à cata de alimento. De quando em quando, um deles perguntava qualquer coisa aos comedores de carne, do outro lado do rio, mas todas as novas eram más. Os ventos bochornais da Jângal persistiam, ululantes, a insinuar-se por entre as rochas, a estalidar galhos, a lançar à água ramos secos e cisco poento.

— Também os homens estão caindo ao pé dos seus arados — disse um jovem Sambhur. — Entre o pôr-do-sol e a noite, vi três mortos. Lá estão ainda, e os bois com eles. Imóveis como os vi, breve estaremos nós também.

— O rio continua a baixar — observou Baloo. — Ó, Hathi, acaso já viste, em tua longa vida, seca igual a esta?

— Há de passar, há de passar — respondeu Hathi entre dois esguichos que a tromba lançara aos flancos.

— Temos aqui um que não durará muito — disse o urso volvendo os olhos para o menino a quem ele tanto queria.

— Eu? — exclamou Mowgli, ofendido, erguendo-se n'água. — É verdade que não tenho tapete peludo a cobrir-me o corpo, mas se o tapete que usas, Baloo, vier um dia a vagar...

Hathi deu uma gargalhada, enquanto Baloo, ressentido, advertia com severidade:

— Filhote de homem, não fica bem dizer isso a um Mestre da Lei. *Nunca* minha pele vagou...

— Não quis ofender-te, Baloo, mas pareces-me um coco na

casca, a mim que sou um coco descascado. Se essa tua casca pardacenta vier a vagar...

Mowgli, que estava sentado de pernas cruzadas, explicando o que dizia com gestos, não pôde concluir. Bagheera pousara-lhe a pata sobre o ombro e o afundara de costas n'água.

— De mal a pior — disse a Pantera Negra, enquanto Mowgli se erguia, gotejante. — Primeiro tem Baloo de ser depilado; depois virará coco. Então, cuidado que ele não te faça o que os cocos maduros fazem!

— Que fazem? — perguntou Mowgli, curioso e em guarda, embora aquela história de cocos fosse uma adivinhação sabidíssima na Jângal.

— Quebram tua cabeça — respondeu Bagheera, derrubando-o n'água outra vez.

Baloo ainda estava ressentido.

— Não é direito mofar de um velho mestre — disse quando Mowgli mergulhou pela terceira vez.

— Sim, mas que queres? — rosnou de súbito uma voz nova. — Essa coisinha nua, que tece de cá para lá, gosta de fazer coisas de macaco contra nós, os velhos caçadores, e por brincadeira já puxou os bigodes do mais forte de todos.

Falava Shere Khan, o tigre aleijado que, mancando, vinha de aparecer no bebedouro. Falou e deteve-se um instante para gozar a sensação que sua presença causara entre os gamos da margem oposta. Em seguida, pendeu a cabeça quadrada e, lambendo a beiçaria, rosnou:

S. Tresilian

— A Jângal transformada em ninho de filhotes nus!... Olha para mim, filhote de homem!

Mowgli, então, olhou, ou melhor, fitou seus olhos no tigre com tal insolência que, após um minuto, Shere Khan baixava a cabeça, incomodado, e — "filhote de homem isto, filhote de homem aquilo" — lá foi resmungando, enquanto bebia. Depois murmurou:

— Filhote de homem? Nem filhote, nem homem. Fosse uma coisa ou outra e teria medo. Neste andar, da próxima vez terei de pedir-lhe licença para beber meu gole d'água. *Augrh!*

— Esse tempo virá — disse Bagheera com os olhos fitos entre os olhos do tigre. — Virá, virá. Mas, *faugh*, Shere Khan, que novo crime vens de cometer?

S. TRESILIAN

O Aleijado mergulhara n'água, as faces das quais escorria algo escuro e oleoso.

— Homem! — respondeu Shere Khan friamente. — Matei um, não faz uma hora — e continuou a resmungar para si mesmo.

A linha de animais que orlava o rio oscilou. Um murmúrio ergueu-se: "Homem! Ele matou um homem!" E os olhares de todos se dirigiram para Hathi, o Elefante Selvagem, o qual parecia alheio a tudo. Hathi nada faz antes do momento próprio — e é essa uma das razões por que vive tanto.

— Numa estação destas matar Homem! Não haveria outra caça ao alcance? — murmurou Bagheera com escárnio, erguendo-se da água ensujecida pelo tigre e sacudindo as patas como fazem os gatos.

— Matei por prazer, não por necessidade — resmungou o tigre, fazendo que os olhos miúdos de Hathi se voltassem na sua direção. — Por prazer — repetiu Shere Khan —, e agora venho tomar meu gole d'água e mundificar-me. Será isto coisa proibida?

O dorso de Bagheera principiou a curvar-se como um bambu dobrado pelo vento, mas Hathi ergueu sua tromba e falou calmamente:

— Mataste por gosto?

Quando Hathi pergunta, o melhor é responder.

— Sim. Era meu direito e estava em *minha noite* de caça, tu o sabes, ó Hathi — respondeu Shere Khan, quase cortesmente.

— Sei, sei — murmurou Hathi. E depois de curto silêncio: — Já acabaste de beber?

— Sim, por esta noite.

— Vai-te, então. O rio é bebedouro, não esgoto. Nenhum ser, salvo o Tigre Aleijado, seria capaz de arrotar seus direitos numa estação calamitosa destas, em que todos sofremos juntos, homens e animais. Puro ou impuro, vai para teu covil, Shere Khan!

Estas últimas palavras soaram cortantes e fizeram que os três filhos de Hathi se adiantassem de um passo, embora não houvesse necessidade. Shere Khan retirou-se, não ousando sequer rosnar. Sabia — como todos na Jângal sabem — que, nos momentos supremos, quem diz a última palavra é sempre o elefante.

— Que direito é esse a que se referiu Shere Khan? — perguntou Mowgli ao ouvido de Bagheera. — Parece-me que matar Homem é sempre degradante. A Lei o diz. Hathi, entretanto, deixa entender que...

— Pergunta-o a ele, que eu não sei, Irmãozinho. Exista ou não exista esse direito, se Hathi não tivesse falado, eu daria uma lição no carniceiro manco. Vir à Roca da Paz inda fresco da morte dum Homem... e gabar-se! Coisa de chacal. E ainda sujou nossa água...

Mowgli criou coragem durante um minuto antes de dirigir-se a Hathi; depois perguntou:

— Que direito é esse a que se referiu Shere Khan, ó Hathi?

Em ambas as margens sua pergunta foi repetida, porque o Povo da Jângal é curioso e todos acabavam de presenciar algo que nenhum, exceto o pensativo Baloo, parecia compreender.

— Trata-se duma velha história — respondeu Hathi —, uma história ainda mais velha do que a Jângal. Guardem silêncio que vou contá-la.

Houve durante um minuto ou dois um empurra-empurra entre os cerdos e búfalos. Os chefes dos bandos logo impuseram silêncio.

— Vamos à história, Hathi.

O elefante adiantou-se na direção da Roca da Paz até ter a água pelos joelhos. Apesar de magro, enrugado e surrado como estava, o vulto de Hathi dizia à Jângal quem ele era — o Mais Forte.

— Sabeis, meus filhos, que nada tememos tanto como o Homem — começou ele com as suas primeiras palavras seguidas de um murmúrio de aprovação.

— Isto é contigo, Irmãozinho — sussurrou Bagheera a Mowgli.

— Por que comigo? Pertenço à Alcatéia, sou um simples caçador do Povo Livre — replicou o menino. — Que tenho com os homens?

— E sabeis por que tememos o Homem? — prosseguiu Hathi. — Ouvi-me. No começo da Jângal... que ninguém sabe quando foi... nós convivíamos harmoniosamente sem que um tivesse medo do outro. Secas não havia nesse tempo. Flores, e folhas, e frutas acumulavam-se nas árvores, e não nos alimentávamos senão de flores, folhas, frutas e cascas.

— Felizmente não sou dessa era — rosnou Bagheera. — Cascas me servem apenas para afiar as unhas.

— E o Senhor da Jângal — continuou Hathi — era Tha, o Primeiro dos Elefantes. Fora a tromba de Tha que tirara a Jângal do seio profundo das águas. Onde fez ele brechas no solo com as presas, aí surgiram os rios; onde afundou a terra com as patas, aí se formaram lagos. Quando Tha soprava... assim... árvores vinham ao chão. Deste modo a Jângal se formou, conforme me foi contado.

— E não emagreceu a história ao ser recontada — sussurrou Bagheera, fazendo Mowgli esconder com as mãos um riso.

— Naqueles tempos, não existia o milho, nem os melões, nem a pimenta; nem se viam as cabanas que vemos hoje. O Povo da Jângal ignorava o Homem. Constituía uma grande irmandade amiga. Breve, porém, surgiram disputas a respeito de comida, embora a abundância de alimento vegetal desse para todos. Preguiçosos que eram, cada qual queria comer no próprio lugar onde estava, como fazemos hoje quando as chuvas da primavera vêm abundantes. Tha, o Primeiro dos Elefantes, vivia ocupado em criar novas florestas e em abrir leitos para novos rios. Como não pudesse estar ao mesmo tempo em toda a parte, fez do Primeiro dos Tigres o mestre e juiz da Jângal, ordenando que todos lhe submetessem as suas queixas. Naquele tempo, o Primeiro dos Tigres comia ervas e frutas como os demais. Era grande como o sou eu e belo de cor: tinha a cor das trepadeiras amarelas. Nenhuma listra ou pinta manchava a sua pelagem macia. Todos os animais vinham à sua presença sem receio nenhum. Sua palavra fazia lei. Éramos, lembrai-vos, um povo só.

Certa noite, houve disputa entre dois gamos; disputa a respeito de pastagem, como estas de hoje, que se resolvem a coices e chifradas. Os briguentos vieram à presença do Primeiro dos Tigres, que os atendeu de dentro dum tufo de flores. Durante os debates, um dos gamos o marrou com o chifre e, esquecido de que era o juiz, o Tigre lhe quebrou o pescoço com um valente munhecaço.

Até aquela noite, nenhum de nós havia morrido. Desconhecíamos a Morte e o Primeiro dos Tigres, vendo o que havia feito e sentindo-se alucinado pelo cheiro do sangue, correu a mergulhar-se nos pantanais do Norte. Ficamos sem juiz e as disputas recrudesceram. Tha, ouvindo de longe o barulho da desordem, voltou. Disseram-lhe uns isto, outros disseram-lhe aquilo, mas Tha percebeu o cadáver do gamo no tufo de flores e indagou quem o matara. Ninguém respondeu. Estavam todos endoidecidos pelo cheiro do sangue, a rondar com meneios de cabeça em redor do tufo. Tha, então, deu ordem aos cipós e às árvores de galhos baixos que margeiam as trilhas para que marcassem o matador, de modo que pudesse ser sempre reconhecido. Depois disse: "E quem quer agora ser o chefe do Povo?" O Macaco Gris saltou dos galhos onde vivia e respondeu: "Serei esse chefe". Tha sorriu e disse: "Assim seja", e retirou-se, suspirando.

Meus filhos, todos vós conheceis o Macaco Gris, que era então o que hoje é. No começo, havia arranjado uma cara muito sisuda; depois, deu de coçar-se e pular. Quando Tha de novo regressou, veio encontrá-lo de cabeça para baixo, pendurado pela cauda num ramo, fazendo micagens para o Povo da Jângal, que, por sua vez, caçoava dele. Tinha, assim, desaparecido a Lei, substituída por palavrório tolo e sem sentido.

Então, Tha nos chamou e disse: "O primeiro chefe que vos dei trouxe a Morte para a Jângal e o segundo a Derrisão. É tempo de terdes uma Lei que não possa ser quebrada. Será ela o Medo. Quando tiverdes encontrado o Medo, vereis que é ele realmente o vosso chefe supremo". E, então, o Povo da Jangâl perguntou: "Que é o medo?" E Tha respondeu: "Aprendei-o por vós mesmos. Procurai-o". E então o Povo da Jângal espalhou-se em procura do Medo. Certo dia os búfalos...

— *Ugh!* — espirrou Misa, o chefe da manada de búfalos.

— Sim, Misa, os antepassados dos teus búfalos de hoje. Apareceram os búfalos com a notícia de que em tal gruta, no seio da floresta, morava o Medo: uma criatura sem pêlo no corpo e que andava de pé. O povo da Jângal seguiu de rumo à gruta, em cuja entrada encontraram o Medo, de pé e nu de pêlos, como disseram os búfalos. Assim que nos viu chegar, gritou, e sua voz nos encheu do mesmo medo que hoje nos causa sempre que a ouvimos. Corremos em desabalada fuga, porque estávamos com medo, e aquela noite, conforme sei, não nos deitamos sossegados e em comum, como até ali vínhamos fazendo. Separamo-nos por tribos, cerdos dum lado, gamos de outro: chifre com chifre, casco com casco, e assim ficou.

Unicamente o Primeiro dos Tigres lá não fora, pois vivia nos pantanais do Norte. Quando soube do que tínhamos encontrado na gruta, disse: "Irei ver essa Coisa nua e lhe quebrarei o pescoço". Disse e fez. Andou toda uma noite em procura da covanca, e foi então que as árvores e cipós dos caminhos, atentos às ordens de Tha, o riscaram de listras nas costas, nos flancos, na testa, no focinho. Sempre que esbarrava num galho ou cipó, ficava com uma listra ou pinta nova em sua pelagem amarela. E essas marcas até hoje seus descendentes as usam! Quando alcançou a gruta, Medo, o Pelado, apontou para ele e disse: "O Manchado aí vem!", e o Primeiro dos Tigres teve medo do Pelado e voltou para os pantanais, miando.

Mowgli, mergulhado n'água até o queixo, sorriu.

— Tão alto miava o tigre que Tha o ouviu e perguntou: "Que mágoa te assalta?", e o Primeiro dos Tigres, com o focinho erguido para o céu novo em folha (este velho céu que temos hoje), exclamou: "Restitui meu antigo poder, ó Tha! Tornei-me malvisto de toda a Jângal e corri do Pelado, o qual me insultou de sujo". "E por quê?", perguntou Tha. "Porque eu estava todo listrado da lama do pantanal", respondeu o Primeiro dos Tigres. "Sujo de lama? Pois banha-te no rio e rola-te na relva que as listras deixarão tua pelagem", disse Tha. E o Primeiro dos Tigres banhou-se no rio e rolou na relva até que as árvores da mata começassem a girar em torno dele, mas nem uma só das listras desapareceu. Tha, que o observava, sorriu. Então, o Primeiro dos Tigres disse: "Que faria eu para ficar assim marcado?" E Tha explicou: "Mataste o gamo, soltaste a Morte na Jângal e com a Morte apareceu o Medo, fazendo que os filhos da Jângal se amedrontem uns dos outros e que tu te amedrontes do Pelado". O tigre disse: "Os filhos da Jângal não podem ter medo de mim, porque nos conhecemos desde o começo". Tha sorriu: "Verifica isso". E o Primeiro dos Tigres logo verificou que, inutilmente, chamava pelos cerdos, pelos veados, pelos Sambhurs — todos fugiam ao som da voz do seu antigo chefe e juiz. Tinham medo.

Assim, o Primeiro dos Tigres, já com o orgulho quebrado, deu com a cabeça no chão, rompeu a terra com as unhas e exclamou: "Lembra-te, Tha, de que já fui o chefe da Jângal. Não te esqueças de mim, Tha. Faze que meus filhos saibam que já fui amado e ignorante do medo". E Tha disse: "Assim seja, já que tu e eu vimos a Jângal sair do nada. Por uma noite, cada ano, tudo será para ti e para os teus como antes da morte do gamo. Nessa noite, se encontrares o Pelado — cujo nome é Homem —, não terás medo dele. Ele, sim, terá medo de ti, como se fosses o juiz supremo da Jângal e o chefe de todas as coisas. Nessa noite de medo para o Homem, sê generoso com ele, porque já sabes o que o medo é".

E, então, o Primeiro dos Tigres respondeu: "Basta. Estou satisfeito". Mas logo depois, indo beber, viu refletirem-se n'água as suas listras e recordou que o Pelado o insultara de sujo. A cólera pô-lo a fremir. Tinha de vingar-se. Voltou aos pantanais, onde passou um ano à espera do que Tha lhe prometera, e uma noite, em que a lua se ergueu muito clara, sentiu que a sua Noite era vinda. Tomou, então, rumo à Gruta do Pelado. Lá tudo aconteceu como

Tha predissera, pois que o Homem, tomado de medo, se agachou, e o Tigre lhe partiu a espinha com um munhecaço. O Primeiro dos Tigres estava certo de que na Jângal só existia um Pelado, e que, matando-o, matava o Medo. Pensava nisso, farejando a vítima, quando Tha se aproximou. Sua voz retumbante fez-se ouvir. Era esta mesma voz que soou agora...

Hathi referia-se ao trovão que, naquele momento, reboara pela morraria resseca. Riscas de fogo riscavam o céu. Mas não chovia. O Elefante Selvagem prosseguiu:

— Foi esta a voz que o Primeiro dos Tigres ouviu, voz que perguntava: "Onde está a tua generosidade, ó Tigre?" O Primeiro dos Tigres lambeu os beiços e explicou que apenas matara o Medo. Disse então Tha: "Louco! O que fizeste foi desatar os pés da Morte — e agora a Morte seguirá teus passos até o fim dos fins. Tu acabas de ensinar o Homem a matar!"

Com a pata ainda sobre o peito do Pelado inerte, o Primeiro dos Tigres exclamou: "Está imóvel como o gamo que matei! Não existe mais Medo. Posso voltar a ser o juiz da Jângal".

E Tha disse: "Nunca mais os Filhos da Jângal virão a ti. Nunca mais cruzarão teu carreiro, nem seguirão teus passos, nem dormirão perto de onde dormires, nem pastarão junto à tua caverna. Unicamente o Medo te seguirá; e por meio de golpes que não poderás perceber donde vêm, nem como vêm, te dominará. Ele fará o chão abrir-se em mundéus aos teus pés, fará laços de cipó constringirem teu pescoço, fará troncos de árvores se erguerem unidos em redor de ti, cercando-te; por fim, tomará tua pele para conchego dos seus filhotes, no tempo frio. Não tiveste piedade do Homem e o Homem jamais terá dó de ti".

O Primeiro dos Tigres era valente e, como ainda fosse dono da sua Noite, disse: "A promessa de Tha é a promessa de Tha. Terei sempre a minha Noite?"

E Tha respondeu: "Uma Noite única em cada ano será sempre tua, como já te disse, mas há um preço... Tu ensinaste o Homem a matar. O Homem não é tardo no aprender".

O Primeiro dos Tigres disse: "Aqui está ele sob minhas patas, com a espinha quebrada. Permite-me, Tha, que toda a Jângal saiba que matei o Medo".

Tha sorriu e disse: "Tu mataste um entre muitos; mas dize-o tu mesmo à Jângal, pois que tua Noite está terminada".

Veio o dia e logo à boca da gruta apareceu outro Pelado; vendo o morto sobre o qual o Tigre pisava, tomou de uma longa vara de ponta aguda...

— Eles lançam agora uma coisa que corta — interrompeu Ikki, o Porco-Espinho, que os Gonds, tribo de homens selvagens das redondezas, consideravam bom petisco.

Ikki referia-se à machadinha que os Gonds arremessam de longe, qual relâmpago.

— Era uma vara de ponta cortante — prosseguiu Hathi —, como essas que eles colocam hoje na cabeça dos troncos de árvore que descem sobre o nosso corpo quando caímos nos mundéus. E, arremessando-a, aquele segundo Pelado feriu o Primeiro dos Tigres no flanco. O Primeiro dos Tigres correu como doido pela Jângal até que a vara se quebrasse, e os filhos da Jângal ficaram conhecendo que os Pelados sabiam ferir de longe, e mais ainda o temeram daí por diante. Desse modo, meus filhos, o tigre número um foi quem ensinou o Homem a matar: e sabeis que calamidade para nós começou a ser isso, essa ciência, essas pontas cortantes, esses mundéus, a vara aguda que vem sibilando e a mosca terrível que nasce ao longe dentro duma fumacinha branca (Hathi referia-se à bala). E também a Flor Vermelha que nos tange para onde eles querem (Hathi referia-se ao fogo). Entretanto, por uma noite única em cada ano, o Pelado teme o Tigre, como Tha prometera, e jamais o Tigre fez algo que amortecesse tal temor. Onde o Tigre encontra o Homem, aí o mata... ou morre. E o medo circula pela Jângal, de dia e de noite.

— *Ahi! Aoo!* — gemeu um veado que sabia muito bem daquilo.

— E unicamente quando um Medo imenso paira sobre todos nós, como agora, é que os filhos da Jângal esquecem o medo comum e se reúnem como estamos reunidos.

— Por uma noite só, em cada ano, teme o Homem ao Tigre? — perguntou Mowgli.

— Por uma noite só — respondeu Hathi.

— Mas sei... como toda a Jângal sabe... que Shere Khan mata dois, três homens a cada lua!...

— Sim. Mas à traição e fechando os olhos quando fere... de medo. Se o Homem o olhasse firme nos olhos, Shere Khan fugiria. Na sua noite, porém, ele penetra abertamente nas aldeias, corre-lhes as ruas, mete a cabeça pelas portas... e o Homem, apavorado, deixa-se matar de frente.

— *OOh!* — exclamou Mowgli para si mesmo, espalhando-se

n'água. — *Agora* percebo por que Shere Khan me mandou que olhasse para ele! Queria ver, queria experimentar se suportava meus olhos, se eu não caía por terra dominado pelo seu olhar... Mas nesse caso não sou Homem, pertenço mesmo ao Povo Livre...

— *Umm!* — roncou Bagheera para dentro da garganta. — Sabe o Tigre quando é a sua noite?

— Nunca o sabe, senão quando o Chacal da Lua aparece claro na neblina noturna. Isso sucede, às vezes, pelo verão, outras vezes durante as chuvas. É a Noite do Tigre. Mas, se não fosse o Primeiro dos Tigres, nada teria acontecido e nenhum de nós jamais conheceria o Medo.

Os veados suspiraram, Bagheera encrispou o beiço em um sorriso mau.

— Conhecem os homens esta história? — perguntou ela.

— Ninguém a conhece, exceto os tigres e nós, os elefantes descendentes de Tha. Agora vós todos a conheceis.

Hathi mergulhou a tromba n'água como sinal de que tinha dito tudo.

— Mas, mas, mas... — começou Mowgli virando-se para Baloo — por que não continuou o Primeiro dos Tigres a alimentar-se de folhas de árvore e ervas rasteiras? Ele apenas quebrou o pescoço do gamo, não o "comeu". Que foi que o levou à carne?

— As árvores e cipós haviam-no marcado, Irmãozinho, haviam-no transformado nesse tapete de listras que vemos hoje. Por isso o tigre evitou, dali por diante, alimentar-se de folhas e vingar-se de tais plantas nos veados e outros comedores de ervas — explicou o urso.

— Ó, também conheces a história, Baloo!... Por que nunca ma contaste?

— A Jângal está cheia de histórias como esta. Se me pusesse a contá-las todas, não faria outra coisa. Vamos! Larga da minha orelha, Irmãozinho!

Lei da Jângal

Aqui está exposta agora a Lei da Jângal,
Antiga como o céu e como o céu tão vera.
O Lobo que a transgride por certo sucumbe.
O Lobo que a respeita por certo prospera.

A Lei vai para trás e para diante
Como em torno do tronco, a enroscar, a liana.
Ouve: A força do grupo reside no Lobo,
Como a força do Lobo do grupo dimana.

Lava-te cada dia, da cauda ao focinho,
Bebe. Sacia a sede, mas sem abusar.
E não olvides nunca: O dia é para o sono,
E as noites foram feitas para se caçar.

O Chacal segue o tigre, mas tu, Lobozinho,
Mal te crescerão os bigodes com vigor,
Apenas poderás confiar em ti mesmo,
Lembra-te bem: O Lobo é sempre caçador.

Estejas sempre em paz com os senhores da Jângal,
Com o urso, com a pantera, com o Tigre feroz.
Não zombarás do porco na sua guarida,
Nem turbarás Hathi, o que perdeu a voz.

Se duas alcatéias se encontram na Jângal,
E nenhuma das duas cogita ceder,
Espera em calma que confabulem os chefes,
Pode o termo cortês prevalecer.

Quando tu combateres com um Lobo do Clã,
Seja bem num lugar distanciado e escondido,
Para que outros não entrem no conflito
E fique o grupo pela guerra diminuído.

O antro do Lobo há de ser seu refúgio,
E quando ele o escolher para seguro lar,
A ele não poderá ir nem mesmo o Conselho,
Nem o chefe dos Lobos nele pode entrar.

O antro do Lobo há de ser seu refúgio.
Se ele estiver acaso demasiado exposto,
Mandará o Conselho uma mensagem,
E mudarás de abrigo mesmo a contragosto.

Se a caça for antes da meia-noite,
Tu não acordarás a mata com os gritos.
Deixarias, então, os teus irmãos jejunos,
Deixarias, então, os galheiros aflitos.

Matarás para ti e para a prole
Tanto quanto precisem e fores capaz.
Mas nunca mates pelo prazer de matar.
E, *sete vezes, o homem sempre pouparás!*

Podes tomar a presa de algum mais pequeno,
Teu orgulho porém exaltado não cresça.
Também o humilde tem direito na Alcatéia,
Deixa-lhe, então, o couro assim como a cabeça.

A caça da alcatéia pertence à Alcatéia.
Bem onde ela estiver será comida.
Ninguém pode levar desta carne ao seu fojo
Sob risco de poder até perder a vida!
Mas a caça do Lobo só o Lobo come,
Fará com ela o que muito bem entender,
E só pode a Alcatéia comer desta caça,
Se tiver nisto o Lobo algum prazer.

Os filhotes também têm seu direito,
E dos membros do grupo podem reclamar
A parte que lhes cabe; e com certeza
Não haverá quem vá lhes recusar.

Há também o direito do covil.
Pertence à Mãe, que pode reclamar
A anca de cada presa; e, certamente,
Não haverá quem vá lhe recusar.

O direito do fojo é um direito do Pai;
De caçar para si e os seus. Porém,
Só pode ser julgado pelo Grão-Conselho,
Não devendo ligar ao Clã mais ninguém.

E por causa de sua idade e sua astúcia,
Por seu peso e por suas garras incisivas,
Onde esta Lei da Jângal for omissa,
As palavras do chefe serão decisivas.

Enfim, são estas as Leis numerosas
Da Jângal. E potentes elas soem ser.
Mas a cabaça e o casco desta Lei, e a anca
E a bossa estão numa palavra: Obedecer.

Tigre! Tigre!

Voltas contente, caçador ousado?
Irmão, a espera
Longa e fria que era!
Tua presa é que agora eu estou percebendo?
Irmão, ela na Jângal vai pascendo.
Onde está a força que te fez tão orgulhoso?
Irmão, fizeram meu coração doloroso.
Por que com tanto alento tu estás a correr?
Irmão, eu vou ao fojo. *Vou para morrer.*

Voltemos um pouco atrás. Quando Mowgli deixou a caverna do lobo, depois da luta com a Alcatéia na Roca do Conselho, desceu às terras cultivadas onde os camponeses viviam. Mas não se deteve lá, por ser muito perto da Jângal onde havia feito pelo menos um inimigo na reunião do Conselho. Avançou bastante, tomando pela estrada que corria pelo vale e seguindo-a por cinco léguas até alcançar zona sua desconhecida. Esse vale achava-se em grande planura, verrugosa de rochedos e picada de ravinas. Em um dos extremos, via-se pequena aldeia cercada de pastagens, que de chofre terminavam na orla da espessa Jângal. Por toda a planura andavam búfalos pastando sob a guarda de pequenos pastores, os quais fugiram aos gritos ao verem Mowgli. Seus cães amarelos puseram-se a latir. Mowgli, porém, não se deteve. Estava faminto. Quando alcançou a porta da aldeia, viu ainda aberto o tapume de espinheiro com que a fechavam de noite.

— *Umph!* — exclamou diante daquela defesa que já conhecia de outras incursões. — Os homens precavêm-se ainda aqui contra os habitantes da Jângal — murmurou, sentando-se à soleira da porta.

Quando o primeiro homem apareceu, pôs-se de pé e apontou para a boca aberta, a significar que tinha fome. O homem arregalou

Fritz Eichenberg

os olhos e sumiu-se, para logo depois voltar seguido de um sacerdote — homenzarrão vestido de branco e marcado de vermelho e amarelo na testa. Atrás do sacerdote vieram *magotes* de povo, gente com caras de espanto. Todos apontavam para o menino.

"Não sabem comportar-se, estes homens", pensou Mowgli consigo. "Só macacos agiriam assim", e com esse pensamento na cabeça jogou para trás os seus cabelos compridos e encarou firme a multidão.

— Que há para causar medo? — disse o sacerdote. — Olhai para as cicatrizes que ele tem nos braços e nas pernas. Mordeduras de lobo. É um filho de lobo que fugiu da Jângal.

De fato, de brincarem juntos, os filhotes de Mãe Loba haviam, sem o querer, mordido Mowgli fartamente, donde aquelas cicatrizes tão visíveis. O menino, entretanto, jamais considerara aquilo mordeduras, pois não passava de brinquedo.

— *Arre! Arre!* — exclamaram duas ou três mulheres a um tempo. — Mordido de lobos, o pobrezinho! E tão galante que é! Tem olhos de fogo. Por minha honra, Messua, parece-se muito com o teu menino que o tigre raptou.

— Deixai-me ver — disse uma mulher de grossos anéis nos

dedos e pulseiras de cobre nos braços. E, aproximando-se, examinou-o bem de perto. — Não é ele, não. Mais delgadinho, embora se pareça muito com meu filho.

O sacerdote, homem fino, sabia que Messua era a esposa do mais rico lavrador da região. Assim, olhou para o céu por um minuto, e disse com solenidade:

— O que a Jângal tomou, a Jângal acaba de restituir. Leva o menino para tua casa, Irmã, e não te esqueças de recompensar o sacerdote que vê tão fundo tudo na vida dos homens.

"Pelo Touro que me comprou!", disse Mowgli consigo. "Isto parece uma outra reunião do Conselho. Bem, bem. Se sou homem, que homem me torne de verdade."

A multidão dispersou-se logo que a mulher conduziu Mowgli para sua cabana, onde havia um estrado de laca, uma grande arca de pão com desenhos em relevo na tampa, meia dúzia de utensílios de cozinha, a imagem de um deus hindu na pequena alcova e, na parede, um espelho dos que se vendem nas feiras.

A mulher deu-lhe uma vasilha de leite e um pedaço de pão; depois, tomou-lhe a cabeça e olhou-o nos olhos. Quem sabe se não era ele o menino que o tigre levara? E chamou-o:

— Nathoo, Nathoo (Mowgli não deu mostras de conhecer tal nome). Não te lembras do dia em que te fiz uns sapatinhos novos? — perguntou ela apontando-lhe para os pés calejados. — Não, não — respondeu para si mesma a mulher, cheia de mágoa —, estes pés jamais usaram sapatos; mas tu te assemelhas bastante ao meu Nathoo, e ficarás sendo meu filho.

Mowgli não se sentia à vontade por nunca se ter visto dentro de uma cabana; mas sossegou, olhando para o teto e vendo que por ali poderia fugir, se lhe desse gana — além de que as janelas não tinham ferrolho.

"De que me vale ser homem, se não entendo a linguagem dos homens?", pensou consigo. "Estou aqui tão estúpido e mudo como um homem que estivesse conosco lá na Jângal. Tenho de apanhar a linguagem deles."

Não fora por desafio que Mowgli aprendera na caverna dos lobos a imitar o grito de desafio dos bodes selvagens e o grunhir dos cervos novos. Por isso, logo que Messua pronunciava uma palavra, ele a imitava incontinente, tendo assim assimilado, nesse mesmo dia, o nome de muita coisa existente na cabana.

À hora de dormir, houve dificuldades. Mowgli não sabia dormir fechado no que lhe parecia um mundéu para leopardos. Assim, quando trancaram a porta, saiu pela janela.

— Deixa-o fazer — disse o marido de Messua. — Lembra-te de que ele jamais dormiu em cama. Se esse menino foi realmente enviado pelo céu para substituir o nosso filho, não fugirá.

Pôde, destarte, Mowgli estirar-se na relva macia do campo vizinho para dormir à lei da natureza. Antes que seus olhos se fechassem, entretanto, um focinho amigo veio farejá-lo.

— *Fhew!* — exclamou o Lobo Gris (filhote mais moço de Mãe Loba). — Acho que estás mal compensado das cinco léguas que fizeste. Cheiras a gado e a fumaça... tal qual um homem. Levanta-te, Irmãozinho. Trago notícias.

— Vai tudo bem na Jângal? — perguntou Mowgli abraçando-o.

— Tudo, exceto para os lobos que chamuscaste com a Flor Vermelha. Ouve. Shere Khan afastou-se para longe, onde ficará até que lhe cresçam de novo as barbas queimadas. Mas jurou que, quando vier, há de deixar os ossos do filhote de homem a branquejarem no Waingunga.

— Fiz igual promessa quanto aos dele — respondeu calmamente o menino. — Bem, bem. Notícias são notícias. Sinto-me cansado esta noite... cansado de coisas novas. Traze-me sempre novidades, Irmão Gris.

— Não te esquecerás de que és lobo? Não te farão os homens esquecer isso? — perguntou o Lobo Gris apreensivo.

— Jamais! Sempre me lembrarei de todos da nossa caverna... embora também não me esqueça de que fui expulso da Alcatéia.

— Nem percas de vista que podes ser lançado fora de outra alcatéia: a alcatéia dos homens... Homens são unicamente homens, Irmãozinho, falam como rãs na lagoa. Quando eu regressar a ver-te, esperarei por ti ao pé das touceiras de bambu deste pasto.

Por três meses, depois disso, poucas vezes Mowgli transpôs as portas da aldeia, tão ocupado andava em aprender os usos e costumes dos homens. Teve de acostumar-se a usar panos em cima do corpo, coisa que muito o incomodava; como também aprendeu o valor do dinheiro e seu emprego (sem nada compreender), e o uso do arado, que lhe parecia inútil. Os meninos da rua o punham furioso. Felizmente a Lei da Jângal lhe ensinara a dominar-se, porque, na vida selvagem, o alimento e a segurança dependem muito do domínio sobre si próprio. Mas quando os meninos se riam dele por não saber empinar um papagaio ou por dizer erradas as palavras, unicamente pelo fato de não ser permitido é que deixava de agarrá-los e parti-los em pedaços.

Mowgli desconhecia a sua própria força. Na Jângal, sabia-se fraco, em comparação com os animais selvagens; na aldeia os homens, o consideravam forte qual um touro.

Também não tinha a menor idéia a respeito da separação de castas. Quando o asno do oleiro escorregava e caía no varal da moenda, ele o punha de pé com um empuxão de cauda.

Também ajudava o oleiro a levar suas telhas para o mercado. Aquilo impressionava mal, porque o oleiro pertencia à casta dos *párias* e o seu asno a outra casta ainda mais vil. Quando o sacerdote o advertiu disso, Mowgli o ameaçou de pô-lo também em cima do asno, o que fez o santo homem ir dizer ao marido de Messua que era tempo de meter o menino no trabalho. Em conseqüência, teve ele ordem de ir guardar os búfalos no pasto. Ninguém poderia receber semelhante ordem com maior contentamento. À noite desse dia, foi ter à grande figueira que ornava a praça principal da aldeia. Era lá o clube onde os chefes políticos e o barbeiro (o qual conhecia todos os mexericos do lugar), e ainda o velho Buldeo, caçador dono de uma carabina Tower, se reuniam para conversar e fumar. Macacos vinham empoleirar-se nos galhos da figueira, em cujo tronco havia um oco onde morava uma cobra. Todos os dias as mulheres punham ali um prato de leite, visto tratar-se de uma cobra sagrada. Os velhos sentavam-se em torno dessa árvore para conversar por entre longas baforadas dos cachimbos d'água. Narravam maravilhosas histórias de deuses, homens e fantasmas. Buldeo, com as suas lorotas relativas aos costumes dos animais da Jângal, fazia as crianças arregalarem os olhos. A razão dessas histórias vinha de estar a floresta muito próxima da aldeia, a ponto de os porcos selvagens invadirem freqüentemente as plantações e os tigres tocaiarem homens ao cair da noite, à vista de todos.

Mowgli, que muito naturalmente conhecia a fundo a vida da Jângal, tinha de esconder o rosto para ocultar o riso, quando Buldeo, com a sua carabina Tower sobre os joelhos, dissertava sobre o assunto.

Buldeo era de opinião que o tigre que raptara o filho de Messua era um tigre-fantasma, cujo corpo servia de morada à alma de um *onzeneiro* falecido anos atrás.

— E sei que isto é verdade — dizia ele —, porque Purun Dass (o tal *onzeneiro*) mancava duma perna em conseqüência do tiro que

Fritz Eichenberg

levou numa briga, e o tigre de que falo manca também, como verifiquei pelos rastros.

— Deve ser isso mesmo — concordavam os velhos barbaças meneando a cabeça.

Mowgli não se conteve.

— Todas as histórias contadas aqui serão deste naipe? — perguntou ele. — Esse tigre manca porque nasceu aleijado, como todos lá sabem. Supor que a alma dum onzeneiro habite o corpo dum tigre que jamais teve sequer a coragem dum chacal é infantilidade.

Buldeo perdeu a fala de tanta surpresa em face do atrevimento daquela observação.

— Ó! É o homenzinho-lobo quem fala! — disse ele. — Se entendes tanto desse tigre, seria melhor que nos trouxesses a sua pele; o governo dá por ela cem rupias. Faze isso, em vez de estares aí a meter a colher torta na conversa dos mais velhos.

Mowgli retirou-se.

— Toda a tarde tenho estado aqui — disse ao levantar-se — e, a não ser uma vez ou outra, Buldeo não disse nada certo da Jângal, que começa ali adiante. Como hei de crer, pois, nas histórias de deuses e duendes que ele diz ter visto?

— Este rapazinho precisa entrar no trabalho quanto antes — observou um dos velhos, enquanto Buldeo engasgava de cólera ante a impertinência de Mowgli.

As aldeias indianas costumam consagrar uns tantos rapazes à guarda dos bois e búfalos, que eles levam a pastar cada manhã e recolhem à noite. Enormes animais, que dariam com facilidade cabo de um homem, deixam-se conduzir e bater por essas crianças. Enquanto os pastorzinhos permanecem junto do gado, nenhum perigo correm, porque nem o tigre ousa atacar uma manada de bois ou búfalos. Mas se se afastam, atraídos por flores silvestres ou para apanhar algum lagarto, freqüentemente são caçados pelos tigres. Mowgli atravessou a aldeia pela madrugada, montado no pescoço de Rama, o touro do rebanho. Seguiam-no os búfalos de chifres retorcidos para trás e olhos selvagens. Mowgli os tangia com uma longa vara de bambu. Logo que chegou ao campo, disse a Kamya, um dos seus companheirinhos de pastoreio, que tomasse conta dos bois, juntamente com os outros, que ele sozinho guardaria os búfalos.

Uma pastagem indiana é, em geral, um terreno rochoso, cheio de moitas e picado de ravinas, dentro das quais o gado desaparece. Os búfalos procuram pontos pantanosos, onde chafurdam durante as horas quentes do dia. Mowgli levou seu rebanho para o extremo da planura, lá onde o rio Waingunga sai da floresta. Saltou de sobre o pescoço de Rama e correu à moita de bambus, ao pé da qual devia estar o Lobo Gris.

— Esperei-te aqui muitas vezes — disse este. — Que história é essa de guardar gado agora?

— Mandaram-me — respondeu Mowgli. — Estou feito pastor de búfalos. Que há de novo sobre Shere Khan?

— Já voltou para esta zona e tem estado aqui à tua espera. Agora me consta que se afastou em procura de caça, visto que por cá existe pouca. Ele quer matar-te.

— Muito bem — respondeu Mowgli. — Enquanto ele estiver

por fora, tu te sentarás nesta pedra de modo que da aldeia possas ser visto por mim. Assim que ele voltar, tu me esperarás na ravina, perto daquela árvore grande que daqui se vê. Precisamos evitar de cair dentro da goela de Shere Khan.

Em seguida, Mowgli escolheu um lugar de sombra, onde se deitou a dormir enquanto os búfalos pastavam.

O pastoreio na Índia é um dos serviços mais vazios do mundo. O gado move-se e pasta, e deita-se, e move-se de novo para pastar adiante e deitar-se outra vez. Raro muge. Os búfalos chafurdam em todos os pântanos que encontram, caminhando dentro deles apenas com os focinhos de fora. O sol faz que as pedras pareçam dançar em tremeliques, e os pastorzinhos se distraem com o solitário Kite a descrever curvas sobre suas cabeças, lá no alto do céu; sabem eles que, assim que uma vaca morre, esse urubu descerá imediatamente, e que o Kite mais próximo virá também, e assim todos os Kites da região. E os rapazes dormem e despertam e dormem de novo, e tecem pequenos cestos onde aprisionam gafanhotos; ou apanham louva-a-deus que põem a lutar entre si; ou fazem colares de sementes vermelhas e pretas, colhidas na Jângal; ou acompanham o lagarto que toma sol sobre as pedras; ou assistem ao espetáculo da cobra a fascinar rãs nas ravinas. Também cantam cantigas de terra e fazem figurinhas de barro, ou ídolos. Quando a tarde cai, os pequenos pastores chamam o gado. Os búfalos arrancam-se dos lameiros com estampidos e, um atrás do outro, rumam em direção da aldeia.

Dias seguidos levou Mowgli seus búfalos ao campo, e dias seguidos avistou o Lobo Gris no ponto combinado, sabendo, assim, que Shere Khan ainda não estava de volta. Passou a maior parte desse tempo deitado na relva, a sonhar com a vida da Jângal, enquanto o seu ouvido alerta apanhava os menores rumores. Se Shere Khan desse nas matas marginais do Waingunga um passo em falso com a sua perna aleijada, ele o teria percebido nesses momentos de repouso.

Por fim, chegou o dia em que não viu o Lobo Gris no lugar de sempre. Mowgli sorriu e fez marcharem seus búfalos pela ravina adentro, rumo da árvore grande, por essa ocasião coberta de flores de ouro. Lá encontrou o irmão lobo, todo arrepiado.

— Ele prepara-se para arrancar-te aos búfalos. Seguido de Tabaqui, Shere Khan cruzou o rio a noite passada — disse o lobinho inquieto.

Mowgli franziu os sobrolhos.

— Não tenho medo de Shere Khan — disse ele —, mas Tabaqui é muito astucioso.

— Nada receies de Tabaqui. Encontrei-o de madrugada, e a estas horas está contando suas lorotas aos urubus. Antes de quebrar-lhe a espinha, porém, fi-lo falar e contar tudo. Shere Khan planeja tocaiar-te esta tarde às portas da aldeia. Neste momento, deve estar oculto na grande ravina seca do Waingunga.

— Teria comido hoje ou ainda está em jejum? — perguntou Mowgli, para quem da resposta dependia a vida.

— Matou um porco de madrugada e também bebeu no rio. Shere Khan nunca se conserva em jejum, nem mesmo em véspera duma vingança.

— Louco! Louco! Que infantil que é! Comeu e bebeu e pensa que o inimigo vai esperar até que digira! Dize-me, onde está Shere Khan exatamente? Se fôramos dez, daríamos cabo dele já. Meus búfalos não o atacarão, salvo se atiçados, e eu desconheço a linguagem dos búfalos. Mas poderemos seguir os rastros dele, de modo que o farejem.

— Shere Khan atravessou a nado o Waingunga para cortar caminho — respondeu Lobo Gris.

— Tabaqui ensinou-lhe esse meio de encurtar a viagem, já sei. Por si mesmo não teria nunca tal idéia — observou Mowgli, de pé, com o dedo na boca, meditativo. — A ravina grande do Waingunga abre para o campo a menos de milha daqui. Eu poderei cortar a Jângal com meus búfalos para sair no começo da ravina e então varrê-la toda; mas Shere Khan fugiria, advertido pelo tropel... Temos de bloquear a outra saída. Irmão Gris, és capaz de conduzir metade dos meus búfalos?

— Creio que não, mas trouxe comigo um bom auxiliar — respondeu o Lobo Gris, afastando-se até sumir-se em um buraco donde logo depois surgiu uma cabeça que Mowgli conhecia muito bem. Imediatamente, o espaço se encheu com a repercussão do mais desolador grito de Jângal: o Grito de Caça do Lobo.

— Akela! Akela! — exclamou Mowgli batendo palmas. — Eu tinha certeza de que não me havias de esquecer. Há serviço pesado hoje. Toma conta de metade dos meus búfalos, Akela. Separa as fêmeas e crias dum lado e os machos de outro.

Ajudado pelo lobinho, Akela pôs-se a executar a ordem. O rebanho foi separado em dois. Em um grupo ficaram as fêmeas, com as crias no centro, escarvando a terra, prontas para a defesa da prole.

No outro ficaram os touros e garrotes formados, cuja atitude guerreira, apesar de imponente, não era tão perigosa como a das fêmeas, visto não terem prole a defender.

— Que ordenas agora? — perguntou Akela, ofegante. — Os búfalos não tardarão a reunir-se.

Mowgli saltou para o pescoço de Rama e gritou:

— Tange o bando de machos para a esquerda, Akela, e tu, Irmãozinho Gris, irás com o bando de fêmeas ocupar o outro extremo da ravina.

— Em que ponto?

— Num ponto onde as barrancas sejam tão altas e íngremes que Shere Khan não as possa galgar.

O lobinho plantou-se imóvel diante das fêmeas, em atitude de desafio. Elas avançaram contra ele; o lobinho recuou e parou de novo; elas avançaram outra vez; o lobinho recuou e parou novamente. Desse modo as foi conduzindo para o ponto indicado por Mowgli. O mesmo sistema usou Akela para conduzir o seu bando de machos.

— Belo serviço, Akela! — gritava Mowgli de cima de Rama. — Uma carga mais e basta. Cuidado agora! Não os irrites muito, que carregarão contra ti. A carga tem de ser contra o tigre, lembra-te. *Huyah!* Sabias que estas criaturas de chifres voltados para trás são assim ligeiras no mover-se?

— Já... já cacei búfalos, no meu bom tempo — respondeu Akela, meio asfixiado pela poeira. — Viro agora em direção da Jângal?

— Sim, e depressa. Rama está ardendo em furor. Ó, se eu pudesse fazê-lo compreender meu plano...

Vendo de longe aquele movimento do gado, os outros pastores correram para a aldeia, a contar que os búfalos haviam estourado e fugiam para a Jângal.

O plano de Mowgli era muito simples. Queria alcançar o começo da ravina e, para isso, cortaria um trecho da floresta. Alcançando o começo da ravina, meter-se-ia por ela adentro de modo a entalar Shere Khan entre os dois bandos de búfalos. Mowgli sabia que, depois de haver comido e bebido, o tigre era incapaz de luta, bem como de galgar as barrancas da ravina. Sempre montado em Rama, seguia na frente, acalmando os búfalos com os seus gritos; Akela seguia atrás, apressando a marcha da retaguarda. Ao chegar a certo ponto, Mowgli deteve os animais em um alto de onde podia avistar por entre as árvores a planície ao longe. O que interessava eram as barrancas. Pôde verificar que eram bem altas, quase a prumo, justamente como necessário no caso. As plantas trepadeiras, que nelas cresciam, não formavam pontos de apoio para um tigre que tentasse subir.

— Deixa-os tomar fôlego, Akela — gritou Mowgli de mão erguida. — Teus búfalos ainda não farejam o tigre. Deixa-os respirar livremente e apanhar a catinga que está no ar.

E depois disso feito:

— Shere Khan pode aparecer agora. Não escapará.

Em seguida, levou ambas as mãos à boca e desferiu um grito no rumo do canal da ravina — verdadeiro grito em um túnel — e o eco multiplicou aquele som de rocha em rocha.

Sem demora, lhe chegou aos ouvidos o ronco de espreguiçamento de um tigre farto que acaba de despertar.

— Quem me chama? — urrou Shere Khan, fazendo esvoaçar de uma moita um assustado pavão.

— Eu, Mowgli. Chegou teu dia, comedor de bezerros! Vamos, Akela! Avança! Ataca, Rama, ataca!

Os búfalos, detidos por uns momentos na boca da ravina e postos em marcha pelo grito de guerra que o lobo desferiu, lançaram-se para a frente em doido atropelo, fazendo que a areia do chão se erguesse em nuvens e as pedras que os cascos batiam pererecassem tontas. Uma vez na disparada, coisa nenhuma os poderia deter. Haviam-se transformado em furacão. Logo adiante Rama farejou o ar, no qual sentiu bem viva a catinga do tigre.

— *Ha! Ha!* — exclamou Mowgli. — Agora sabes do que se trata, não é?

A torrente daqueles chifres negros, daqueles focinhos espumarentos, daqueles olhos chamejantes, daqueles corpos lançados em um ímpeto incoercível, varreu o canal, como enormes pedrouços levados pela enxurrada. Os mais fracos eram espremidos de encontro às barrancas, que tentavam galgar por entre o emaranhado das plantas trepadeiras; sabiam a força da avalancha que lhes vinha atrás, tão impetuosa que nem o tigre lhe resiste. Shere Khan ouviu o tropel e ergueu-se, pondo-se em marcha em procura de um ponto favorável onde pudesse galgar a barranca; eram elas, porém, muito íngremes naquele trecho, de modo que teve de trotar para adiante, pesado da digestão e disposto a tudo, menos a lutar. A torrente de búfalos breve alcançou o brejo onde ele estivera deitado, e todos mugiram coléricos. Mowgli ouviu os mugidos de resposta das fêmeas no outro extremo da ravina. Shere Khan também os ouviu e entreparou. Entreparou e voltou-se. Compreendera tudo, e preferia enfrentar os touros da retaguarda à ponta de fêmeas que o esperavam na frente. Era tarde. Rama atirou-se contra ele e apisoou-o, furioso, seguido nisso de quantos o acompanhavam de perto. Mowgli já havia saltado do seu cangote, pondo-se a seguro em um ressalto da barranca, de vara em punho.

— Depressa, Akela! Dispersa os búfalos antes que comecem a entreferir-se. Estão muito amontoados. Anda, Akela! *Hai!* Rama! Cuidado! Cuidado!...

Akela e o Lobo Gris, que se haviam reunido, entraram a correr de um lado para outro, mordendo as pernas dos búfalos, de modo a dispersá-los antes que o entrechoque dos seus corpos fosse maior. Shere Khan não necessitava de mais cascos sobre a massa do seu corpo. Estava moído, e já com urubus a caminho da sua carniça.

— Foi morte de cachorro, Irmãos — disse Mowgli, sacando a faca que aprendera a trazer à cintura depois de sua entrada na aldeia. — Nem sequer lutou. Sua pele será apresentada na Roca do Conselho. Vamos a isso.

Um rapaz educado entre homens jamais pensaria em tirar sozinho a pele de um tigre de dez pés de comprimento; Mowgli, porém, sabia melhor do que nenhum outro como a pele dos animais adere ao corpo, e de que modo se pode sacá-la fora. Apesar disso, o trabalho era duro e o reteve ali por uma hora, enquanto os lobos ofegantes faziam isto ou aquilo, conforme ele o ordenava.

Em dado momento, sentiu sobre seu ombro um pousar de mão. Olhou. Era Buldeo, com a sua carabina Tower. Esse caçador sou-

FRITZ EICHENBERG

bera pelos outros meninos do estouro dos búfalos e, furioso, viera castigar Mowgli, o culpado. Assim que surgiu, os dois lobos se esconderam.

— Que loucura é essa?! — exclamou Buldeo, colérico. — Então te julgas capaz de tirar a pele de um tigre? Ó, é o tigre aleijado! Vale cem rupias! Bem, bem, perdoarei teres deixado o

FRITZ EICHENBERG

rebanho estourar e talvez te dê uma rupia de recompensa por teres descoberto esta pele. — E, assim falando, Buldeo sacou do bolso do colete o isqueiro para abrir fogo e chamuscar as barbas do tigre, na crença de que isso previne perseguição por parte da alma da fera.

— *Hum!* — exclamou Mowgli para si próprio enquanto escorchava uma das mãos do tigre. — Queres levar a pele de Shere Khan para Khanhiwara a fim de recolher a recompensa da qual me darás uma rupia, não é? Sim, mas tenho minhas idéias a respeito desta pele. *Heh!* Buldeo, afasta daí esse fogo!

— Que modos são esses de falar ao caçador-chefe da aldeia? Tua sorte apenas e a estupidez dos búfalos te deram esta presa. O tigre tinha acabado de comer — não fosse isso, estaria a vinte léguas daqui. Tu não podes sequer escorchá-lo direito, pedacinho de gente, e tens o topete de dizer a Buldeo que não lhe queime as barbas? Mowgli, já não te darei nem um cobre da recompensa, estás ouvindo? Em vez disso terás uma surra. Deixa essa carniça, vamos!

— Pelo Touro que me comprou — disse Mowgli, que estava nesse momento arrancando a pele do pescoço do tigre —, será que terei de ouvir as caduquices deste macacão velho, toda a tarde? Anda aqui, Akela! Este homem está a aborrecer-me.

Buldeo, que já ia chegando o fogo de um facho às barbas do tigre, viu-se de súbito arremessado ao chão, com Akela sobre si, enquanto Mowgli, sem sequer voltar o rosto, prosseguia no escorchamento como se estivesse sozinho no mundo.

— Sim, sim — rosnava ele entre os dentes. — Tens razão, Buldeo. Não me darás nem um cobre da recompensa. Está bem. Mas existe uma velha pendenga entre mim e este tigre, muito velha pendenga... e eu venci.

Faça-se justiça a Buldeo. Fosse ele dez anos mais moço, teria arrostado Akela, se o topasse pela frente; mas um lobo que obedecia às ordens de um menino que tinha pendenga com tigres não era um lobo comum. Magia, feitiçaria da pior espécie, pensou consigo Buldeo, enquanto esperava que o amuleto que trazia ao pescoço o salvasse. E ficou imóvel, estarrecido, certo de que Mowgli também, de um momento para outro, iria transformar-se em tigre ou coisa equivalente.

— Maharaj! Grande Rei — murmurou ele, por fim, no delírio do terror.

— Sim — respondeu Mowgli, sorrindo, sem lhe voltar o rosto e sem interromper o trabalho.

— Sou velho. Perdoa. Não sabia que fôsseis mais que um simples pastorzinho de búfalos. Permites-me que me vá ou queres que este teu fiel servo lobo me faça em pedaços?

— Vai em paz. Mas doutra vez não te metas comigo. Larga-o, Akela.

Buldeo saiu dali cambaleando. A espaços voltava o rosto sobre os ombros para verificar se Mowgli não se havia ainda transformado em algum monstro feroz. Quando chegou à aldeia, contou apavorado uma história de feitiçaria e encantamento que deixou o sacerdote apreensivo.

Mowgli prosseguiu no seu trabalho, como se nada tivesse acontecido. Logo que o concluiu, disse:

— Temos agora de esconder esta pele e reconduzir os búfalos à aldeia. Ajuda-me a reuni-los, Akela.

O rebanho foi juntado e, quando Mowgli alcançou a aldeia, já viu as luzes acesas. Mas os sinos tangiam e metade da população o esperava nas portas. "Deve ser uma homenagem a mim por ter morto Shere Khan", pensou ele. Um chuveiro de pedras lançadas na sua direção, fê-lo ver que não se tratava disso.

— Feiticeiro! Lobisomem! Demônio da Jângal! Fora! Fora! Para longe daqui, ou o sacerdote te virará em lobo outra vez. Atira, Buldeo! Atira!

Um tiro soou, que fez um jovem búfalo gemer de dor.

— Mais feitiçaria! — gritaram os da aldeia. — Ele desvia as balas. Mataste o "teu" búfalo, Buldeo!

"Que história será essa?", pensou Mowgli, atarantado com as pedradas e os gritos.

— Não se parecem muito diferentes dos da Alcatéia, estes teus irmãos homens — disse Akela, sentando-se calmamente sobre as patas traseiras. — Quer-me parecer que te estão expulsando do povoado.

— Lobo! Lobisomem! Fora! Fora! — gritava o sacerdote sacudindo no ar um ramo de tulsi, a planta sagrada.

— Outra vez? — exclamou Mowgli. — Da primeira, insultavam-me de homem. Agora, insultam-me de lobo. Vamo-nos daqui, Akela.

Uma mulher correu em sua direção, gritando:

— Ó, meu filho, meu filho! Eles dizem que és um feiticeiro que sabe se virar em fera à vontade. Não creio nisso, mas vai-te daqui antes que te assassinem. Buldeo afirma que és um mágico, mas eu sei que vingaste a morte do meu Nathoo.

— Para trás, Messua! — urrou a turba. — Para trás, se não te apedrejaremos também.

Mowgli sorriu em uma careta. Uma pedra o havia atingido na boca.

— Volta para trás, Messua — gritou ele. — O que eles dizem não passa de mais uma dessas histórias idiotas que costumam contar debaixo da figueira grande. Vinguei teu filho, é certo. Adeus. Volta depressa, porque vou arremessar contra essa macacada os meus búfalos. Não sou mágico nenhum, Messua. Crê. Adeus.

Em seguida gritou para Akela:

— Faze que os búfalos entrem!

Os búfalos estavam ansiosos por entrar; não foi preciso que Akela fizesse muito para que o rebanho se atirasse contra as portas, espalhando com violência a malta dos apedrejadores.

— Contai-os — berrou Mowgli com desprezo —, para que mais tarde não me veja acusado de ter escondido algum. Contai-os, que não guardarei mais esse rebanho. Agradecei a Messua, homens. Por amor dela apenas deixo de invadir a aldeia com os meus lobos para caçar-vos a todos nas ruas.

Depois desse desabafo, Mowgli tomou o caminho da Jângal, seguido dos dois amigos. Olhava as estrelas e sentia-se imensamente feliz.

— Não mais dormirei em mundéus, Akela. Tenho as estrelas por teto outra vez!... Vamos agora apanhar a pele de Shere Khan. Nunca mais Lungri causará dano à aldeia onde Messua foi boa para mim.

Quando a lua se ergueu no alto, dando a tudo um tom de leite, os horrorizados habitantes da aldeia viram Mowgli — com os dois lobos à sua ilharga e a pele do tigre sobre a cabeça — tomar rumo da Jângal em passo apressado. Fizeram, então, ressoar os sinos do templo e os gongos ainda com mais fúria do que antes. Messua chorava, enquanto Buldeo bordava a história da sua aventura, inventando que o lobo que o atacara tinha falado tal qual um homem.

A lua já descia quando Mowgli e os dois lobos alcançaram a Roca do Conselho. O menino dirigiu-se para a caverna de Mãe Loba.

— Expulsaram-me da Alcatéia dos homens, Mãe — gritou ele ao chegar —, e aqui estou com a pele de Shere Khan, a fim de cumprir minha palavra.

Mãe Loba, rodeada dos seus lobinhos, apareceu à entrada da cova. Seus olhos chisparam ao ver a pele do tigre.

— Bem disse eu a Shere Khan, no dia em que tentou penetrar nesta caverna, que o caçador seria caçado! Muito bem, Mowgli!

— Muito bem, Irmãozinho! — rosnou fora uma voz. — Ficamos tão solitários na Jângal sem ti... — e Bagheera veio de um salto juntar-se ao grupo.

Dali dirigiram-se à Roca do Conselho, onde Mowgli abriu a pele do tigre sobre a pedra chata onde Akela costumava sentar-se. Esticou-a por meio de quatro varas de bambus e fez o velho Lobo Solitário pular em cima para desferir o grito de convocação do Conselho, "Olhai bem, ó Lobos", exatamente como no dia da sua apresentação.

Desde o tempo em que o Lobo Solitário se viu deposto, a Alcatéia ficara sem chefe, caçando e lutando ao bel-prazer de cada um. Não obstante, todos os lobos, por força do hábito, atenderam ao chamado e foram-se chegando. Uns estavam aleijados por terem caído em armadilhas; outros estavam lazarentos, por terem comido carnes venenosas; muitos tinham desaparecido. Mas vieram os que restavam e viram a pele de Shere Khan estendida sobre a pedra, com as afiadas unhas pendentes. Mowgli, então, improvisou um canto sem rimas, que borbotou espontâneo da sua boca, à medida que seus pés dançavam sobre a pele do inimigo. Akela ia marcando o compasso com uivos à lua.

— Olhai, ó Lobos. Cumpri minha palavra, não? — gritou Mowgli ao terminar.

E os lobos uivaram:

— Sim.

Um deles avançou e disse:

— Chefia-nos de novo, Akela. Estamos fartos dessa vida desregrada; queremos voltar a ser o Povo Livre de outrora. Chefia-nos tu também, filhote de homem.

— Não! — protestou Bagheera! — Nunca! Assim que estiverdes de estômago cheio, a loucura e o desrespeito imperarão de novo. Não é sem causa que sois chamado o Povo Livre. Já lutastes pela liberdade absoluta e a tivestes. Comei-a agora, ó Lobos!...

— A Alcatéia dos Lobos e a Alcatéia dos Homens expulsaram-me do seu grêmio — disse Mowgli. — Doravante, caçarei sozinho na Jângal.

— E nós contigo! — uivaram os quatro lobinhos de Mãe Loba.

E foi assim que Mowgli passou a viver solitário em companhia apenas dos quatro lobinhos, até o dia em que...

Mas isto já é outra história.

Fritz Eichenberg

A canção de Mowgli

(*Cantada na Roca do Conselho,
quando ele dançava sobre a pele de Shere Khan.*)

É o canto de Mowgli — Eu, Mowgli, vou cantando.
Que a Jângal escute as coisas que fiz.
Shere Khan afirma que matará — que matará! Junto às portas, ao Crepúsculo, ele matará Mowgli, a Rã!
Ele comeu e bebeu. Bebe! Bebe! Shere Khan, quando beberás de novo?
Dorme e sonha com a presa.
Estou só nas pastagens. Vem a mim, Irmão Gris.
Vem a mim, Lobo Solitário, que teremos à tarde uma presa enorme.
Reuni os formidáveis touros-búfalos, os rebanhos dos touros de pele azul e olhar colérico. Levai-os para um lado e outro lado, conforme eu ordenar.
Tu dormes ainda, Shere Khan? Acorda! Acorda!
Eis que eu vim e os touros me acompanham.
Rama, o rei dos búfalos, feriu o chão com o seu pé.
Águas do Waingunga, para onde foi Shere Khan?

Ele não é Ikki para cavar buracos; nem Mao, o Pavão, para voar; ele não é Mang, o Morcego, para se suspender nos ramos.

Bambus pequenos que ciciais, dizei-me, para onde ele fugiu?

Ow! Está lá. *Aooh!* Está lá! Debaixo dos pés de Rama se estende o Coxo!

Ergue-te, Shere Khan!

Ergue-te e mata! Eis a presa; quebra o pescoço dos touros!

Hsh! Ele dorme! Nós não o despertaremos porque sua força é muito grande. Os milhanos desceram para vê-lo. As formigas negras subiram para conhecê-lo. Há lá uma grande assembléia em sua honra.

Alala! Não tenho um manto que me envolva. Os milhanos verão que estou nu. Tenho vergonha de me defrontar com toda esta gente.

Empresta-me tua roupa, Shere Khan. Empresta-me a tua alegre roupa rajada para que eu possa ir à Roca do Conselho.

Ao touro que me resgatou, eu fiz uma promessa — pequena promessa.

Não falta senão a tua roupa para que eu a cumpra.

Com o punhal — com o punhal que os homens usam — com o punhal do caçador, o homem, eu descerei a esta oferenda.

Águas do Waingunga, Shere Khan deu-me a sua roupa pelo amor que me dedica.

Tira-a, Irmão Gris! Tira-a, Akela! É pesada a pele de Shere Khan.

A corja dos homens está colérica. Eles atiram pedras e falam coisas de criança. Minha boca sangra. Deixai-nos fugir.

Através da noite, através da noite quente, correi ligeiros comigo, meus irmãos. Nós deixaremos as luzes da aldeia e iremos aonde a lua é baixa.

Água do Waingunga, a corja dos homens me expulsou. A Jângal se me fechou e as portas da aldeia também estão fechadas. Por quê?

Assim como Mang voa entre as bestas, e os pássaros entre as aldeias e a Jângal. Por quê?

Eu danço sobre a pele de Shere Khan. Mas o meu coração é muito pesado. Minha boca está cortada; feriram-na as pedras da aldeia. Mas o meu coração é leve, porque eu voltei para a Jângal. Por quê?

Estas duas coisas lutam em mim como lutam as cobras na primavera.

A água jorra dos meus olhos; e eu rio enquanto ela cai. Por quê?

Eu sou dois Mowglis, mas a pele de Shere Khan está debaixo dos meus pés.

Toda a Jângal sabe que eu matei Shere Khan. Olhai! Olhai bem, ó Lobos!

Ahae! Meu coração é pesado como as coisas que eu não compreendo.

Eduardo Feito

O *ankus* do rei

Quatro são as coisas nunca satisfeitas: nunca se
encheram depois do Primeiro Orvalho!
A boca de Jacala, o buxo do *milhano*, as mãos do
símio e os olhos do Homem.

Provérbio da Jângal

Kaa, a velha Serpente da Rocha, estava mudando a pele pela ducentésima vez desde o seu nascimento; e Mowgli, que jamais se esquecera de que naquela terrível noite passada nas Tocas Frias lhe ficara a dever a vida, foi levar-lhe felicitações. Mudança de pele sempre torna as serpentes mal-humoradas e deprimidas, estado de ânimo que perdura até que a nova vestimenta brilhe em toda a sua beleza. Kaa nunca mofou de Mowgli, antes o aceitou, a exemplo dos demais filhos da Jângal, como o Senhor, comunicando-lhe tudo o que uma serpente do seu porte está em condições de vir a saber. O que Kaa não sabia a respeito do que chamam a Jângal Média — a vida que se desdobra em perpétuo contato com o chão ou debaixo dele, a vida dos buracos, das tocas, dos ocos estava, entretanto, escrita nas menores das suas escamas.

Aquela tarde, Mowgli reclinou-se na rodilha que a serpente enrolada fazia no solo e suspendeu no dedo a velha pele resseca, toda amarrotada e retorcida, que jazia entre as pedras. Kaa havia operado a muda ali. Muito cortesmente, Kaa se ajeitara sob os largos ombros nus do rapaz, que ali ficou como se estivesse repousando em preguiçosa cadeira viva.

— Até as escamas rente aos olhos está perfeita — disse Mowgli, examinando a pele velha. — É estranho isto de vermos toda a casca do nosso corpo aos nossos pés!

— Ai, não tenho pés — disse Kaa —, e como ninguém os tem na minha raça, nada acho de estranho. A tua pele não fica, às vezes, velha e dura?

— Quando a sinto assim, atiro-me à água; mas a verdade é que, nos grandes calores, muitas vezes desejei libertar-me da pele em fogo e correr pela floresta esfolado.

— Eu também me atiro à água para meus banhos e, independente disso, mudo de pele. Que te parece o meu novo capote?

Mowgli correu a mão pelo dorso malhado da serpente.

— A Tartaruga tem dorso mais duro, mas não tão alegre — disse sentenciosamente. — O da Rã é mais alegre, mas não tão rijo. É realmente lindo de ver-se, o teu capote... parece o pintalgado dum cálice de lírio.

— Está precisada d'água. Pele nova nunca adquire a cor definitiva antes do primeiro banho. Vamos a ele.

— Eu te carregarei — disse Mowgli baixando-se, a rir, para erguer o grande corpo de Kaa pelo meio, justamente na parte da maior grossura. Era o mesmo que tentar erguer nas mãos dois metros de mar. A serpente permaneceu de corpo mole, largada, divertida com aquilo. Depois começou a brincadeira de todas as manhãs... Mowgli, em toda a pujança da sua força, e a serpente, renascida com a muda de pele, puseram-se de pé um contra o outro para luta corpo a corpo; luta de músculos e de olhar. Kaa sem dúvida teria esmagado Mowgli e mais dez, se o rapaz lhe deixasse pega; mas tão cuidadosamente conduzia ele a luta, que nunca perdia um décimo da sua força. Como fosse Mowgli bastante forte para ser tratado com certa brutalidade, Kaa lhe ensinara aquelas defesas em que se fizera mestre. Às vezes, ficava enrolado até quase a garganta pelos anéis constritores de Kaa, esforçando-se por libertar um braço, a fim de segurar a serpente pela garganta. Então, Kaa desatava-se flexuosamente e Mowgli, com agilíssimos pés, procurava impedi-la de firmar a cauda nalgum ressalto de rocha. E balançavam-se assim, dum lado e doutro, cabeça fronteando cabeça, cada qual procurando tirar partido da menor chance, até que o grupo escultural se desmanchasse numa trapalhada de braços e pernas por entre movediços anéis malhados de amarelo e preto.

— Agora! Agora! Agora! — exclamava Kaa, armando fintas de cabeça que as mãos rápidas de Mowgli procuravam aparar. — Vê! Toquei-te no pescoço, Irmãozinho! E toquei aqui! E aqui! Estão dormindo tuas mãos? E aqui, agora! E aqui!

A luta terminava sempre da mesma maneira — com um golpe de cabeça que punha o menino fora de combate. Mowgli nunca pôde descobrir a defesa para esse fulminante ataque — e era inútil tentar descobri-la — dizia Kaa.

— Boa caçada! — silvou Kaa, por fim, e Mowgli, como sempre, foi lançado a alguns metros de distância, ofegante, mas a rir. Ergueu-se com os dedos cheios do capim a que se agarrara e seguiu Kaa rumo ao seu predileto ponto de banho — um profundo poço de águas negras, rodeado de pedras limosas. Raizame de velhos troncos semi-imersos davam aspecto pitoresco ao banheiro. O rapaz escorregou para dentro d'água à maneira da Jângal, isto é, sem o menor rumor, e mergulhou; emergiu, depois, sempre silenciosamente, e boiou com as mãos cruzadas na nuca e os olhos na lua que se erguia por cima das pedras. Com os dedos dos pés quebrava os reflexos da luz n'água. A cabeça nítida de Kaa cortou o líquido como navalha e veio repousar no ombro de Mowgli. Ficaram ambos imóveis, embebidos com deleite na água fria.

— É realmente bom — disse, por fim, Mowgli sonolentamente. — A estas horas, lá na Alcatéia dos Homens, deitam-se eles em *jiraus* duros e, depois de fechadas todas as portas e janelas dos mundéus de barro em que vivem, para que nenhum ar puro penetre, cobrem as cabeças com sujos panos e sonham maus sonhos, que saem pelo nariz em roncos. Muito melhor a vida na Jângal.

Uma apressada cobra deslizou para a beira d'água, bebeu, deu-lhes "Boa caçada!" e foi-se.

— *Sssh!* — silvou Kaa, como a recordar-se de alguma coisa. — Com que então toda a Jângal te dá o que sempre desejaste, Irmãozinho?

— Não tudo — observou Mowgli sorrindo. — Fosse assim, e haveria na Jângal um novo Shere Khan, forte bastante para caçar até a lua. Mas hoje posso matar o que quero sem pedir auxílio a búfalos. Nunca volto de mãos vazias.

— Não tens nenhum desejo? — perguntou a serpente.

— Que mais poderia desejar? Tenho a Jângal e o favor da Jângal! Haverá mais alguma coisa no mundo?

Kaa começou:

— E então a Cobra disse...

— Que cobra? — interrompeu Mowgli. — Esta que aqui apareceu inda há pouco? Estava caçando?

— Outra cobra.

— Tu lidas muito com o Povo Venenoso. Eu evito-o. Levam a

morte nas presas e isto não é bom... sendo criaturas muito pequeninas. Mas que cobra é essa de que falas?

Kaa circulou lentamente o pescoço, como um navio no mar. Depois disse:

— Três ou quatro luas passadas, fui caçar nas Tocas Frias, que conheces, e a "coisa" que eu perseguia fugiu, ganindo, para aquela casa cuja parede derrubei para salvar-te. Fugiu e mergulhou na terra.

— Mas o povo das Tocas Frias não vive em buracos — observou Mowgli, visto que Kaa se referia ao Povo Macaco.

— Aquela "coisa" procurava viver — disse Kaa com um tremor na língua. — Correu a meter-se num buraco que ia longe. Alcancei-a e, depois de matá-la, dormi. Quando despertei, segui para adiante.

— Debaixo da terra?

— Sim, e fui até encontrar a Cobra Branca, a qual me falou de coisas acima da minha compreensão e mostrou-me outras que eu nunca vira antes.

— Caça nova? Boa caça? — perguntou vivamente Mowgli.

— Não era caça, e nelas se teriam quebrado todos os meus dentes; mas a Cobra Branca disse que qualquer homem... ela falava como quem conhece a raça... que qualquer homem daria as próprias costelas apenas para ver aquilo.

— Precisamos ir lá — disse Mowgli. — Agora me lembro que já fui homem.

— Devagar, devagar. Foi a pressa que matou a Serpente de Ouro, que comeu o sol. Mas conversamos dentro do buraco sobre ti, Irmãozinho. Disse a Cobra Branca, que é realmente tão velha quanto a Jângal: "Faz muito tempo que não vejo um homem. Traze-o a esse aqui, para que contemple todas estas coisas pelas quais os homens se matam".

— Essas coisas *devem* ser caça nova! — disse Mowgli sempre com a mesma idéia.

—Não é caça. É... é... não sei dizer o que é.

— Vamos para lá. Nunca vi a Cobra Branca e desejo conhecer essas outras coisas. Havia ela matado essas coisas?

— São coisas sem vida. A Cobra Branca não passa de guardiã delas.

— Ah! Fica como lobo sobre a carne que traz para a caverna! Pois vamos vê-la.

Mowgli nadou até a margem e, deixando a água, rolou na areia para enxugar-se; em seguida, dirigiram-se os dois para as Tocas Frias, a Cidade Perdida onde Mowgli já estivera. Mowgli ficara sem o menor medo dos macacos desde aquele dia, mas o Povo Macaco tinha-lhe pavor. As várias tribos dos Bandar-log estavam naquele dia correndo a Jângal, de modo que as Tocas Frias apareceram desertas sob o luar. Kaa dirigiu-se às ruínas do pavilhão da rainha, que ficava no terraço; deslizou sobre a caliça morta e mergulhou pela semidesfeita escadaria, cujo patamar era no centro do pavilhão.

Lá Mowgli desferiu o Grito das Serpentes: "Somos do mesmo sangue, eu e vós", e seguiu Kaa de rasto. Ambos se esgueiraram muito tempo por uma passagem em declive ziguezagueante, até chegarem a um ponto onde a raiz de alguma grande árvore, que se erguia lá fora sobre suas cabeças, deslocara os sólidos blocos de pedra do muramento. Passando pela abertura assim feita, alcançaram uma ampla cova de teto igualmente rompido em vários pontos pelas raízes das árvores sobrejacentes. Por essas fendas, uma pouca luz filtrava-se na escuridão.

— Bom antro, mas muito afastado para ser-nos útil — disse Mowgli erguendo-se de pé. — E agora? Que temos por aqui?

— Não serei eu alguma coisa? — foi a resposta duma voz saída do meio da cova.

Mowgli viu algo branquicento mover-se, até que, pouco a pouco, teve diante dos olhos, ereta, a maior cobra que jamais vira, branqueada inteira, dum branco pálido de velho marfim, pela longa vida na escuridade. Até as marcas do seu capelo distendido pelejavam para o mais desmaiado amarelo.

Seus olhos eram rubis.

— Boa caçada! — disse-lhe Mowgli, que nunca abandonava as suas boas maneiras... nem a sua faca.

— Que tal a cidade? — perguntou a Cobra Branca sem responder à saudação. — Que tal a grande cidade murada, a cidade de cem elefantes e vinte mil cavalos e gado inúmero: a cidade do Rei de Vinte Reis? Fiquei surda aqui, creio, porque de há muito não ouço o som dos gongos de guerra.

— Na Jângal, que fica sobre as nossas cabeças, não há nenhuma cidade — respondeu Mowgli. — De elefantes só conheço Hathi e seus filhos. Bagheera matou todos os cavalos que havia e... que quer dizer Rei?

— Já te disse — observou Kaa para a Cobra Branca —, já te disse, quatro luas atrás, que a cidade não existe.

— A cidade... a grande cidade da floresta cujas portas são guardadas pelas torres do Rei... não pode deixar de existir. Eles a construíram antes que o pai de meu pai saísse do ovo e ela durará enquanto os filhos de meus filhos forem brancos como sou. Salomdhi, filho de Chandrabija, filho de Viyeja, filho de Yegasuri, erigiu-a nos tempos de Bappa Rawal. Que espécie de gado és tu?

— Pista perdida. Não entendo nada do que ela diz — observou Mowgli voltando-se para Kaa.

— Nem eu. Está muito velha. É a Mãe das Cobras.

— Quem é "esse" — disse a Cobra Branca — que se senta diante de mim sem medo nenhum, que desconhece o nome do Rei e assobia a nossa linguagem por entre lábios de homem? Quem é esse que usa faca e sabe a língua das cobras?

— Mowgli me chamam — foi a resposta. — Sou da Jângal. Os lobos são a minha raça e Kaa, aqui, é minha irmã. Mãe das Cobras, quem és tu?

— Sou a Guardiã dos Tesouros do Rei. O rajá Kurrun construiu esta abóbada sobre mim nos tempos em que minha pele era colorida, para que eu aqui ficasse a ensinar a morte aos que aparecessem. Depois seus homens derramaram tesouros dentro da cava e ouvi o canto dos Brâmanes, meus senhores.

— Hum! — murmurou Mowgli para si próprio ao ouvir falar em Brâmane. — Já lidei com um na aldeia e sei o que valem. Uma calamidade qualquer vai cair sobre nós.

— Cinco vezes, desde que estou aqui, foi a pedra de fecho erguida, mas sempre para dar entrada a mais tesouros, nunca para retirar algum. Não existe riqueza igual a este tesouro de cem Reis. Mas já faz muito tempo que a pedra não é levantada e penso que minha cidade está esquecida.

— Não há cidade nenhuma — insistiu Kaa. — Olha para cima. Raízes de árvores deslocam as pedras. Árvores e homens não vivem juntos, bem sabes.

— Duas, três vezes homens apareceram por aqui — respondeu com aspereza a Cobra Branca —, mas nunca falavam antes que eu me chegasse a eles, tateando no escuro... e então gritavam todos a um tempo... por pouco tempo. Mas tu vens com mentiras, tu, Homem-Cobra, e queres que eu creia que a cidade não existe e que minha função de guarda não tem mais motivo de ser! Pouco mudam os homens com o tempo. Mas "eu" não mudo nunca! Enquanto os Brâmanes não voltarem cantando os cantos que sei, e me alimentarem com leite morno e me levarem para a luz novamente, Eu, Eu, *Eu* e ninguém mais, serei a Guardiã dos Tesouros do Rei. A cidade está morta e as raízes das árvores o provam? Entra, então, e tira o que quiseres. Não existem tesouros iguais a estes. Homem com língua de serpente, se saíres vivo por onde entraste, o Rei será teu escravo.

— Está perdida a pista — murmurou Mowgli friamente. — Terá, algum chacal mordido esta grande cobra capelo? Está louca, sem dúvida nenhuma. Mãe das Cobras, nada vejo aqui que valha a pena levar.

— Pelos deuses do Sol e da Lua, a loucura da morte caiu sobre o rapaz! — silvou a cobra. — Antes que teus olhos se fechem, vou favorecer-te com a visão do que homem nenhum viu ainda.

— Não anda bem na Jângal quem fala a Mowgli de favores — rosnou o rapaz entre dentes —, mas as trevas tudo mudam, eu sei. Verei isso, se te dá prazer.

Mowgli correu os olhos pela cova e depois ergueu do solo um punhado de coisas rebrilhantes.

— Ó! — exclamou ele — Isto me lembra os discos que circulavam na Alcatéia dos Homens. A diferença única é que estes são amarelos e os de lá eram pardos.

Mowgli deixou cair as moedas que apanhara e caminhou para diante. O chão mostrava-se atulhado, na altura de cinco ou seis pés, de moedas de ouro e prata, extravasadas dos sacos onde primitivamente foram contidas. Com os anos, o metal havia-se acamado, qual areia da praia depois que a onda se retira. Dessa cama de ouro e prata erguiam-se, como destroços semi-enterrados se erguem na areia, *howdahs*[1] de prata embossada, com arabescos de ouro embutido e cravejamento de *carbúnculos* e turquesas. Havia *palanquins* e *liteiras* de rainhas, de prata e esmalte, com tirantes de jade e argolame das cortinas de âmbar; castiçais de ouro com anteparos feitos de grandes safiras furadas; imagens de deuses esquecidos, com cinco pés de altura, feitas de prata e com olhos de gema; cotas de malha de ouro entremeado com aço e franjadas de pérolas; elmos incrustados de rubis sangue de pombo; escudos de laca, de tartaruga, de couro de rinoceronte, embutidos de ouro e pedrarias; punhos de espadas rutilantes de gemas, adagas, facas de caça;

[1] Arreios de elefantes.

vasos de ouro para sacrifícios e *caçoulas*, e altares portáteis de formas que nunca viram a luz do dia; taças de jade e braceletes; *turíbulos*, pentes, vasos de perfume, vasos de hena e de pós para os olhos, tudo de ouro; anéis para o nariz, pulseiras, *diademas*, brincos sem conta; cintos largos embutidos de fieiras de diamantes, esmeraldas e rubis; grandes caixas com a madeira já reduzida a pó mostrando as reservas de safiras, opalas, olhos-de-gato, rubis, diamantes, esmeraldas e águas-marinhas em estado bruto.

A Cobra Branca tinha razão. Dinheiro nenhum pagaria o valor daqueles tesouros, que representavam séculos de pilhagens na guerra, de exações, de roubos, de compras. As moedas por si já eram sem preço; as pedrarias ficavam fora de qualquer conta. O peso bruto do ouro e prata representaria muitas toneladas. Cada rajá na Índia de hoje[2], embora pobre, possui sempre um tesouro que não cessa de aumentar, e mesmo se de vez em quando mande um deles quarenta ou cinqüenta carros de prata para ser trocada por títulos do Governo, o total desses tesouros fica desconhecido.

Mowgli, naturalmente, não compreendeu o que aquelas coisas significavam. As facas o interessaram, mas não tinham o bom jeito da sua, de modo que as lançou fora. Por fim, encontrou algo realmente fascinante, encostado a um dos *howdahs* semi-imersos no lastro de moedas. Era um *ankus* de três pés, ou aguilhão para elefantes, que lembrava um gancho de bote. No topo encastoava-se um enorme rubi redondo; oito polegadas abaixo, no cabo, havia uma larga cercadura de turquesas brutas, embutidas fundo, que dava muito cômodo ao pegar; mais abaixo, um volteio de jade esculpido de flores de rubi e folhas de esmeralda. O resto do cabo fora feito de puro marfim. A ponta — o espeto e o gancho — eram de aço *embrechado* de ouro, com lavrados representando caçadas de elefantes. Os desenhos seduziram Mowgli, que viu algo relembrativo de seu amigo Hathi, o Silencioso.

A Cobra Branca o seguia rente.

— A visão disto não vale a morte? — perguntou ela. — Não te fiz eu um grande favor?

— Não te compreendo — respondeu Mowgli. — Estas coisas são duras e frias, de nenhum modo boas para comer. Mas isto — e dizendo-o ergueu do monte o *ankus* —, vou levar comigo para o

---

[2] 1894.

examinar à luz do sol. Disseste que era tudo teu. Dá-me isto, que te trarei três rãs para comer.

A Cobra Branca estremeceu com perverso deleite.

— Certo que te darei — disse. — Tudo que está aqui te darei, enquanto aqui estiveres.

— Mas vou-me indo. Este lugar é muito escuro e frio, e desejo levar já o gancho para a Jângal.

— Olha para rente a teus pés. Que vês?

Mowgli apanhou um objeto branco e liso.

— Parece crânio de homem — respondeu calmamente. — E ali adiante vejo mais dois.

— São dos homens que vieram roubar o tesouro, anos atrás. Falei-lhes no escuro, e eles silenciaram para sempre.

— Mas para que quero isto que chamas tesouro? Se me dás o *ankus*, ficarei agradecido. Se não, ficarei agradecido do mesmo modo. Não brigo com o Povo Venenoso, do qual sei a Palavra Mestra.

— Aqui não valem palavras mestras. Só vale a minha palavra.

Kaa avançou com os olhos em fogo.

— Quem me pediu que o trouxesse? — silvou ela.

— Eu, certamente — assobiou a cobra. — Fazia muito que não avistava um homem, e esse, além do mais, sabia nossa língua.

— Mas não foi para que o matasses! Como posso voltar para a Jângal e dizer que eu mesma o trouxe para a morte? — silvou Kaa.

— Não falei em matá-lo antes que fosse tempo e, quanto a voltares para a Jângal, está ali uma passagem às ordens. Paz, paz, Senhora Come-Macacos! Basta que eu toque na tua cabeça e jamais a Jângal ouvirá falar de ti. Sou a Guardiã dos Tesouros do Rei.

— Mas, ó verme branco das trevas, já te disse e redisse que não há mais nem Rei, nem cidade em cima de nós! — gritou Kaa.

— Há ainda o tesouro. Espera um pouco, minha Kaa das Rochas, e assiste à corrida do rapaz. Há aqui bom espaço para o esporte. A vida é boa. Corre de lá para cá por uns instantes, rapaz. Treina os músculos.

Mowgli pousou a mão na cabeça de Kaa.

— Essa brancura só lidou até agora com homens da Alcatéia. Não me conhece. Quer luta. Pois que a tenha — sussurrou ele.

Mowgli estava de pé, com o *ankus* mantido de ponta para baixo. Lançou-o, num golpe instantâneo. O *ankus* caiu de través logo abaixo do capelo da cobra e a fixou no chão. Quase ao mesmo

EDUARDO FEITO

tempo, Kaa empregava todo o peso do seu corpo em paralisar os movimentos convulsos da cobra, da ponta da cauda à cabeça.

— Mata! — ordenou Kaa a Mowgli, que estava de faca em punho.

— Não — respondeu ele. — Nunca matarei senão por fome. Mas, olha, Kaa! — disse agarrando a cobra pela garganta, forçando-a a abrir a boca com a lâmina da faca e mostrando os terríveis dentes da maxila superior já estragados.

A Cobra Branca havia vivido mais do que o seu veneno.

— *Thuu* (está seco) — disse Mowgli.

E, movendo Kaa dali, tirou o *ankus* de cima da Cobra Branca, que coleou livre.

— Os Tesouros do Rei precisam de novo guarda — disse ele gravemente. — Thuu, tu não te comportaste bem. Vamos! Corre de lá para cá por uns instantes, Thuu! Treina os músculos, Thuu!

— Desgraçada que sou! Mata-me! — silvou a Cobra Branca.

— Já muito falamos de matar. Chega. Vou-me embora, Thuu, e levo comigo este gancho, porque lutei e te venci.

— Cuidado que não te mate ele, por fim! Esse objeto significa Morte! Lembra-te, é a Morte! Basta para matar todos os homens da minha cidade. Não o reterás por muito tempo, Homem da Jângal, nem aqueles que o obtiverem de ti. Eles irão matar, matar, matar para salvação própria! Minha força de veneno extinguiu-se, mas o *ankus* fará o trabalho que já não posso fazer. Ele é Morte! Ele é Morte! Ele é Morte!

Mowgli tomou o caminho por onde viera, de rasto e, ao sair dali, a última visão que teve foi da Cobra Branca mordendo furiosamente a cara dos deuses caídos por terra.

— Ele é Morte! — continuava ela a silvar.

Ambos sentiram prazer em alcançar de novo a luz do dia e, quando chegaram à sua Jângal, Mowgli fez o *ankus* brilhar ao sol da manhã e mostrou-se contente, como se houvesse colhido uma flor rara para espetar nos cabelos.

— Brilha mais do que os olhos de Bagheera — disse com deleite referindo-se aos rubis. — Mas que quereria Thuu significar quando falou em morte?

— Ignoro — respondeu Kaa. — Só lamento que tua faca não houvesse completado o serviço. Nas Tocas Frias há sempre maldade, em cima do chão e debaixo do chão. Mas sinto fome. Queres caçar comigo esta manhã?

— Não. Tenho que mostrar isto a Bagheera. Boa caçada, Kaa! — terminou Mowgli floreteando no ar o magnífico *ankus*. E lá se foi, entreparando pelo caminho para admirar a jóia, até que chegou ao ponto da Jângal que Bagheera, de preferência, freqüentava. Encontrou-a bebendo; já havia caçado. Mowgli contou-lhe suas aventuras de começo a fim e a pantera farejou o *ankus* várias vezes. Quando Mowgli referiu as últimas palavras da Cobra Branca, Bagheera rosnou aprovativamente.

— Nasci nas jaulas reais de Odeypore e conheço alguma coisa a respeito dos homens. Muitos se matarão entre si por causa desta pedra vermelha apenas.

— Mas as pedras o tornam pesado ao manejo. Minha pequena faca vale mais; e... veja! As pedras vermelhas não têm gosto, não servem para comer. Por que então os homens se matam por elas?

— Mowgli, vai dormir. Tu já viveste entre os homens e...

— Lembro-me. Os homens matam por *desfastio* e prazer. Acorda, Bagheera. Fala. Qual seria o uso deste gancho?

Bagheera, a pender de sono, entreabriu os olhos com expressão de malícia.

— Foi feito para ferir na cabeça aos filhos de Hathi, de modo que o sangue jorre. Já o observei em ação nas ruas de Odeypore, defronte da minha jaula. Este objeto já provou o sangue de muitos Hathis.

— Mas por que ferem na testa os elefantes?

— Para lhes ensinar a Lei dos Homens. Não tendo, por natureza, nem garras de águia nem dentes de tigre, o homem inventa coisas destas, e ainda piores.

— Quanto mais os conheço, mais sangue vejo nas coisas que a Alcatéia dos Homens fabrica — murmurou Mowgli com repugnância e já meio cansado de trazer o *ankus*. — Se tivesse sabido disso, não o teria tomado. Primeiro vi o sangue de Messua nas *chibatas*, agora vejo o de Hathi neste gancho. Não ficarei com ele. Olha!

O *ankus* voou pelos ares, a cintilar, e foi fincar-se de ponta a trinta jardas dali, entre as árvores.

— Deste modo, ficam minhas mãos limpas de Morte — disse Mowgli esfregando as palmas na terra úmida do orvalho. — Thuu disse que a Morte me seguiria. Ela é velha, e branca, e louca.

— Branca ou preta, velha ou não, vou dormir, Irmãozinho. Não posso caçar o dia inteiro e a noite inteira, como fazem alguns.

Bagheera retirou-se para uma caverna que conhecia a duas

milhas daquele ponto. Mowgli trepou a uma árvore, atou vários cipós entre si e, em menos tempo do que leva o narrar, estava balançando-se numa rede a cinqüenta pés do solo. Embora não tivesse nenhuma objeção contra a luz forte do dia, Mowgli costumava seguir os hábitos dos seus amigos da Jângal, utilizando-se da luz do sol o menos possível. Quando, mais tarde, despertou com o vozeio do povo que vive nos galhos, era madrugada. Passara a noite sonhando com as belas pedras que havia lançado fora.

— Posso ao menos ver o gancho outra vez — murmurou consigo, deslizando árvore abaixo por um cipó.

Bagheera estava ao pé do tronco. Mowgli percebeu-lhe a respiração antes de pôr pé em terra.

— Onde foi parar o gancho?! — exclamou ele.

— Um homem o levou. Vejo-lhe aqui as pegadas.

— Então temos de verificar se Thuu falou a verdade. Se o gancho significa realmente Morte, o homem deve morrer. Sigamo-lo.

— Matemos primeiro — disse Bagheera. — Estômago vazio distrai os olhos. Os homens caminham vagarosamente e a Jângal está bastante úmida para guardar as pegadas deste.

Os dois amigos mataram o mais depressa possível, mas já eram três horas quando, terminada a refeição e dessedentados, se puseram a seguir as pegadas do homem. O Povo da Jângal sabe que nada deve preceder às refeições.

— Supões que o gancho se voltará contra o homem e o matará? — perguntou Mowgli. — Thuu disse que significava Morte.

— Havemos de ver isso — respondeu Bagheera trotando de cabeça baixa, a observar as pegadas. — É um par de pés só (queria dizer que se tratava apenas dum homem), e o peso do gancho faz que o seu calcanhar afunde na terra úmida.

— Ai! Isto é claro como relâmpago de verão — ajuntou Mowgli. E ambos apertaram o passo com os olhos nas pegadas frescas.

— Aqui apressou ele a marcha — observou Mowgli. — Correu. O molde dos dedos está mais esparramado...

Chegaram a um terreno úmido.

— Por que mudaria de rumo aqui? — indagou Mowgli, observando súbita mudança.

— Atenção! — exclamou Bagheera e lançou-se para a frente, num salto de soberba elasticidade.

A primeira coisa a fazer quando um rasto se interrompe é saltar para diante, a fim de que novas pegadas não venham embaralhar as

EDUARDO FEITO

já existentes. Bagheera, lá donde pôs o salto, voltou-se para Mowgli, gritando:

— Vejo um novo rasto que vem ao encontro do primeiro. Pegadas menores, com as marcas dos dedos volvidas para dentro.

Mowgli correu a ver.

— Marca de pé dum caçador Gond — disse ele. — Olha! Aqui roçou ele o seu arco na relva. Foi por isso que o primeiro rasto mudou de rumo. Pé Grande escondeu-se de Pé Pequeno.

— Verdade — concordou Bagheera. — Agora, para que andando juntos não estraguemos as pegadas, cada um seguirá uma das trilhas. Serei Pé Grande, Irmãozinho, e tu serás Pé Pequeno, o Gond.

Bagheera saltou para trás sobre a pista original e deixou que Mowgli acompanhasse o rasto do pequeno homem selvagem.

— Agora — disse a pantera movendo-se passo a passo ao longo da cadeia de pegadas —, eu, Pé Grande, viro para cá, oculto-me atrás das pedras e fico imóvel. Tu me gritarás, dando conta do que observares, Irmãozinho.

— E eu, Pé Pequeno, sigo o rumo das rochas — disse Mowgli tomando a outra pista. — Sento-me rente às pedras, descansando sobre o braço direito o meu arco já entalado entre os dedos dos pés. Esperarei algum tempo para que a marca dos meus pés se faça funda aqui.

— Eu também — acrescentou Bagheera detrás das pedras. — Esperarei descansando a ponta do *ankus* sobre uma laje. Ele escorrega. Risca um arranhão na pedra. Grita o que houver do teu lado, Irmãozinho.

— Um, dois galhos e um grande ramo quebrado! — gritou Mowgli em tom baixo. — Agora, como devo explicar *isto*? Ah! Está claro. Eu, Pé Pequeno, sigo fazendo barulho de modo que Pé Grande possa ouvir-me.

E moveu-se para além das rochas, passo a passo, entre as árvores, com a voz subindo de tom à medida que se aproximava duma pequena cachoeira.

— Vou... para... onde... o... barulho... d'água... encobre... o... rumor... que... faço; e... lá... espero. Grita a tua trilha, Bagheera de Pé Grande.

A pantera tinha estudado o terreno em todas as direções para ver como a pista de Pé Grande se conduzia a partir das pedras. Depois, deu à língua :

— Sigo de agacho, a partir das pedras, arrastando o *ankus*. Não vendo ninguém, corro. Corro veloz. A trilha está clara. Sigamo-las, eu a minha, tu a tua. Estou correndo!

Bagheera ganhou avanço, a correr sobre a trilha clara, e Mowgli seguiu as pegadas do Gond. Por algum tempo reinou silêncio.

— Onde estás, Pé Pequeno? — gritou Bagheera.

A voz de Mowgli respondeu de cinqüenta jardas à direita.

— Hum! — exclamou a pantera numa tossida profunda.

Os dois seguiram lado a lado, aproximando-se um do outro cada vez mais. Correram assim por meia milha, guardando mais ou menos a mesma distância, até que Mowgli, cuja cabeça não andava tão próxima do chão como a de Bagheera, gritou:

— Encontraram-se. Boa caçada... olha! Aqui esteve Pé Pequeno com o joelho nesta pedra, e ali, Pé Grande.

A menos de dez jardas daquele ponto, estendido por terra, estava o corpo dum homem, com o peito atravessado por uma flecha das usadas pelos Gonds.

— Seria Thuu tão velha e louca como o supuseste, Irmãozinho? — perguntou a pantera serenamente. — Uma morte, pelo menos, existe.

— Continuemos. Mas onde está o bebedor de sangue de elefante, o gancho de olho vermelho ?

— Pé Pequeno o detém, talvez. A pista agora é de um par de pés apenas.

As pegadas eram dum homem pequeno que viera até ali a correr com carga sobre o ombro esquerdo. Nenhum dos rastreadores falou até que a pista deu nas cinzas dum fogo extinto, escondido na ravina.

— Outro! — exclamou Bagheera detendo-se, imóvel como pedra.

O corpo dum pequeno Gond jazia com os pés na cinza. A pantera olhou interrogativamente para Mowgli.

— Foi morto com um bambu — disse o rapaz depois de rápido exame. — Já usei dessas varas com os búfalos, quando servia na Alcatéia dos Homens. A Mãe das Cobras (estou arrependido de a ter julgado mal) conhecia bem a raça dos homens, como começo eu a conhecê-la. Não te disse, Bagheera, que matam *por desfastio*?

— Mataram por amor à pedra vermelha e às azuis, objetou a pantera. — Lembra-te que já estive nas jaulas reais de Odeypore e conheço os homens.

— Uma, duas, três pegadas — disse Mowgli curvando-se sobre as cinzas. — Quatro pegadas de homens calçados. Estes não caminham tão rápido como o Gond. Que mal fez o pequeno selvagem?

Vê, confabularam todos juntos, os cincos, de pé, antes de matarem o Gond. Bagheera, voltemos. Meu estômago está cheio e, apesar disso, sobe e desce como um ninho de verdelhão na ponta dum galho.

— Não é de caçador prudente abandonar a caça. Segue-me — respondeu a pantera. — Estes oito pés calçados não devem estar longe.

Nada mais conversaram durante toda uma hora, enquanto seguiam a larga pista dos quatro homens calçados.

Estava luminoso o dia, com sol quente. Bagheera farejou de súbito o ar e disse:

— Sinto fumaça.

— Os homens cuidam mais de comer do que de correr — observou Mowgli, trotando dentro da Jângal desconhecida que estavam explorando naquele dia. Bagheera, um pouco à esquerda, desferiu de súbito um indescritível grito.

— Aqui está um que morreu comendo — disse ela. Uma trouxa de roupas alegremente coloridas mostrava-se aberta sob um arbusto; em redor, farinha derramada.

— Este também foi morto com a vara de bambu — observou Mowgli. — Vê! Está aqui o pó branco de que os homens se alimentam. Mataram por isto. Levaram a farinha e deixaram a vítima como ceia para Chil, o Abutre.

— Três já! — contou Bagheera.

"Vou levar boas rãs para a Mãe das Cobras e hei de pô-la gorda", refletiu Mowgli consigo. "O *ankus*, bebedor de sangue de elefante, é a própria Morte, não há dúvida... mas não posso compreender isto..."

— Para a frente! — gritou Bagheera.

Não tinham andado milha quando ouviram Ko, o Urubu, crocitando o canto da morte no topo duma tamariga, a cuja sombra três homens jaziam deitados. Moribunda fogueira fumegava-lhes perto, sob um caldeirão de conteúdo semicarbonizado. Rente ao fogo e rebrilhante ao sol, o *ankus* cravejado de turquesas e rubis.

— Este gancho trabalha depressa! Tudo se acaba aqui — observou Bagheera. — Como morreriam estes, Mowgli? Não vejo ferida em nenhum.

Um filho da Jângal aprende por experiência tudo quanto sabem os doutores sobre plantas e frutas venenosas. Mowgli cheirou a fumaça que ainda se erguia da fogueira, quebrou um pedaço do negro conteúdo do caldeirão, provou-o.

— Maçã da Morte! — exclamou, cuspindo. — Um deles envenenou a comida para matar os três, e foi morto antes disso.

— Boa caçada realmente! A Morte não perdeu tempo — disse Bagheera.

Maçã da Morte é como a Jângal chama a datura, o mais pronto veneno da Índia.

— E agora? — perguntou a pantera. — Teremos nós de nos matar um ao outro por amor deste facinoroso gancho de olho vermelho?

— Como fiz bem em deitá-lo fora! — murmurou Mowgli. — Para nós não nos fará mal porque não desejamos o que os homens desejam. Se ficar aqui, por certo que continuará a matar homens, um atrás do outro, tão rapidamente como as castanhas caem em dia de vento.

— Que importa? Não passam de homens. Eles comprazem-se em matar uns aos outros — observou Bagheera. — Este primeiro lenhador trabalhou bem com o seu veneno.

— São, afinal de contas, nada menos do que filhotes... e um filhote afoga-se n'água para morder a lua que nela se reflete. A culpa foi minha — decidiu Mowgli, que falava como se estivesse no segredo de todas as coisas. — Nunca mais trarei para a Jângal objetos estranhos, ainda que sejam lindos como flores. Este — e pegou cautelosamente no *ankus* — voltará para a Mãe das Cobras. Mas antes temos de dormir, e não posso dormir perto destes dorminhocos. Vou enterrar o *ankus* para que não me fuja e vá matar outros seis. Cava-me um buraco sob essa árvore, Bagheera.

— Mas, Irmãozinho — disse a pantera erguendo-se —, digo-te que as mortes não vieram por culpa do bebedor de sangue. Não passou ele de mero instrumento dos homens.

— Dá na mesma — replicou Mowgli. — Abre um buraco fundo. Quando acordar do meu sono, hei de levá-lo de novo para a covanca da Mãe das Cobras.

Duas noites mais tarde, quando a Cobra Branca, no escuro da cova, desgraçada, roubada e solitária, ia em meio de suas lamentações, o *ankus* surgiu zunindo por entre a brecha da abóbada, e veio cair no seu velho leito de moedas de ouro.

— Mãe das Cobras — disse Mowgli (que se conservara cautelosamente do outro lado) —, arranja cobra nova e bem venenosa para guardiã dos Tesouros do Rei, de modo que homem nenhum saia da cova com vida.

— Ah-ah! Ele volta! Eu disse que esse objeto significava Morte. Como, pois, ainda estás vivo? — silvou a cobra esfregando-se voluptuosamente no cabo do *ankus*.

— Pelo Touro que me comprou, não o sei dizer! Essa coisa matou seis homens numa noite. Não a deixes sair nunca mais...

Canção do pequeno caçador

Mao, o Pavão, dormiu. O símio já não grita,
Nem o milhano Chil não erra pelo ar.
Por toda a Jângal, cheios de infinita
Doçura, há uma sombra e um sopro a perpassar.
É o medo, o medo, ó pequeno caçador!
A sombra, foge, observa, espera, docemente,
Amplia-se e desdobra-se o rumor.
O suor te umedece agora a fronte *algente*.
É o medo, o medo, ó pequeno caçador!

Antes que o luar, do monte, ilumine o rochedo,
Quando, pendente, a cauda fica úmida e aflita,
Um sopro vem a ti que, na noite, palpita.
Pequeno caçador, é o medo! o medo!
Distende o arco de joelhos... solta a flecha fugace.
Atira a tua lança na noite vazia!
Desfibram-se-te as mãos; deixa-te o sangue a face!
É o medo, caçador, que te arrepia!

Na hora em que o céu suga a tormenta, na hora
Em que cada pinheiro se esboroa,
Nas trompas da tormenta a voz mais alta ecoa:
Pequeno caçador, é o medo que apavora!

A tempestade aumenta; desfaz-se o rochedo —
Cada ramo, ao corisco trêmulo rebrilha.
Batendo inquieto, o teu coração estribilha:
Pequeno caçador, é o medo! o medo!

Eduardo Feito

O avanço da Jângal

Velai-as, cobri-as, cercai-as, ó flores,
Ó lianas, ó folhas virentes!
Olvidem-se agora o contato e os odores,
O som e até mesmo a visão dos viventes.

E pelo altar de pedra há cinza mais escura,
Já veio a chuva com os pés alvadios;
Multiplica-se a corça nos campos bravios
E o susto agora nem mais a tortura.
A parede, tremendo, periclita.
Agora ali por certo nem uma alma habita.

Deveis estar lembrados de que, após haver estendido a pele de Shere Khan sobre a Roca do Conselho, Mowgli declarara aos lobos da Alcatéia de Seeonee que, dali por diante, caçaria sozinho; e os quatro filhotes de Mãe Loba disseram que queriam caçar com ele. Mas não se muda uma vida de um momento para outro, sobretudo na Jângal. A primeira coisa que Mowgli fez, quando voltou da Roca do Conselho, foi abrigar-se na caverna dos seus amigos lobos e dormir todo um dia e toda uma noite. Ao despertar, contou-lhes o que por eles podia ser compreendido das suas aventuras entre os homens, na aldeia —, e quando fez brilhar o sol na lâmina da faca que de lá trouxera, e com a qual havia esfolado o tigre, os lobos concordaram que Mowgli tinha lucrado alguma coisa. Falaram em seguida Akela e o Lobo Gris, que explicaram a parte por eles tomada no estouro dos búfalos pela ravina adentro. Baloo subiu o morro para ouvir a história. Bagheera também e teve ocasião de coçar-se de gosto ao conhecer as manobras com que Mowgli havia conduzido a guerra contra Shere Khan.

O sol já ia alto e ninguém pensava em dormir. De quando em quando, Mãe Loba erguia a cabeça e respirava com deleite as brisas que traziam até ali a catinga da pele do tigre.

— Não fossem Akela e o Irmão Gris, eu nada teria feito — disse em conclusão Mowgli. — Ó, Mãe! Se tivesses visto o rebanho de búfalos derramar-se qual tufão na ravina e depois investir contra a aldeia quando os homens me apedrejaram...

— Felizmente não vi — respondeu Mãe Loba. — Não suporto ver meus filhos tratados como chacais. Teria tomado vingança da Alcatéia dos Homens, poupando apenas a mulher que te deu leite. Sim, só pouparia a ela.

— Paz, paz, Raksha! — murmurou Pai Lobo pachorrentamente. — Nossa rãzinha voltou de novo e veio tão cheia de sabedoria que até seu pai lobo tem de beijar-lhe os pés. Fiquem os homens lá com os homens.

Baloo e Bagheera fizeram eco a essas palavras:

— Fiquem os homens lá com os homens.

Mowgli sorria, satisfeito, com a cabeça em repouso sobre o flanco de Mãe Loba. De sua parte, só desejava nunca mais ver, ouvir ou cheirar uma criatura humana.

— E se os homens vierem a ti, Irmãozinho? — perguntou Akela, movendo uma orelha.

— Somos *cinco* — rosnou o Lobo Gris correndo os olhos pelo grupo e batendo os dentes na palavra cinco.

— Temos de esperar pelo revide — observou Bagheera, com um ondular de cauda, pondo os olhos em Baloo. — Mas para que pensar nos homens agora, Akela?

— Por uma razão muito simples — respondeu o Lobo Solitário. — Depois que a pele daquele ladrão rajado foi estendida sobre a Roca do Conselho, voltei à aldeia pelo caminho por onde viemos, a fim de embaralhar ou desfazer as nossas pegadas e desse modo despistar quem as quisesse seguir. Estava no fim do trabalho quando Mang, o Morcego, surgiu à minha frente, pendurado num ramo: "A aldeia donde os homens expulsaram Mowgli está zumbindo que nem vespeira", disse ele.

— Foi uma grande pedra que lhe atirei — gargalhou Mowgli, que muitas vezes se divertia em atirar pedras às vespeiras, fugindo a mergulhar-se nas lagoas próximas antes que as vespas o alcançassem.

Akela continuou:

— Perguntei a Mang o que vira por lá. Respondeu que a Flor Vermelha havia desabrochado nas portas da aldeia, com homens armados de carabinas em redor. Ora, eu sei que homens não tomam as carabinas pelo simples prazer de as ter consigo — e isto dizendo, o lobo olhava para as velhas cicatrizes que tinha em um dos flancos. — Homens armados devem a esta hora estar procurando o nosso rasto... se é que já o não acharam.

— Por que, pergunto eu? — exclamou em um assomo de cólera o menino. — Os homens expulsaram-me de lá. Que mais querem comigo? Que pretendem?

— Tu és homem, Irmãozinho. Não compete a nós, Caçadores Livres, dizer o que teus irmãos homens pretendem — disse Akela.

A faca de Mowgli brilhou no ar, rápida como o relâmpago. Mais rápido ainda o velho lobo fugiu com a pata, fazendo que o golpe falhasse e a lâmina se enterrasse no chão. Akela era lobo; e se até cães, degenerados pelo afastamento dos lobos de que procedem, despertam do mais profundo sono ao primeiro e levíssimo contato de uma roda de carro, e fogem com o corpo antes que a roda os pegue, não seria um lobo quem recebesse o golpe do menino.

— Outra vez — disse Mowgli já calmo e metendo a faca na bainha —, não me mistures com os homens. Quando falares da Alcatéia dos Homens e de mim, mete de permeio dois resfôlegos, não um só.

— *Phff!* Que dente agudo! — murmurou Akela examinando o corte que a faca abrira no chão. — Mas o fato de teres vivido entre os homens, Irmãozinho, parece que enfraqueceu a rapidez do teu olhar. Falhaste no golpe e, ainda velho como estou, afirmo-te que eu teria matado um gamo no espaço de tempo que gastaste com o golpe em falso.

Súbito, Bagheera saltou de pé, com a cabeça esticada, músculos retesos. Farejava o ar. O Lobo Gris imitou-a. Imobilizou-se à esquerda da pantera para ter nas ventas a débil aragem que vinha da direita. Akela, projetado de salto longe dali, também farejava, agachado.

Mowgli encheu-se de inveja. Podia farejar odores melhor do que qualquer outra criatura humana, mas estava longe da extrema sensibilidade do olfato dos filhos da Jângal — os três meses passados na aldeia fumarenta embotaram-no bastante. Todavia, molhou o dedo, esfregou-o no nariz e pôs-se na ponta dos pés, para apanhar de mais alto o cheiro. O cheiro apanhado no alto é o mais seguro, embora seja o mais fraco.

— Homem! — rosnou Akela, caindo em repouso sobre os quartos.

— Buldeo! — completou Mowgli, sentando-se. — Está a seguir os nossos rastos e o sol reflete-se na sua espingarda. Notai.

Referia-se a um insignificante reflexo de luz, que em uma fração de segundo brilhou no gatilho de bronze do velho mosquete Tower de Buldeo. Mas nada na Jângal pisca como esses reflexos, salvo quando as nuvens deitam coriscos no céu. Aí, um fragmento qualquer de mica, uma pouca d'água ou mesmo uma folha lustrosa cintilam como o heliógrafo.

— Eu tinha a certeza de que os homens iam seguir-nos — exclamou Akela com vaidade. — Não foi imerecidamente que alcancei a chefia da Alcatéia.

Os quatro filhotes de lobo nada disseram, mas esgueiraram-se morro abaixo, sumindo-se da macega como a toupeira se some em seu buraco.

Mowgli gritou:

— Para onde ides, assim, sem ordem?

— *Hsh!* — responderam eles de longe. — Havemos de rolar morro acima o crânio do caçador antes que o sol esteja a pino.

— Para trás! Para trás! Homem não come homem — gritou Mowgli.

— Homem? — disse com ironia Akela, enquanto os lobinhos voltavam de cabeça baixa. — Homem? Quem insistia em ser apenas lobo ainda há pouco? Quem me lançou um golpe de faca só porque o misturei com os homens?

— Não dou as razões do que decido! — gritou Mowgli com violência.

— Homem! Homem! Assim falam os homens! — sussurrou Bagheera por entre seus bigodes. — Assim falavam os homens que vi em redor das jaulas reais em Odeypore. Nós, da Jângal, sabemos que o homem é o mais fino de todos os seres. Mas, se valem nossas observações, é também o mais louco.

Depois, erguendo a voz:

— O filhote de homem tem razão. Os homens caçam em sociedade. Matar um só, isolado, é mau negócio, embora saibamos o que depois costumam os outros fazer. Vinde todos. Vejamos o que este homem quer de nós.

— Ficaremos aqui — rosnou o Lobo Gris. — Mowgli que cace sozinho. *Nós* nos entendemos. O crânio do caçador já estaria a estas horas pronto para ser rolado...

Com os olhos cheios de lágrimas e o coração pesado, Mowgli correu a vista pelos lobos; depois, caindo sobre um dos joelhos, disse-lhes:

— Não sei, então, o que faço? Vamos, olhai para mim, nos olhos!

Os lobos o olharam nos olhos, mal à vontade, e logo desviaram a cabeça; Mowgli insistiu para que o olhassem de novo, e mais, e mais — e dominados pela força do seu olhar os lobos sentiram os pêlos arrepiarem-se e tremeram de corpo, como fascinados.

— Dizei-me agora: qual dentre nós cinco é o chefe?

— Tu, Irmãozinho — respondeu o Lobo Gris vindo lamber-lhe os pés.

— Segui-me, então — ordenou Mowgli, e os quatro o seguiram, de cauda entre as pernas.

— Isso vem de ele ter vivido na Alcatéia dos Homens — observou Bagheera, esgueirando-se-lhes atrás. — Há, na Jângal, agora, alguma coisa acima da Lei de Baloo!

O velho urso nada disse; estava profundamente pensativo.

Mowgli cortou a floresta em silêncio, por atalhos, até alcançar o velho caçador de mosquete ao ombro. Buldeo seguia as pegadas do rasto em um trotinho de cachorro.

Os leitores lembram-se de que Mowgli havia deixado a aldeia com a pesada carga da pele de Shere Khan às costas, seguido de Akela e do Lobo Gris; desse modo, um rasto tríplice ficara impresso no chão. Buldeo acabava de chegar ao ponto em que Akela desmanchara essa pista. Sentou-se, tossiu, resmungou; deu depois umas tantas voltas em redor, a ver se apanhava de novo as pegadas — e durante todo esse tempo esteve à distância de uma pedrada dos seus inimigos. Nada mais silencioso do que um lobo que procura não ser ouvido; quanto a Mowgli, movia-se qual sombra, embora seus companheiros achassem que ele se movia com espalhafato. Assim, rodearam o velho caçador como um bando de cetáceos rodeia o navio que vai a toda a velocidade e, enquanto o rodeavam, conversavam despreocupadamente, pois o tom caíra a ponto baixo demais para que ouvidos humanos pudessem ouvi-los.

— Isto é melhor do que matar — disse Lobo Gris divertido, vendo Buldeo abaixar-se, examinar o chão e praguejar. — Parece um porco perdido na floresta. Que diz ele?

Buldeo resmungava continuadamente. Mowgli traduzia.

— Diz que bandos de lobos devem ter dançado em volta de

mim. Diz que nunca em sua vida encontrou rastos como estes. Diz que está cansado.

— Descansará antes que encontre de novo a pista — murmurou friamente a pantera ao esconder-se atrás de um tronco, no jogo de cabra-cega que brincavam. — E *agora*, que está fazendo ele?

— Comendo e assoprando fumaça. Os homens sempre estão a brincar com a boca — respondeu Mowgli.

Os cautelosos sitiantes do caçador, vendo-o encher e acender o cachimbo do qual tirou longas baforadas, fixaram na memória o cheiro do tabaco, de modo a poderem identificar a pessoa de Buldeo dentro da noite mais escura, se necessário fosse.

Nesse momento, um grupo de carvoeiros, que passava perto, veio ter com Buldeo, cuja fama de caçador notável era conhecida em círculo de mais de vinte milhas. Sentaram-se todos, a fumar, sob os olhos espionantes de Bagheera e dos lobos, e Buldeo contou toda a história de Mowgli, o Menino-Diabo, com acréscimo de pura invenção. Contou de como havia ele, Buldeo, matado Shere Khan e de como o menino se virara em lobo e lutara com ele toda a tarde; de como revirara depois em menino e enfeitiçara o mosquete, de modo que, ao atirar contra Mowgli, a bala se desviou, indo acertar em um búfalo; e de como a aldeia, que sabia ser ele, Buldeo, o mais valente caçador de Seeonee, o incumbira de dar cabo do Menino-Diabo. Contou também que o povo havia prendido Messua e seu marido, genitores, sem dúvida, do Menino-Diabo, os quais iam ser submetidos à tortura para que se confessassem feiticeiros. Depois seriam queimados.

— Quando? — indagaram os carvoeiros, ansiosos por assistir à cerimônia.

Buldeo respondeu que nada seria feito antes de sua volta, porque a aldeia desejava que o menino fosse morto primeiro. Só depois disso dariam cabo de Messua e do marido, apossando-se dos seus búfalos e terras. Ótimo isso de destruir os feiticeiros, ponderava Buldeo, com o pensamento na partilha dos búfalos; gente que lida com meninos-lobos é sem dúvida a pior casta de feiticeiros.

— Mas — perguntavam os carvoeiros — que acontecerá se os ingleses tiverem conhecimento disso? — Os ingleses, eles bem o sabiam, eram homens maus, que não gostavam de que honrados agricultores matassem sossegadamente feiticeiros. Buldeo respondeu que os cabeças da aldeia declarariam que Messua e o marido teriam sido mortos por picadas de cobra; tudo estava arranjado, e a coisa única que restava a fazer para dar início à trama era matar o menino-lobo. Não teriam eles, por acaso, visto por ali semelhante criatura?

Os carvoeiros correram os olhos em derredor, cautelosos, e agradeceram às suas estrelas não o terem visto nunca; mas confessaram que não tinham dúvidas de que um tão valente caçador como Buldeo logo o apanharia. O sol ia descambando. Os carvoeiros lembraram-se de chegar ao vilarejo, a fim de espiar a feiticeira. Buldeo alegou que, embora seu serviço fosse matar o menino-lobo, não poderia consentir que homens desarmados se aventurassem pela floresta sem escolta. O demoninho era capaz de aparecer e atacá-los. Por isso os acompanharia — e se o filho do feiticeiro surgisse, ó, mostraria mais uma vez quem era realmente o maior caçador de Seeonee. O Brâmane tinha-lhe dado uma figa que o punha a salvo de qualquer malefício.

— Que diz ele? Que diz ele? — repetiam os lobos a cada passo, e Mowgli ia traduzindo a conversa, até que se sentiu embaraçado. Aquilo de feiticeiro e feiticeira era coisa nova para ele. Mas contou, resumindo, que estavam presos na aldeia a mulher e o homem que haviam sido bons para com ele.

— Homens prendem homens? — indagou Bagheera.

— Assim conta Buldeo. Não compreendo muito bem a conversa. Parecem-me loucos, todos eles. Que fizeram Messua e seu marido para que mereçam mundéu? E que história é essa de serem devorados pela Flor Vermelha? Tenho de evitar isso. Mas o que quer que pretendam fazer a Messua, não o farão antes do regresso de Buldeo. Sendo assim...

Mowgli procurava firmar-se em uma idéia. Estava de testa franzida, com a mão no punho da faca. Enquanto isso, os carvoeiros levantaram-se e seguiram Buldeo em fila.

— Vou à Alcatéia dos Homens — resolveu Mowgli, por fim.

— E estes loucos? — perguntou o Lobo Gris com olhos coléricos na fila dos carvoeiros.

— Desviai-os do caminho certo — respondeu Mowgli em uma careta. — Não quero que cheguem às portas da aldeia antes da noite. Podereis, tu e os outros, atrapalhá-los?

O Lobo Gris arreganhou os dentes com desprezo.

— Podemos fazê-los andar a noite inteira em círculo, como cabras na corda. Conheço os homens.

— Não é preciso tanto. Basta que os atrapalheis por algum tempo antes que tomem a estrada. Não creio que para isso seja necessário grande esforço, Irmão Gris. E tu, Bagheera, ajudarás no trabalho. Quando a noite cair, esperai por mim rente à aldeia. O Irmão Gris conhece o ponto.

— Não é fácil trabalhar para o Filhote de Homem. Quando tirarei a minha dormida? — perguntou Bagheera em um bocejo, embora seus olhos demonstrassem como estava encantada com a perspectiva daquele divertimento. — Eu, a Pantera Negra, feita comparsa de um homenzinho nu! Mas experimentaremos isso.

Para começar, a pantera baixou a cabeça de modo que o som pudesse caminhar longe e desferiu o grito de "Boa caçada!" — grito da meia-noite soltado à tardinha, aterrorizante. Mowgli ouviu o grito erguer-se, ecoar e morrer transformado em uma espécie de uivo queixoso atrás de si. Atrás, porque na carreira em que se ia estava já longe. Percebeu que os homens se juntavam em grupo e que em torno deles rondava Buldeo, erguendo e baixando o mosquete qual folha de bananeira oscilada pelo vento. Então, o Lobo Gris desferiu o seu *Ya-la-hi!*, grito de caça de quando a Alcatéia leva por diante o *nilghai*, gado selvagem cinzento — e esse uivo parecia vir dos extremos da terra. Os demais lobos espalhados pela Jângal responderam em coro, e Mowgli percebeu que toda a Alcatéia uivava em uníssono o Canto da Madrugada, com todas as finuras, nuanças e notas sutis que as gargantas dos lobos sabem modular.

Observamos que há pouco os nossos corpos
Não davam sombra na planura,
Agora, bem obscuros vão traçando o rumo
À guarida escura.
Na madrugada, cada rocha, cada moita
alta, brutal, eriçada aparece.
E vão entoando o grito: "Bom descanso àquele
Que à Lei da Jângal obedece".

Agora, chifres e garras se fundem
Nos antros escondidos;
Nossos Barões da Jângal, à caverna e ao monte,
Vão deslizando emudecidos.
É a hora em que os bois do Homem, rijos e inocentes,
Com a carga nova, puxam os arados.
Medonha e clara desperta a aurora,
Iluminando os descampados.

Ho! A caverna! O sol brilha e calcina
A macega deserta.
Vão sussurrando por entre os jovens bambus
Os avisos de alerta.
Tudo se torna estranho — a mata espessa
Que piscando cada um devassaria,
Enquanto embaixo os patos selvagens exclamam:
"É o dia para o Homem, é o dia!"

O orvalho que a pelagem nos umedecia,
E as rotas que trilhamos já secou;
No bebedouro antigo, neste instante,
A lama se crispou.
Traidora, a noite revela os sinais
Das unhas e das garras.
Então, se escuta o grito: "Bom descanso a Vós
Que a Lei da Jângal observais".

Nada pode dar idéia desse canto nem do uivo em coro que os quatro amigos de Mowgli escandiam, qual estribilho, de espaço em espaço. De longe o menino ouviu estalidarem galhos. Eram os homens de Buldeo que trepavam às árvores, enquanto o velho caçador repetia as palavras mágicas que o Brâmane lhe ensinara. Uma única idéia absorvia Mowgli: arrancar Messua e o marido da trapa em que se achavam, qualquer que fosse ela, pois Mowgli detestava toda a sorte de trapas. Depois liquidaria contas com a gente da aldeia.

Amanhecia quando chegou aos campos cultivados e viu a árvore de *dhak* debaixo da qual o Lobo Gris esperara por ele no dia da morte de Shere Khan. Irritado como se achava contra a Alcatéia dos Homens, algo lhe apertou a garganta ao divisar os primeiros tetos do vilarejo. Notou que todos os habitantes haviam regressado dos campos mais cedo e que, em vez de estarem nas suas ocupações normais, preparando-se para a ceia de costume, estavam reunidos sob a figueira, muito excitados, em um bate-boca sem fim.

"Os homens só se sentem satisfeitos quando armam coisas para outros homens", pensou Mowgli. "A noite passada era para mim. Hoje é para Messua e seu marido. Amanhã e sempre será para mim outra vez."

Esgueirou-se ao longo do muro que circundava a aldeia até

frontear a janela da casinha de Messua. Espiou para dentro. Lá a viu amarrada de pés e mãos, respirando com dificuldade e gemendo. Ao seu lado, o marido atado aos pés da cama. A porta da cozinha que abria para a rua estava trancada, e três ou quatro homens sentavam-se por ali, de costas para ela.

Mowgli conhecia muito bem os costumes e hábitos daquela gente. Sabia que enquanto pudessem comer, conversar e fumar não fariam outra coisa, mas que logo depois de comidos, conversados e fumados tornavam-se perigosos. Buldeo, mais cedo ou mais tarde, chegaria e teria uma nova história muito interessante para contar. Assim refletindo, entrou Mowgli pela janela e, achegando-se aos prisioneiros, cortou-lhes as cordas — soltou-os e olhou em torno à procura de leite.

Messua estava semimorta de dor e pânico (havia sido apedrejada pela manhã); apesar disso, Mowgli pôs-lhe a mão na boca a tempo de a impedir de gritar. Seu marido, que se mostrava desvairado, logo se sentou, a puxar as barbas revoltas e sujas.

— Eu sabia... eu sabia que ele voltaria — soluçou Messua, por fim. — Agora já não tenho dúvidas de que é meu filho. — E abraçou Mowgli bem junto do coração.

O menino, até ali perfeitamente senhor de si, começou a tremer — o que muito o surpreendeu.

— Para que todas estas cordas? Por que vos amarraram a ambos? — perguntou após breve pausa.

Messua nada respondeu e Mowgli fixou os olhos em suas feridas, rangendo os dentes quando viu sangue.

— Que é isto, afinal?

— Ó! Isto é uma conjura de toda a aldeia — respondeu o homem. — Eu era muito rico, possuía muito gado. *Por isso* fomos acusados de feitiçaria, com pretexto de te havermos dado abrigo.

— Não te compreendo — disse Mowgli. — Deixa que Messua mo explique.

— Dei-te leite, Nathoo, lembras-te? — começou Messua timidamente. — Porque eras meu filho, o filho que o tigre me tomou, e porque te amava de todo o coração. Eles acusaram-me de ser mãe de um demônio e por isso merecedora de morte.

— Que é demônio? — perguntou Mowgli. — Morte sei o que é.

O homem olhou-o com tristeza, mas Messua sorriu.

— Vê! — exclamou ela para o marido. — Eu sabia... eu sabia que ele não era feiticeiro. Apenas meu filho... meu filho.

— Filho ou feiticeiro, que nos adianta isso? — respondeu o homem. — Vão matar-nos.

— O caminho da Jângal está livre — disse Mowgli apontando para a janela aberta — e tens as mãos e os pés libertos. Foge!

— Nós não conhecemos a Jângal, meu filho, como... como tu a conheces — começou Messua. — Não creio que possamos afundar-nos nela muito longe.

— E os homens e as mulheres iriam em nosso encalço e nos arrastariam para cá de novo — disse o marido.

— *H'm!* — exclamou Mowgli, batendo com a palma da mão no cabo da faca. — Eu não quero fazer nenhum mal à gente daqui, *por enquanto*. Mas não creio que vos retenham. Dentro em pouco terão muito o que refletir sobre o caso. Ah! — exclamou com a cabeça ereta, ouvindo um tumulto que se erguera fora. — *Eles* deixaram que Buldeo viesse...

— Buldeo foi mandado esta manhã em tua procura, para matar-te — disse Messua. — Não o viste por lá?

— Sim, encontrei-o. Buldeo traz uma nova história para contar e, enquanto a conta, teremos tempo para tudo. Mas, antes de mais nada, preciso saber como pretendeis agir. Pensai bem e chamai-me quando for tempo.

Mowgli disse e saltou pela janela, esgueirando-se ao longo do muro da aldeia, por fora, até frontear a figueira das reuniões, onde o vozerio era intenso. Dali ouviria tudo. Buldeo estava sentado, tossindo e resmungando, dentro do tumulto de perguntas que lhe eram feitas. Seus cabelos caíam sobre os ombros; suas mãos e pernas estavam arranhadas de espinhos. Dificilmente podia falar, mas sentia a importância da sua situação. De espaço a espaço, murmurava alguma coisa sobre os diabos — diabos cantores e encantamentos maravilhosos, para dar à multidão um ante-sabor do que pretendia narrar. Depois pediu água.

— Bah! — exclamou Mowgli. — Conversa fiada, palavrório só. Os homens são irmãos de sangue dos Bandar-log. Agora quer ele lavar a boca com água, depois quererá fumar, e depois de tudo isto, ainda há a sua história a contar. São um povo muito sensato, os homens! Deixarão Messua sem guarda enquanto durarem as *potocas* de Buldeo... E... parece-me que fiquei tão lerdo quanto eles!

Mowgli sacudiu-se e voltou rápido à casinha de Messua. Ao alcançar a janela, sentiu tocarem-lhe nos pés.

— Mãe Loba — disse ele —, que fazes aqui?

— Ouvi meus filhos cantarem o Canto da Madrugada, longe, na floresta, e segui-os... e vim atrás do que mais amo. Rãzinha, quero conhecer a mulher que te deu leite — concluiu Mãe Loba, toda rebrilhante de gotas de orvalho.

— Eles a amarraram e querem-na matar. Cortei-lhe os laços e agora vai com o seu homem para a Jângal.

— Eu os acompanharei. Estou velha, mas ainda tenho dentes — disse Mãe Loba, ajeitando-se no muro para melhor espiar dentro da casinha.

Em um segundo, imobilizou-se e tudo quanto disse foi:

— Eu dei a ti o primeiro leite, mas Bagheera tem razão. O homem volta ao homem, no fim.

— Pode ser — disse Mowgli de muito má cara. — Esta noite, estou muito longe disso. Espera aí sem deixar que ela te veja.

— Tu nunca tiveste medo de *mim*, Rãzinha — observou Mãe Loba, voltando a mergulhar-se nas ervas altas como os lobos sabem fazer.

— Agora — fez ver Mowgli a Messua penetrando de novo na casinha —, lá estão todos à volta de Buldeo, que conta o que não houve. Logo que se acabe a tagarelice, virão para aqui, em tumulto, a fim de queimar-vos a ambos com a Flor Vermelha. E então?

— Já conversei com o meu homem — disse Messua. — Khanhivara fica a trinta milhas daqui, mas em Khanhivara temos os ingleses...

— A que Alcatéia pertencem?

— Não sei. Os ingleses possuem a pele branca e dizem que governam este país inteiro e não admitem que se queime ninguém. Se conseguirmos chegar até lá, estaremos salvos.

— Salvai-vos, então. Nenhum homem sairá da aldeia esta noite. Mas... que está ele fazendo? — indagou Mowgli ao ver o marido de Messua escavar a terra a um canto da cabana.

— Ele tem um pouco de dinheiro escondido. Nada mais poderemos levar — respondeu Messua.

— Ah, sim. Essas rodelinhas que correm de mão em mão e nunca se esquentam. Usam-nas fora desta aldeia também?

O homem olhou para o menino com ar de cólera.

— Ele não é diabo nenhum, é apenas bobo — murmurou. — Com este dinheiro comprarei um cavalo. Estamos muito machucados para empreender a jornada a pé; além disso, o povo nos seguiria os rastos dentro de uma hora.

— Digo que ninguém seguirá coisa nenhuma antes que eu o permita; mas a idéia do cavalo é boa... Messua está cansada — advertiu Mowgli.

O homem pôs-se de pé e amarrou todas as suas rupias em torno da cinta, enquanto Mowgli ajudava Messua a pular a janela. O frescor da noite logo a reanimou, embora a Jângal, ao longe, sob as estrelas, lhe parecesse terrível.

— Conheceis o caminho de Khanhivara? — sussurrou Mowgli. Ambos fizeram com a cabeça que sim.

— Nada de medos, então, e nada de pressa. Ouvireis por algum tempo o Canto da Jângal. Não vos assusteis com isso.

— Julgas que arriscaríamos uma entrada à noite, na Jângal, a não ser para fugir do fogo? Antes sermos mortos pelas feras do que pelos homens — disse o marido de Messua.

Messua, porém, olhou para Mowgli e sorriu.

— Eu digo — prosseguiu Mowgli, como se fosse Baloo que estivesse falando a filhotes ingênuos — que nenhum dente na Jângal se arreganhará contra vós, nenhuma pata se erguerá contra vós. Nem animal nem homem vos deterá durante a jornada para Khanhivara. Sereis guardados.

Depois, voltando-se para Messua:

— *Ele* não acredita, mas tu sabes que é assim, não?

— Pois decerto, meu filho. Homem, fantasma ou lobo da Jângal: eu acredito em ti.

— *Ele* ficará apavorado quando ouvir o Canto da Jângal: o canto do meu povo. Tu, não; tu compreenderás tudo. Ide agora, e devagar... nada de pressa. As portas da aldeia estão fechadas.

Messua lançou-se soluçante aos pés de Mowgli, que a ergueu com um tremor no corpo. Então, pendurou-se-lhe ela ao pescoço e disse-lhe todos os nomes de bênçãos que sabia. Enquanto isso, seu marido olhava rancorosamente para os campos, resmungando:

— Se eu alcançar Khanhivara e puder ser ouvido pelos ingleses, proporei uma demanda contra esta gente, o Brâmane, o velho Buldeo e outros, e roerei a aldeia até os ossos. Hão de pagar-me em dobro as colheitas e rebanhos que vou abandonar. Hei de conseguir justiça!

Mowgli sorriu.

— Não sei o que justiça é, mas, se voltares na próxima estação chuvosa, verás o que resta da aldeia...

Saíram rumo à Jângal e Mãe Loba surgiu do seu esconderijo.

— Segue-os — disse Mowgli —, e vê que toda a Jângal saiba que eles têm passaporte. Dá à língua, um pouco. Vou agora chamar Bagheera.

O grito de apelo à pantera soou, fazendo o marido de Messua estremecer e entreparar, indeciso.

— Adiante! — gritou Mowgli alegremente. — Lembra-te de que te falei dumas cantorias. Este grito há de se repetir até Khanhivara. É a Palavra de Senha da Jângal.

Messua impeliu seu homem para a frente, ao tempo em que Mãe Loba e Bagheera *surdiam* quase sob os pés de Mowgli, trêmulas do deleite da noite.

— Estou envergonhada dos teus irmãos lobos — disse a pantera.

— Por quê? Não atrapalharam Buldeo lindamente? — admirou-se Mowgli.

— Bem, bem, sim. Bem demais. Fizeram-me até perder o orgulho e... pelo Ferrolho a que devo a liberdade!... sair uivando pela Jângal como se a primavera houvesse chegado. Não me ouviste?

— Estava muito preocupado com outras coisas. Mas pergunta a Buldeo se te ouviu o canto... Onde estão os Quatro? Não quero que ninguém transponha as portas da aldeia esta noite, ouviste?

— Para que os Quatro? — perguntou Bagheera rebolando as ancas; olhos em fogo, o ronrom cada vez mais alto. — Eu poderei contê-los a todos, sozinha, Irmão. Haverá matança no fim. O Canto de Apelo e a vista dos homens trepados às árvores puseram-me elétrica. Que é o Homem para que nos dê cuidados... esse cavouqueiro escuro; sem pêlos nem dentes, comedor de coisas do chão? Eu os segui o dia todo quando o sol estava alto. Tangi-os como os lobos tangem rebanhos de gamos. Sou Bagheera, Bagheera, Bagheera! Assim como danço com a minha sombra, assim dancei com aqueles homens.

A grande pantera negra saltou como salta um gatinho sob a folha morta que desce regirante da árvore; desferiu golpes à esquerda e à direita no ar vazio, fazendo-o zunir; saltou várias vezes e, ao voltar à terra, chiou rosnidos que lembravam o vapor escapo da caldeira.

— Sou Bagheera, filha da Jângal e da Noite... e minha força está toda em mim mesma. Quem resiste a meus golpes? Filhote de Homem, com um só tabefe posso deixar tua cabeça chata como um sapo morto.

Eduardo Feito

— Bate, então — desafiou Mowgli no dialeto da aldeia e não na língua da Jângal, e aquelas palavras humanas fizeram Bagheera armar o bote. Uma vez mais Mowgli a encarou como havia encarado os lobinhos rebeldes; encarou-a em cheio nos olhos verde-berilo, até que o rubi líquido que se esconde atrás desse verde se apagasse, como luz de farol se apaga a vinte milhas de distância sobre o mar. Os olhos da pantera baixaram e com eles a cabeçorra, e mais e mais até que uma língua vermelha veio lamber os pés do menino.

— Irmã... Irmã... Irmã! — exclamou Mowgli batendo-lhe cariciosamente no pescoço luzidio. — Cala-te. A culpa é da noite, não tua.

— Foram os cheiros da noite, sim — concordou Bagheera penitentemente. — Este ar grita para o meu sangue. Mas como tu o sabes?

O ar em torno das aldeias indianas recende a mil sorte de cheiros e, para uma criatura que forma quase todos os seus pensamentos por meio da sensação olfativa, o cheiro é tão entontecedor como a música ou as bebidas para os seres humanos. Mowgli acariciou a pantera por alguns minutos mais, conservando-a deitada diante do fogo, as patas sob o peito, os olhos semicerrados.

— Tu és da Jângal e tu não és da Jângal! — murmurou Bagheera, por fim. — Já eu não passo duma simples pantera negra. Mas tenho-te amor, Irmãozinho.

— Eles estão numa conversa muito comprida sob a figueira — observou Mowgli mudando de assunto. — Buldeo conta histórias. Breve irão arrancar a mulher e o seu homem do mundéu de barro, onde os prenderam, para lançá-los na Flor Vermelha... e encontrarão o mundéu vazio. *Ho! Ho!*

— Agora ouve — disse Bagheera. — A febre já abandonou meu corpo. Deixa-me ir esperá-los lá. Não será a primeira vez que eu ficarei dentro duma jaula... e não creio que desta me amarrem com cordas.

— Sê prudente — aconselhou Mowgli rindo-se e já tão inquieto como a pantera, que se esgueirara para dentro da casa.

— *Pah!* — rosnou Bagheera. — Este lugar cheira a criaturas humanas, mas aqui vejo cama como já possuí parecida nas jaulas do Rei, em Odeypore. Vou deitar-me nela — e Mowgli ouviu a cama ranger ao peso da pantera. — Pelo Ferrolho que quebrei — continuou Bagheera —, eles vão pensar que me apanharam! Aproxima-te e senta-te ao meu lado, Irmãozinho. Nós lhes daremos "Boa caçada!" juntos.

— Não; tenho outra idéia no estômago. A Alcatéia dos Homens de nenhum modo deve saber que tomei parte neste jogo. Faze o que quiseres, que eu nem vê-los quero mais.

— Assim seja — disse Bagheera. — Ah, lá vêm vindo eles!

A conferência sob a figueira terminara. Entre gritos selvagens, uma onda de homens e mulheres, a brandirem facas, foices e paus, rolou pelas ruas. Buldeo e o Brâmane vinham à frente. A multidão seguia-os gritando:

— Abaixo a feiticeira e o mágico! Veremos se as moedas em brasa os farão confessar. Queimemos a casa com os dois dentro! Havemos de lhes ensinar como receber lobos-diabos! *Archotes!* Mais archotes! Buldeo, prepara a espingarda!

Ao chegarem à casa de Messua, houve embaraço com a porta, que fora trancada por dentro. Eles, porém, a despedaçaram e a luz dos archotes invadiu o quarto onde, espichada na cama, negra como piche, terrível como o demônio, Bagheera os esperava. Houve meio minuto de apavorado silêncio, enquanto os da primeira fila forçavam o recuo para fora, e nesse meio minuto Bagheera ergueu a cabeça e bocejou — um bocejo elaborado, ostensivo (estudadíssimo, como o usava quando queria insultar a algum da sua raça). Sua beiçarra negra arreganhou-se para trás e para cima, ao mesmo tempo que a língua vermelha se espichava qual ponto de interrogação; a maxila inferior descaiu até mostrar o fundo da garganta; a alva dentuça entreabriu-se lenta para depois fechar-se de brusco, soando metálica qual porta de cofre forte.

A rua ficara deserta. Bagheera, que tinha saltado pela janela e permanecia ao lado de Mowgli, viu ao longe uma torrente de criaturas tomadas de pânico, atropelando-se na precipitação de ganhar suas casas.

— Eles não mais aparecerão antes que o sol rompa — previu Bagheera. — E agora?

Um silêncio de sesta havia empolgado a aldeia, mas Mowgli percebeu que dentro das casas se arrastavam caixas e mais móveis pesados para o escoramento das portas. Bagheera tinha razão. Ninguém apareceria antes que o sol rompesse. Mowgli sentou-se, calado e pensativo, com o rosto sombrio.

— Que fiz eu? — indagou Bagheera vindo acariciar-lhe os pés.

— Nada de mau. Guarda agora os meus fugitivos até que o sol rompa. Vou dormir — disse Mowgli, e correu para a Jângal, onde, caindo pesadamente sobre uma laje, dormiu toda a noite e todo o dia seguinte.

Quando acordou, estava Bagheera ao seu lado, com o gamo que viera de abater. A pantera acompanhou, curiosa, o trabalho da faca de Mowgli no carneamento da caça. O rapaz comeu e bebeu; depois, sentou-se com o queixo nas mãos.

— O homem e a mulher chegaram sem novidade aos arredores de Khanhivara — disse Bagheera —, tua Mãe Loba o mandou dizer por Chil, o Abutre. Antes da meia-noite conseguiram um cavalo e seguiram rápido. Não correu tudo bem?

— Muito bem — confirmou Mowgli.

— E os teus homens da aldeia não se mexeram a noite inteira. Só depois que o sol rompeu é que puseram o nariz de fora.

— Por acaso não te teriam visto?

— Decerto que viram. Pela manhã eu ainda estava a espojar-me no pó à entrada da aldeia e creio mesmo que cantei alguns dos meus cantos. Agora, Irmãozinho, nada há mais que fazer. Vem caçar comigo e com Baloo. Baloo tem novas colmeias para ti, e na Jângal todos desejamos tua volta. Deixa essa cara amarrada que até a mim mete medo. O homem e a mulher não serão devorados pela Flor Vermelha e tudo corre bem na Jângal, não é verdade? Esqueçamo-nos dos homens.

— Serão esquecidos... Onde está pastando Hathi?

— Onde lhe apraz. Quem pode responder pelo Silencioso? Mas que conseguiria Hathi fazer mais do que nós?

— Dize-lhe que venha ter comigo, ele e os filhos.

— Irmãozinho, não se vai assim dizendo a Hathi: "Vem" ou "Vai". Tu te esqueces que ele é o Senhor da Jângal e que, antes que a Alcatéia dos Homens mudasse tua cara, ele te ensinou as Palavras de Senha da Jângal.

— Tenho uma Palavra de Senha para Hathi. Dize-lhe que venha ter com Mowgli, a Rã, e, caso não te dê ouvidos, fala-lhe no Saque dos Campos de Bhurtpore.

— O Saque dos Campos de Bhurtpore — repetiu Bagheera duas ou três vezes para bem decorar a senha. — Já vou. Hathi pode ser lançado na pior cólera, e eu daria uma caçada à lua para conhecer uma senha a que ele obedeça.

Bagheera partiu, deixando Mowgli a esfaquear furiosamente o chão. Jamais havia ele visto sangue humano até o dia em que viu... e o que é mais, cheirou... o sangue de Messua nas cordas que a amarravam. E Messua tinha sido boa para ele, e ele lhe queria tanto quanto detestava o resto do gênero humano. Mas por muito profundamente que o homem lhe repugnasse com as suas falas, sua crueldade, sua covardia, por coisa nenhuma tomaria uma vida humana nem aspiraria de novo aquele terrível cheiro de sangue. Seu plano era mais simples, embora completo, e Mowgli riu-se para si mesmo ao lembrar-se de que havia sido uma das histórias de Buldeo contada sob a figueira que lhe dera a idéia.

— Era de fato uma Palavra de Senha — sussurrou Bagheera ao regressar. — Os quatro estavam pastando perto do rio e obedeceram-lhe como se fossem bois. Olha! Lá vêm eles!

Hathi e seus três filhos chegaram, como de costume sem barulho, ainda com a lama do rio nos flancos. Hathi mascava pensativamente os rebentos macios de um plátano arrancado com as presas. Mas cada linha do seu grande corpo mostrava a Bagheera que, em face do filhote de homem, o elefante não era o Senhor da Jângal — e sim um que tinha medo posto em frente a um que não tinha medo. Seus três filhos balançavam o *corpanzil*.

Mowgli apenas ergueu a cabeça quando Hathi o saudou com o "Boa caçada!" do costume. Deixou-o ficar por muito tempo naquele balanceamento de corpo, ora descansando sobre as patas da direita, ora sobre as da esquerda e, quando abriu a boca para falar, dirigiu-se à pantera, não a ele.

— Vou contar uma história que ouvi de um dos caçadores que tu atropelaste ontem — começou Mowgli. — Trata-se dum elefante, velho e avisado, que caiu num mundéu e foi ferido por uma estaca pontuda que havia no fundo. Foi ferido num lanho contínuo desde rente ao casco até o topo do ombro: e disso lhe ficou uma larga cicatriz branca, como de chibatada de ferro quente.

Mowgli espichou a mão e Hathi, ajeitando-se à luz da lua, deixou ver a sua cicatriz branca, perfeita chibatada de ferro quente.

— Os homens vieram tirá-lo do mundéu — continuou Mowgli —, mas as cordas com que o amarraram se partiram e o elefante escapou, fugindo para longe e longe ficando até que o ferimento cicatrizasse. Então voltou, cheio de cólera, às terras desses caçadores, durante a noite. Recordo esse fato agora que ele tem três filhos, pois é coisa sucedida há muitas e muitas chuvas atrás, em Bhurtpore. Que aconteceu aos campos desses caçadores, pela época das colheitas, Hathi?

— As colheitas foram recolhidas por mim e pelos meus filhos.

S. Tresilian

— E o aramento da terra para novas plantações depois da colheita? — perguntou Mowgli.

— Nunca mais se arou aquele chão — respondeu Hathi.

— E que sucedeu aos homens que vivem dessas plantas que saem do chão?

— Sumiram-se de lá.

— E as cabanas em que esses homens moravam?

— Nós desmantelamos os tetos; o mato, depois, engoliu as paredes.

— E que mais houve?

— Os campos foram invadidos pela Jângal, de norte a sul, de leste a oeste, numa área que levo duas noites a percorrer. Foram, assim, engolidas pela Jângal cinco aldeias e seus campos de cultura e pastos; nessas aldeias, não existe hoje um homem só que tire alimento da terra. Esse foi o Saque dos Campos de Bhurtpore, que eu e os meus fizemos. Agora pergunto: como a notícia disto chegou ao filhote de homem?

— Um homem tudo me contou, e agora vejo que até Buldeo pode falar a verdade. Foi trabalho bem feito, Hathi, mas da segunda vez vai ser mais bem feito ainda, porque o novo saque será dirigido por um homem. Conheces, Hathi, a Alcatéia de Homens que me expulsou? Gente preguiçosa, insensata e cruel, gente que brinca com a boca e não mata os mais fracos para comer, e sim por esporte. Quando está de estômago cheio é capaz de tudo: até de lançar os filhos à Flor Vermelha. Isto vi com meus olhos. Não fica bem, pois, que tal gente continue a viver na aldeia por mais tempo. Eu a detesto!

— Mata-os, então — sugeriu o mais moço dos filhos de Hathi, arrancando um tufo de capim, cuja terra sacudiu de encontro às pernas, para depois o lançar longe, enquanto seus olhos espiavam furtivamente de um lado e de outro.

— Para que quero ossos brancos? — respondeu Mowgli com ímpeto. — Sou acaso filhote de lobos dos que brincam ao sol com cabeças cortadas? Matei Shere Khan... e sua pele está apodrecendo na Roca do Conselho. Quero agora abafar a aldeia. Deixa que a Jângal a invada, Hathi!

Bagheera estremeceu e agachou-se. Podia compreender um assalte à aldeia, com tapas à direita e à esquerda na multidão apavorada, ou uma hábil matança de homens distraídos nos trabalhos dos campos; mas aquele plano de deliberadamente apagar uma aldeia inteira dos olhos dos homens e dos filhos da Jângal a apavorava.

Hum! Para aquilo mandara Mowgli buscar Hathi! Somente o velho elefante era capaz de conduzir tal empresa.

— Façamo-los sumirem-se como se sumiram os homens dos campos de Bhurtpore, de modo que voltemos a ter apenas a água das chuvas em vez de aramentos de terra, e o ruído das gotas que caem sobre as folhas em vez dos ruídos das rocas de fiar... e Bagheera, com seu antro na casa do Brâmane, e os gados bebendo na fonte detrás da igreja! Hathi, Hathi, estende a Jângal sobre a aldeia, Hathi!

— Mas eu... mas nós não temos questões com a gente dessa aldeia, e sem sermos movidos pela cólera rubra que a grande dor dá, não poderemos destruir os mundéus de palha e barro onde os homens dormem — respondeu Hathi vacilante.

— Serei vós, os elefantes, os únicos comedores de ervas da Jângal? Traze os outros. Faze que venham os *gamos* e *javardos* e *nilgós*. Não haverá necessidade de mostrares um palmo da tua pele antes que as culturas estejam destruídas. Estende a Jângal sobre a aldeia, Hathi!

— Não haverá matança? Minhas presas ficaram rubras no Saque dos Campos de Bhurtpore e eu não quero nunca mais sentir o cheiro do sangue.

— Nem eu. Nem quero que os ossos dessa gente fiquem sobre a terra limpa de suas presenças. Que vão para outras *plagas* em procura de novos antros. Tais criaturas não podem por mais tempo permanecer aqui. Vi o sangue, cheirei o sangue da mulher que me deu alimento, da mulher boa que quiseram matar por minha causa. Somente o cheiro vivo da vegetação nova a crescer na soleira das portas poderá apagar o cheiro de sangue que tenho no nariz. Sinto-o queimar-me o rosto. Hathi, Hathi, estende a Jângal sobre a aldeia, Hathi!

— Ah! — exclamou o elefante. — Do mesmo modo me queimou a cicatriz até o dia em que vimos as cinco aldeias subverterem-se dentro da vegetação da primavera! Compreendo-te agora. Tua guerra será a nossa guerra. Havemos de estender a Jângal sobre a aldeia, Irmãozinho!

Antes que Mowgli voltasse a si do acesso de cólera e ódio que o empolgava, Hathi e seus filhos puseram-se em marcha. Ficou Bagheera, de olhos fixos no menino-lobo, presa de pânico.

— Pelo Ferrolho que me libertou! — rugiu ela por fim. — Serás tu aquela coisinha nua em favor de quem falei no Conselho, anos atrás? Senhor da Jângal! Quando minhas forças se extinguirem, fala também a meu favor, ao de Baloo, fala a favor de todos nós! Somos débeis filhotes diante de ti, ó grande! Somos galhinhos secos sob o pé que passa! Somos veadinhos que perderam a veada mãe!

A idéia de Bagheera comparar-se a veadinho sem mãe curou Mowgli completamente; riu-se e soluçou, e riu-se e soluçou de novo; por fim, lançou-se à água, a fim de voltar ao natural. Por longo tempo nadou, mergulhando a espaços sob a lua, como a rã de que trazia o apelido.

Por esse tempo, Hathi e seus filhos já estavam em marcha silenciosa pelo vale abaixo, longe dali, cada qual em uma direção. Por dois dias caminharam, fazendo sessenta milhas através da Jângal; e cada passo que davam, cada movimento de suas trombas era notado por Mang e Chil, pelo Povo Macaco e todas as aves. Ao cabo de dois dias detiveram-se a pastar — e pastaram na maior calma por toda uma semana. Hathi e seus filhos são como Kaa, a Serpente da Rocha. Nunca se apressam antes do momento exato.

A partir desses dias, um rumor de origem desconhecida entrou a correr na Jângal — que em tal vale havia muito melhor pasto e aguadas. Os cerdos, os quais vão ao fim do mundo atrás de melhor alimento, moveram-se antes dos outros, às manadas, brigando pelo caminho; depois, movimentaram-se os gamos e as raposas que vivem dos mortos ou moribundos que os rebanhos em marcha deixam atrás de si; os nilgós de peito largo entraram na cauda dos gamos; os búfalos dos pantanais seguiram a trilha dos nilgós. Nessas marchas em bando, a menor causa provoca estouros que fazem os emigrantes arrepiar um caminho. Dessa vez, porém, quando um alarma se dava, alguém surgia para sossegá-los. Ora Ikki, o Porco-Espinho, cheio de boas notícias sobre a abundância de pastos um pouco além; ora Mang, que piava com alegria e voava rasteiro através de uma aberta para demonstrar que não existia perigo nenhum. Também Baloo, com a boca cheia de raízes, costumava aparecer à margem daquela comprida procissão, ajudando-a a manter-se na rota devida. Muitos animais arrepiaram caminho, desgarraram ou perderam o interesse pela marcha; a maioria, porém, a prosseguiu. Gamos, e cerdos, e nilgós concentravam-se em um círculo de oito ou dez milhas de raio, enquanto os Comedores de Carne escaramuçavam nas beiradas, forçando o avanço da multidão. No centro desse círculo, ficava a aldeia rodeada das suas plantações. Aqui e ali, dentro das roças, viam-se homens sentados no que eles chamavam de *machans* —

altos jiraus toscos — com a missão de espantar passarinhos e outros depredadores de grãos. Era noite escura quando Hathi e seus filhos deixaram a Jângal e penetraram nas roças, das quais arrancaram as *machans* como se fossem tenros talos de milho novo — e os homens, que lá de cima vieram abaixo, sentiram nas faces o hálito do elefante. Então, a vanguarda do exército de gamos derramou-se pelas pastagens da aldeia e campos de cultura; e os cerdos de rijo focinho logo os seguiram — e o que escapava ao gamo não escapava ao cerdo. De quando em vez rompiam alarmas. "Os lobos! Os lobos!", e os copiosos rebanhos de Comedores de Ervas corriam desabalados de um ponto para outro, apisoando os campos de centeio e obstruindo as valetas de irrigação. Antes que a manhã rompesse, a pressão exterior sobre os rebanhos fraquejou em um ponto. Os Comedores de Carne abriram caminho por onde manadas e manadas de búfalos rompessem o círculo, rumo sul. Muitos deles, os mais intrépidos, ocultaram-se nas moitas espessas para concluir, na noite seguinte, a refeição iniciada.

Mas o trabalho de arrasamento já estava feito. Pela manhã, os da aldeia verificaram que suas roças eram perdidas, fato que queria dizer de morte à fome, caso não se retirassem dali. Quando os búfalos domésticos, famintos do jejum da noite, foram soltos nos pastos, viram logo que os gamos tinham destruído tudo — e internaram-se na Jângal para se misturarem aos búfalos selvagens. Mais: ao cair da noite, três ou quatro pôneis da aldeia foram encontrados com as cabeças lanhadas. Unicamente Bagheera era capaz de produzir tais lanhos — como unicamente ela teria a lembrança de arrastar insolentemente as carcaças para as ruas do vilarejo.

Os camponeses não se sentiam com ânimo de acender fogueiras nos campos durante a noite, o que permitiu que Hathi e seus filhos viessem completar a obra da véspera — e quando Hathi completava um trabalho, completo para sempre ele ficava. Os da aldeia resolveram viver dos cereais para semente que havia de reserva, e assim agüentarem-se até o tempo de novas plantações; também se alugariam pelas redondezas para mitigar a espera. Mas enquanto os homens que possuíam reservas de cereais estavam a fazer a conta do que poderiam ganhar com a alta, as presas de Hathi esfuracavam as paredes dos celeiros, deixando que todo o grão se perdesse.

Depois que este último desastre foi descoberto, o Brâmane falou. Disse que tinha rogado aos deuses, sem nenhuma resposta. Que com certeza os da aldeia haviam ofendido, involuntariamente, algum gênio da Jângal, pois que sem a menor sombra de dúvida a Jângal estava contra eles. Em vista disso, mandaram buscar o chefe da próxima tribo de Gonds — pequenos caçadores negros que vivem no fundo da Jângal e cujos pais provêm da mais velha raça da Índia. Eram os aborígines da zona. Depois de muito presenteado, o chefe Gond ficou sobre um pé só, de arco na mão e três flechas espetadas no turbante, olhando, meio com desprezo, meio com medo, para os campônios ansiosos e para os campos arrasados. Os da aldeia queriam saber se os deuses Gonds — os velhos deuses — estavam zangados com eles e que sacrifícios deveriam fazer. O Gond nada disse, mas tomou de um ramo de Karela, a trepadeira que produz a mais amarga das cabaças, e o entrelaçou na porta do templo, em face do vermelho ídolo hindu de olhos arregalados. Em seguida, apontou com a mão rumo de Khanhivara. Feito isso, regressou para a sua Jângal, observando pelo caminho o avanço dos animais. O Gond sabia que, quando a Jângal se move em tais procissões, só o homem branco tem força para detê-la.

Não foi preciso perguntarem-lhe a significação do seu gesto. A cabaça selvagem iria crescer no templo, como em *tapera* e, quanto antes dali se retirassem, melhor.

Mas é difícil arrancar um camponês ao seu *pago*. Os da aldeia nele ficariam enquanto um resto de alimento restasse. Experimentaram viver de nozes silvestres da Jângal — mas olhos de fogo os espiavam, perpassando diante deles em pleno dia, e quando, cheios de susto, retornavam à aldeia, notavam que a casca das árvores, nas sendas por onde haviam passado, estavam lanhadas de poderosas garras. Quanto mais os homens se apegavam à aldeia, mais insolentes se faziam os filhos da Jângal reunidos naquelas margens do Waingunga. As casas próximas das florestas deixaram de ser reparadas, e os porcos-do-mato as esburacaram com os focinhos, permitindo que atrevidos brotos de trepadeiras se imiscuíssem pelas aberturas, para logo se alastrarem pelo terreno conquistado. Atrás delas vieram os capins de folhas pontudas como lanças de um exército de anõezinhos. Os homens solteiros escaparam-se dali muito antes dos outros, levando longe a notícia do pavoroso acontecimento. "Quem pode lutar contra a Jângal?", diziam eles, ou contra os gênios da Jângal, se até a cobra que morava no oco da figueira os havia abandonado? O pequeno comércio que a aldeia mantinha com as povoações próximas foi desaparecendo à medida que os caminhos se faziam intransitáveis. Por fim, o trombetear noturno de Hathi e seus filhos cessou de persegui-los: nada mais havia ali que interessasse aos elefantes. As plantações crescidas e as que ainda tinham as sementes em germinação estavam todas arrasadas. O aspecto dos campos não lembrava mais terra de cultura, e tempo chegou em que os camponeses se viram forçados a pedir socorro de esmolas aos ingleses de Khanhivara.

Mas, hindus que eram, foram protelando a mudança definitiva até que as primeiras chuvas do verão os viessem colher — inundando as casas esburacadas e transformando os campos em lameiros. E a vida furiosa da Jângal, alimentada gordamente pelo calor e umidade, avançou na sua conquista vingadora. Assim, os últimos da aldeia se puseram em marcha — homens, mulheres e crianças dentro dos aguaceiros quentes da manhã. A espaços voltavam o rosto para os últimos adeuses aos lares perdidos.

Quando a derradeira família, carregada de seus *tarecos*, atravessou as portas da aldeia em ruína, um estrondo de vigamentos desmoronados, paredes e tetos que vinham ao chão se fez ouvir, com uma tromba a *impar* no meio dos escombros. Logo depois, outro desmoronamento, este seguido de um urro de dor. Hathi, que estava colhendo casas como quem colhe cogumelos em uma podriqueira, fora espetado por uma lasca de viga. Aquilo desencadeou-lhe a força monstruosa que a cólera dá — e nenhuma força mais destruidora existe na Jângal do que a do elefante em cólera. Hathi deu com uma das patas traseiras em várias paredes, que aluíram, e sob a torrente d'água que caía logo se transformaram em lama vermelha. Depois girou sobre si mesmo, urrou e lançou-se pelas ruas estreitas, com ombradas à direita e à esquerda, arrasando casa por casa enquanto atrás, seus filhos, contaminados pela fúria paterna, lhe completavam a obra — tal qual no Saque dos Campos de Bhurtpore.

— A Jângal se encarregará de engolir esses mundéus de barro e palha — murmurou calmamente uma voz. — Mas os muros que cercam a aldeia têm que vir por terra já. — E Mowgli, com a chuva a escorrer pelos ombros nus, saltou de sobre o muro onde estivera de cócoras, qual búfalo cansado.

— Tudo a seu tempo! — gritou Hathi ofegante. — Ó, mas minhas presas estão brancas, não ficaram rubras como em Bhurtpore! Às muralhas externas, meus filhos! Com a cabeça! Todos juntos! Vamos!

Os quatro elefantes trabalharam lado a lado, e os muros, batidos pelas quatro cabeçorras, vacilaram e vieram abaixo, afinal. Pelas brechas, os camponeses em retirada viram as ferozes cabeças sujas de lama dos quatro elefantes. Então, fugiram a correr pelo vale afora, enquanto a aldeia, foçada, marrada, apisoada, lá se ia derretendo sob a chuva atrás deles.

Um mês depois, aquele lugar não passava de um montão de ruínas coberto de macios e peludos brotos de ervas pujantes — e, pelo fim das Chuvas, a Jângal impava aos urros por sobre toda a área onde, seis meses antes, o arado calmamente feria a terra...

A canção de Mowgli contra os homens

Soltarei contra vós as *alígeras* vinhas —
A Jângal mandarei assaltar vossas linhas.
Cairão os telhados,
Traves hão de cair da casa sobre vós,
E Karela, o atroz Karela,
Vos cobrirá todos!

Às portas destes vossos conselhos meu povo cantará,
Nos umbrais dos vossos celeiros o morcego se fixará.
Vós tereis por guardiã mesmo a serpente,
Nas vossas lareiras imundas.
E crescerá por certo onde dormirdes
Karela, o horrente Karela.

Meus golpes não vereis. Ouvi-los-eis hesitantes.
Virei antes que venha a lua e o seu fulgor...
Será o Lobo pastor
Por umas pastagens distantes,
E Karela, o atroz Karela,
Germinará onde amastes.

Segarei vossos campos bem antes que vós,
Pelas mãos de uma *horda*... Seguireis, após,
Os seus passos, colhendo todo o pão perdido.
Poreis gamos às vossas *charruas*
E Karela, o atroz Karela,
Crescerá onde houverdes construído.

Eu soltei contra vós as nodosas vinhas.
A Jângal eu mandei assaltar vossas linhas.
As árvores — estão sobre vós —
As traves cairão
E Karela, o atroz Karela,
Vos cobrirá todos.

Os cães vermelhos

Por nossas noites puras e *fagueiras*,
Pelas noites das rápidas carreiras,
Pelos sorrisos das madrugadas,
Pelos adeuses das orvalhadas,
Pelo galope entre os nevoeiros,
Pela presa escondida
Em sua *guarida*,
Pelo clamor dos companheiros,
Quando o Sambhur volteia. Pela bacanal,
Pelo sono nos fojos lutaremos afinal.

Depois que a Jângal invadiu e apagou a aldeia, é que a melhor parte da vida de Mowgli começou. Andava com a consciência leve dos que vivem com todas as contas justas, além de que toda a Jângal o adorava, embora com uma ponta de medo. O que ele viu ou fez enquanto andou de um povo para outro, só ou com os seus habituais companheiros, daria margem para muitas histórias longas como esta. Não sabereis, portanto, como encontrou o Elefante Louco de Mandla, o qual matara vinte e dois bois que puxavam onze carros de prata do governo, derramando todas aquelas rupias no pó da estrada; nem como lutou com Jacala, o Crocodilo, durante uma noite inteira nos pantanais do Norte, quebrando a sua faca nas escamas do bruto; nem como encontrou outra faca maior no cadáver de um homem, morto por feroz javardo, o qual Mowgli perseguiu e matou para justificar a posse da faca; nem como foi apanhado, durante a Grande Fome, por um rebanho de gamos em retirada, que quase o mataram a casco; nem como salvou Hathi, o Silencioso, de cair em um mundéu em cujo fundo havia uma terrível estaca de empalar; nem como, no dia seguinte, caiu ele próprio em uma engenhosa armadilha para leopardos, donde Hathi o tirou depois de remover todos os troncos amontoados em cima; nem como tirava leite às búfalas nos pantanais; nem como...

Mas temos que contar uma história de cada vez. Pai Lobo e Mãe Loba haviam morrido e Mowgli rolara para a boca da caverna um grande bloco de pedra, depois de entoar diante dos dois cadáveres o Canto da Morte. Baloo envelhecera bastante e até Bagheera, cujos nervos eram de aço e os músculos de ferro, não passava de sombra do que fora. Akela mudara de gris para quase totalmente branco, devido à idade: suas costelas desenhavam-se em relevo na pele e, quando andava, parecia feito de pau. Mowgli caçava para ele. Mas os jovens lobos, os filhos da desmantelada Alcatéia de Seeonee, esses prosperavam, muito aumentados. Quando atingiram o número de quarenta — fortes, senhores de si, voz cheia, pés agilíssimos de lobos de cinco anos — Akela disse-lhes que deviam juntar-se em alcatéia unida e seguir a Lei sob o comando de um chefe, como de praxe na história do Povo Livre.

Isso não era caso em que Mowgli devesse intervir porque, como ele mesmo costumava observar, já comera frutos azedos e conhecia as árvores donde pendem; mas, quando Fao, filho de Faona, lutou pela chefia da Alcatéia de acordo com a Lei da Jângal, e uma vez mais os velhos cantos de convocação começaram a soar sob as estrelas, Mowgli compareceu à Roca do Conselho movido apenas de saudades. E todas as vezes em que lá falou, foi ouvido em completo silêncio. Corriam bons os dias, para a caçada e para o sono. Nenhum intruso ousava penetrar na floresta ocupada pelo "Povo de Mowgli", que era como diziam da Alcatéia, e os lobos prosperavam, *nédios* e fortes, sempre com abundantes lobinhos trazidos à cerimônia do "Olhai-o, ó Lobos!" Mowgli não as perdia, para relembrar a noite em que a Pantera Negra o comprou, criança nuazinha, pelo preço de um touro gordo. O *merencório* apelo — "Olhai, olhai bem, ó Lobos!" — punha-lhe o coração a palpitar. Não fosse isso e ter-se-ia alongado na Jângal com os quatro companheiros, para provar, tocar, ver e sentir coisas novas.

Certa tarde, em que vinha trotando preguiçosamente através das montanhas para trazer a Akela a metade do gamo que havia caçado, enquanto atrás os quatro lobos pulavam e brincavam na louca alegria de viver, Mowgli ouviu um grito que não ouvia desde os tempos de Shere Khan. Era o que a Jângal chama o *pheeal* —

S. Tresilian

hedionda espécie de uivo que o chacal desfere quando está caçando na frente do tigre, ou quando topa perigo de vulto. Se podeis imaginar um misto de ódio e triunfo, medo e desespero, com um olhar de malícia malvada de través, tereis vaga noção do *pheeal* que se ergueu na selva, ondulou, ecoou e vibrou ao cruzar o Waingunga. Os quatro lobos detiveram-se imediatamente, rosnando, arrepiados. A mão de Mowgli crispou-se no cabo da faca; seu corpo imobilizou-se; o sangue afluiu-lhe ao rosto e as sobrancelhas carregaram-se.

— Não sei de nenhum Listrado que ouse caçar aqui — disse ele.

— Nem é grito de chacal mensageiro de tigre — observou o Irmão Gris. — Perigo de vulto, sim. Escuta!

O *pheeal* ressoou de novo, meio soluçado, meio gargalhado, como se o chacal tivesse garganta humana. Mowgli então tomou longo fôlego e correu para a Roca do Conselho, ganhando avanço, no caminho, sobre os lobos da Alcatéia que para lá se dirigiam. Fao e Akela já estavam na Roca, um ao lado do outro e, abaixo deles, com os nervos eletrizados, muitos mais. As mães escondiam os filhotes nas cavernas porque, quando o *pheeal* soa, não é tempo de ficarem os fracos expostos.

Nada se ouvia senão o mugir nas trevas do Waingunga e o rumor leve dos ventos noturnos na fronde das árvores. Súbito, além do rio, um lobo uivou. Não era lobo da Alcatéia de Seeonee, pois que esses já se achavam todos na Roca. Uivou um uivo que logo descaiu para desesperado ganir.

— Dhole! — gemia ele. — Dhole, dhole, dhole!

Minutos depois ouviu-se o rumor de cansados pés que vinham tropeçando pelas trilhas e, por fim, um lobo magro, listrado de vermelho nos flancos, pata direita ferida, boca espumejante, lançou-se entre eles a ofegar, e lambeu os pés de Mowgli.

— Boa caçada! — saudou gravemente Fao. — A que grupo pertences?

— Boa caçada! — respondeu o estranho. — Won-tolla me chamo — declarou a seguir, querendo dizer que era um lobo solitário, dos que lutam só para si, para a companheira e para os filhotes ocultos em alguma caverna perdida, como há muitos no sul. Won-tolla significa Arredio, um que vive fora de qualquer bando. O recém-chegado ofegava, exausto.

— Que é que perturba a Jângal? — perguntou Fao, repetindo a pergunta que toda a Jângal faz quando o *pheeal* soa.

— O *dhole*, o dhole do Dekkan: Cão Vermelho, o Matador! Vem do norte para o sul, dizendo que o Dekkan está vazio... e vem matando pelo caminho. Quando esta lua começou, éramos cinco: minha companheira, eu e três filhotes. Minha companheira saíra a ensinar aos filhotes como se caça na planície. À meia-noite, ouvi-os juntos, seguros na pista dum gamo. Pela madrugada encontrei-os rígidos na macega — os quatro, quatro filhos do Povo Livre! Procurei então o matador. Encontrei o dhole.

— Quantos? — perguntou Mowgli, com a voz a destacar-se viva do lúgubre uivar da Alcatéia.

— Não sei. Três nunca mais matarão; os outros fizeram-me fugir qual gamo, sobre três patas. Vede, Povo Livre! — E o lobo arredio mostrou a pata pendente, empapada de sangue em coágulos. Pelo seu corpo viam-se as marcas de cruéis mordidas, sobretudo no pescoço.

— Vem comer — disse Akela, erguendo-se de cima da carne que Mowgli lhe havia trazido.

— Não será bondade inútil — respondeu o lobo com humildade, depois que satisfez o grosso da fome. — Restaura-me as forças, Povo Livre, que eu também ajudarei a matar. Minha caverna está vazia e estava cheia quando esta lua começou. A Dívida de Sangue não foi toda paga ainda.

Fao ouviu os dentes do recém-chegado estalarem em um osso do gamo e rosnou aprovativamente:

— Vamos precisar dessas maxilas. Observou filhotes entre os dholes?

— Nenhum. Caçadores ruivos todos: cães adultos, pesados e fortes, em conseqüência dos muitos lagartos comidos no Dekkan.

O que Won-tolla tinha dito significava que o dhole, o cão vermelho do Dekkan, vinha em incursão de matança — e todos sabiam que até o tigre abandona a presa ao dhole. Varam eles em linha reta a Jângal e estraçalham o quanto encontram. Embora não sejam grandes, nem tão hábeis como os lobos, são fortíssimos e muito numerosos. O dhole não se considera em bando senão depois de atingida a conta de um cento, ao passo que os lobos formam comumente uma Alcatéia com quarenta. As incursões de Mowgli já o haviam levado às baixadas do Dekkan, onde vira os destemerosos dholes dormindo, brincando ou coçando-se uns aos outros, nas moitas que usam como antros. Desprezava-os e odiava-os, porque não tinham o cheiro peculiar do Povo Livre, porque não viviam em cavernas e, acima de tudo, porque tinham pêlos entre os dedos, ao passo que ele e seus companheiros lobos eram de pés pelados. Mas sabia, por informação de Hathi, que terrível coisa eram os dholes na caça. O próprio Hathi se afastava para lhes dar caminho. Até que sejam todos mortos ou que a caça desapareça da zona, os dholes seguem sempre para diante.

Akela também sabia algo a esse respeito, pois disse calmamente a Mowgli:

— É preferível morrermos unidos em bando a morrermos sem chefe, um por um. Isto vai ser boa caçada... e minha última caçada... Mas, se sobrevives, Irmãozinho, terás ainda muitas noites e dias. Segue para o norte, fica lá. Se algum de nós sobreviver, por ele conhecerás a história desta luta.

— Sim? — murmurou Mowgli com aspecto grave. — Achas que devo ir para os pantanais viver de peixes e dormir em árvores, ou pedir abrigos aos Bandar-log e ficar quebrando nozes, enquanto a Alcatéia se bate?

— Vai ser luta de morte — disse Akela. — Tu nunca enfrentaste o dhole, o Matador Vermelho. O próprio Listrado recua...

— *Aowa! Aowa!* — exclamou Mowgli levianamente. — Já matei um listrado e estou certo de que Shere Khan teria abandonado sua própria companheira para pasto dos dholes, se tivesse percebido um bando deles lá longe, a três montanhas de distância. Ouvi agora. Houve um lobo meu pai e uma loba minha mãe... e um velho lobo gris (está ele agora branco de velhice) que foi a um tempo meu pai e minha mãe. Por isso digo — e ergueu a voz —, digo que quando os dholes vierem, se vierem, Mowgli e o Povo Livre serão uma só carne numa só pele, para a peleja; e digo, pelo Touro que me comprou, pelo Touro que Bagheera pagou por mim nos velhos dias que vós, lobos novos, não alcançastes, digo aos berros para que as Árvores e o Rio possam ouvir minha palavra e servirem de testemunhas; digo que esta minha faca será um dente da Alcatéia — e não será um dente embotado!... Esta é a Palavra que sai de dentro de mim.

— Tu não conheces o dhole, homem com língua de lobo! — interveio Won-tolla. — Eu procuro apenas ajustar com eles minha Dívida de Sangue antes que me façam em postas. Os dholes aproximam-se lentamente, matando pelo caminho, mas, em dois dias, um pouco de força voltará aos meus músculos e retomarei a liquidação de contas. Vós, porém, Povo Livre, meu parecer é que vades para o norte por uns tempos, enquanto os dholes permanecerem aqui. Não há carne nesta caçada.

— Ouvi o Arredio! — gritou Mowgli em uma risada. — Povo Livre, devemos ir para o norte comer lagartixas e ratos para evitar a chance de enfrentar os dholes! Eles que cacem em nossos campos de caça enquanto permanecemos escondidos no norte, e que seja assim até que hajam por bem abandonar a zona! O dhole é cão, cão ruivo de barriga amarela, sem antros, como nós, com pêlos nos pés. Tiram seus filhos aos seis de cada ninhada, como se fossem Chicai, o pequeno rato saltador. Está claro que devemos fugir, Povo Livre, e ainda pedir licença aos povos do norte para apanhar-lhes os restos de comida! Conheceis o dito: "O norte é vérmina; o sul é piolho. A Jângal somos nós". Escolhei, escolhei. É boa caçada! Pela Alcatéia, pelo antro e pelo ninho, pela companheira que arrasta a corça e pelos pequenos filhotes que brincam dentro da caverna, resolvei!

A Alcatéia respondeu em um uivo uníssono, que soou na noite como grande árvore que cai:

— Está resolvido. Resistiremos!

— Ficai com eles — disse Mowgli aos seus quatro companheiros. — Necessitamos aqui todos os dentes. Fao e Akela prepararão a batalha. Eu vou contar o número dos cães.

— Morte! É morte! — uivou Won-tolla semi-erguendo-se. — Que pode essa criatura pelada fazer contra os Cães Vermelhos? O próprio tigre, lembrai-vos...

Mowgli o interrompeu de longe:

— Tu és realmente um Arredio. Mas conversaremos depois que os dholes estiverem mortos. Boa caçada para todos!

Mowgli correu nas trevas, excitado, sem dar tento ao chão onde punha os pés — e a conseqüência foi cair ao comprido sobre as roscas de Kaa, àquela hora de tocaia aos veados perto do rio.

— *Kssha* — silvou a serpente em cólera. — É coisa da Jângal andar correndo e perturbando as caçadas noturnas, quando a caça se aproxima?

— Foi minha a culpa — confessou Mowgli voltando a si. — Realmente estava à tua procura, Kaa, e sempre que te encontro, vejo-te mais comprida e mais grossa. Não há na Jângal ninguém como tu: prudente, forte, bela...

— Para onde conduz esta pista? — perguntou Kaa, amável. — Não faz uma lua que um homenzinho de faca na mão me lançou pedras à cabeça e chamou-me feios nomes porque dormi ao relento...

— ... é porque — concluiu Mowgli sentando-se sobre ela — espantava os veados que o homenzinho estava correndo e, sendo surda como é, não lhe ouvia os gritos para que saísse do caminho.

— Agora — prosseguiu a serpente — esse mesmo homenzinho vem à insultada com palavras macias, chamando-lhe prudente, forte e bela. E a mesma Cabeça Chata em tudo acredita e o acolhe assim... Estás a cômodo agora, Irmãozinho? Poderia Bagheera dar-te tão bom assento?

Como de costume, Kaa tinha-se ajeitado em rede sob o peso de Mowgli, com a cabeça repousada em seu ombro. O rapaz contou-lhe o que havia sucedido.

— Prudente posso ser — disse Kaa, no fim —, mas surda certo que sou. Do contrário teria ouvido o *pheeal*. Não me admira agora que os comedores de ervas estejam tão inquietos. Quantos são os dholes?

— Não sei, não os vi ainda. Vim voando a ti. Tu és mais velha

Eduardo Feito

do que o Silencioso. Mas, ó Kaa — e aqui Mowgli esperneou de alegria —, vai ser muito boa a caçada! Poucos dentre nós verão outra lua.

— Pretendes lutar? Lembra-te de que *tu* és um homem e que a Alcatéia já te expulsou. Deixa os lobos às voltas com os cães. *Tu* és homem.

— As castanhas do ano passado são este ano pó negro — respondeu Mowgli. — É verdade que sou homem, mas esta noite acabo de afirmar que sou lobo. Apelei para as Árvores e para o Rio como testemunhas. Lobo sou, pertencerei ao Povo Livre até que os dholes se tenham ido.

— Povo Livre! — silvou Kaa. — Ladrões livres, sim! E tu te amarraste a eles, num nó de morte, por amor de dois lobos defuntos? Isso não é boa caçada, Irmãozinho.

— Dei minha Palavra. As Árvores o sabem e o Rio também. Enquanto os dholes estiverem aqui, não trocarei de idéia.

— *Ngssh!* Tudo muda agora. Julguei meu dever levar-te para os pantanais do norte, mas a Palavra Dada, ainda que palavra dum homem pelado, é a Palavra Dada. Assim sendo, eu, Kaa, digo...

— Pensa certo, Cabeça Chata, para que te não ligues num nó de morte também. Não necessito de tua Palavra, pois bem te conheço.

— Assim seja — disse Kaa. — Não darei minha Palavra. Mas que pensas fazer quando os dholes vierem?

— Eles devem atravessar a nado o Waingunga. Pensei em esperá-los no raso com a minha faca e com a Alcatéia atrás de mim; desse modo, esfaqueando e estraçalhando, poderemos lançá-los rio abaixo... ou esfriar suas gargantas.

— Os dholes não descerão rio abaixo, nem deixarão que lhes resfriem as gargantas — respondeu Kaa. — Não haverá mais nem Homenzinho nem filhote de lobo, quando a caçada chegar ao fim. Apenas haverá ossos.

— *Alala!* Se morrermos, morreremos. Será a maior das caçadas! Mas meu estômago é jovem e não tenho visto muitas Chuvas. Não sou prudente nem forte. Tens melhor plano, Kaa?

— Eu tenho visto uma centena e mais uma centena de Chuvas. Antes que em Hathi nascessem os marfins de leite, já meu rasto deixava marcas de vulto na areia. Pelo primeiro Ovo! Sou mais velha que muitas árvores e conheço toda a vida da Jângal!

— Mas *isto* é caçada nova — disse Mowgli. — Nunca antes cruzaram os dholes o nosso caminho.

— O que acontece já aconteceu. O ano que vai ser não passa de repetição dum ano esquecido lá, muito longe. Guarda silêncio, enquanto conto minha vida.

Por toda uma hora ficou Mowgli deitado nas roscas de Kaa, que, com a cabeça imóvel no chão, recordava tudo quanto vira ou soubera, desde o tempo em que deixou o ovo. A luz parecia fugir dos seus olhos, deixando-os qual opala morta e, de quando em quando, Kaa agitava em rápidos movimentos a cabeça para a esquerda ou para a direita, como se estivesse caçando no sono. Mowgli cochilava calmamente, porque sabia que nada há como o descanso do sono antes da luta, e estava treinado em dormir a qualquer hora do dia ou da noite.

Súbito, sentiu o corpo de Kaa engrossar debaixo de si; a serpente inchava, silvando com o ruído da espada que sai da bainha. Houve um demorado silêncio.

— Recordei todas as passadas estações — disse ela — e as grandes árvores, e os velhos elefantes, e as rochas que eram nuas e de arestas agudas antes que os musgos as embotassem. Estás *tu* ainda vivo, Irmãozinho?

— Há pouco que a lua se deitou — respondeu Mowgli. — Não compreendo...

— *Hssh!* — Sou de novo Kaa. — Verifiquei-o há pouco. Vamos agora ao rio e te mostrarei o que há a fazer contra os dholes.

A serpente dirigiu-se em linha reta para a corrente principal do Waingunga, na qual mergulhou pouco acima do poço que escondia a Roca da Paz. Mowgli a seguia.

— Não nades — disse ela. — Monta em meu dorso, Irmãozinho.

Mowgli passou o braço esquerdo em torno do pescoço de Kaa, estirou o direito ao longo do corpo e, de pernas unidas, deixou-se levar. A serpente enfrentou a correnteza como só ela o sabia fazer; o crespo da água cortada vinha franjar o pescoço de Mowgli, cujos pés subiam e desciam no remoinho formado atrás. Milha ou duas acima da Roca da Paz, o Waingunga estrangula-se em uma garganta de rochas calcárias de oitenta a cem pés de alto; a água corre em bica de moinho por entre e por sobre toda a sorte de pedras. Mowgli não se perturbou com aquilo; nenhuma água do mundo lhe causaria um momento de pavor. Ia olhando para as paredes da garganta da rocha e farejava o ar com cara de desagrado: havia nele um bafio adocicado e azedo, como de grande formigueiro em dia quente. Instintivamente abaixou-se n'água, apenas erguendo a cabeça a espaços, para respirar, até que Kaa ancorou, com volta dupla da cauda, em torno de uma pedra do fundo. Mowgli viu-se mantido a prumo dentro de um anel vivo enquanto a torrente perpassava.

— A Morada da Morte! — exclamou o rapaz. — Por que viemos ter aqui?

— Elas dormem — respondeu Kaa. — Hathi não se desvia do caminho do tigre. Hathi e o tigre desviam-se do caminho dos dholes, os quais não se desviam de caminho nenhum. E de quem se desvia o Povo Miúdo das Rochas? Dize-me agora, ó Senhor da Jângal, quem é realmente o mais forte?

— Elas — sussurrou Mowgli. — Aqui é a Morada da Morte. Vamo-nos.

— Espera e olha bem. Elas estão dormindo. Tal qual no tempo em que meu corpo não era maior que o teu braço.

O destroço das rochas naquela garganta do Waingunga havia sido, desde os começos da Jângal, usado pelo Povo Miúdo das Rochas — as ferozes abelhas negras da Índia e, como Mowgli muito bem sabia, todos os caminhos se desviavam daquele ponto em meia légua de raio. Por séculos o Povo Miúdo vinha-se acolmeando de fenda em fenda, e desdobrando-se em novos enxames; por isso, todo o calcário se manchava de cera negra e mel azedo, e grandes colmeias vibravam no fundo escuro das covancas, onde nem homem, nem animal, nem fogo, nem água jamais as alcançaram. Em toda a extensão da garganta, de ambos os lados, a pedra se recobria de negra cortina de veludo, o que fez Mowgli esconder-se dentro d'água: eram milhões de abelhas adormecidas. Havia também ressaltos e festões, como velhos troncos petrificados, que não passavam de colmeias abandonadas ou colmeias novas, construídas à sombra da quieta garganta, e ainda grandes massas de tranqueira apodrecida, que rolara do alto e ficara pendente das saliências da pedra. Mowgli ouvia, às vezes, o ruído de uma colmeia a desprender-se do apoio e rolar, prenhe de mel, para o fundo do abismo: nuvem de coléricas asas em alvoroço completava a cena, bem como o pingar de fios ou gotas de mel pelas irregularidades das paredes. Havia uma pequena praia, em uma das margens do rio, logo adiante, onde se amontoavam detritos de incontáveis anos — abelhas mortas, zangões, larvas, favos azedos, cera alterada e asas de insetos pilharengos que, atraídos pelo mel, ali ficaram. O simples cheiro desses detritos era o bastante para amedrontar qualquer ser não alado que conhecesse a ferocidade do Povo Miúdo.

Kaa moveu-se rio acima até alcançar certa barra de areia, em um dos extremos da garganta.

— Eis a matança da estação. Olha!

Viam-se na areia os esqueletos de um casal de veados e de um búfalo. Mowgli notou que nenhum lobo ou chacal havia tocado naqueles ossos.

— Vieram fugidos dos dholes. Não conheciam a Lei... e o Povo Miúdo os matou — disse Mowgli. — Saiamos daqui antes que elas despertem.

— Só despertarão pela madrugada — observou Kaa. — Escuta. Muitas chuvas atrás, um gamo perseguido por alcatéia veio do sul para aqui sem conhecer a Jângal. Cego pelo terror, atirou-se ao rio na beira da garganta. A alcatéia entreparou no alto; uns lançaram-se n'água, atrás dele, morrendo afogados. Os que não saltaram também morreram lá em cima, porque as abelhas estavam coléricas. Só o gamo se salvou.

— Como?

— Porque chegou primeiro e saltou antes que o Povo Miúdo o percebesse. Já estava no rio quando as abelhas revoaram para o assalto. A alcatéia, que vinha atrás, teve de suportar em cheio o ataque... e sucumbiu.

— Salvou-se o gamo realmente? — perguntou Mowgli.

— Pelo menos não morreu nessa ocasião, embora ninguém o esperasse do outro lado, com um forte abraço que o recolhesse d'água, como certa Cabeça Chata, velha e gorda, esperaria um homenzinho... sim, ainda que todos os dholes do Dekkan estivessem no seu encalço. Que pensas disto? — concluiu Kaa, com a cabeça rente ao ouvido de Mowgli.

A resposta demorou um pouco.

— Isso vale tanto como puxar os próprios bigodes da Morte, mas, realmente, Kaa, tu és a primeira cabeça da Jângal!

— Assim dizem... Observa agora se os dholes te seguem.

— Certo que me hão de seguir. *Ho! Ho!* Tenho muitos espinhos na língua para espetar-lhes na pele e assim fazê-los seguirem-me.

— Se te acuarem cegamente, os que não morrerem em cima serão forçados a lançar-se n'água, aqui ou além, porque o Povo Miúdo se erguerá em massa e breve cobrirá grande área. Mas as águas do Waingunga são coléricas e eles não terão nenhuma Kaa para os amparar; irão rolando até os rasos próximos de Seeonee, ponto em que a tua Alcatéia poderá ferrá-los na garganta.

— *Ahai! Eowawa!* A idéia é boa como chuva caída em estação de seca! Tenho apenas de correr e saltar a barranca. Antes disso, me farei notado dos dholes, de modo que me sigam os calcanhares.

— Examinaste as rochas que ficam sobre tua cabeça, ao lado da terra?

— Não. Esqueci-me de as observar.

— Vai vê-las. É pedra podre, cheia de buracos. Um teu pé ali, metido sem atenção, porá fim a tudo. Vamos. Deixo-te aqui... e apenas por amor a ti irei avisar a Alcatéia e dizer onde devem esperar os dholes. Sim, porque eu não me interesso por lobos.

Quando Kaa nutria desprezo por um povo, tornava-se para ele o mais desagradável animal da Jângal, exceção feita de Bagheera. A serpente nadou abaixo até que em certo ponto viu Fao e Akela, atentos aos rumores noturnos.

— *Hssh!* Cães — silvou ela alegremente. — Os dholes descerão o rio. Se não fordes covardes, podereis matá-los nos rasos.

— Quando virão? — perguntou Fao.

— Onde está o meu filhote de homem? — perguntou Akela.

— Virão quando vierem — respondeu Kaa. — Esperai-os. Quanto ao *vosso* filhote de homem, ao qual tomaste a Palavra, deixando-o livre à Morte, *vosso* filhote de homem está *comigo* e, se ainda vive, não é a vós que o deve, ó cães descorados! Esperai pelos dholes e lambei as unhas por estarmos do vosso lado, eu e o filhote.

Kaa deslizou outra vez rio acima e ancorou no meio da garganta, olhando para o alto. Imediatamente viu, na *fímbria* da barranca, a cabeça de Mowgli em silhueta contra o céu. Logo em seguida, algo sibilou no ar e *schlup!*, um corpo de pés juntos caiu n'água. Instantes após, o mergulhador descansava nas roscas de Kaa.

— Já pulei duas vezes por esporte — disse Mowgli calmamente —, mas o ponto lá em cima é mau: arbustos baixos e *voçorocas* fundas, Cheias de Povo Miúdo. Amontoei grandes pedras, umas em cima das outras, na beira de três voçorocas, para fazê-las cair no fundo quando vier correndo. Isto fará o Povo Miúdo erguer-se atrás de mim, tomado de cólera cega.

— Falas como Homem, com a astúcia do Homem — disse Kaa. — Mas é preciso que saibas que o Povo Miúdo vive em permanente cólera.

— Madrugadinha, todas as asas ainda repousam. Irei provocar os dholes, os quais preferem caçar de dia. Eles estão a seguir a pista sangrenta de Won-tolla.

— Chil, o Abutre, nunca abandona um boi morto... nem os dholes abandonarão uma pista sangrenta.

— Nesse caso, dar-lhes-ei nova pista sangrenta, traçada com o próprio sangue dhole. Esperar-me-ás aqui, Kaa, até que eu volte com os meus dholes?

— Sim, mas e se te matam na Jângal ou se o Povo Miúdo te apanha antes que tenhas saltado?

— Quando o dia de amanhã vier, caçaremos para o dia de amanhã — respondeu Mowgli, repetindo um dito da Jângal. Depois disso acrescentou: — Se eu morrer, que me cantem o Canto da Morte. Boa caçada, Kaa!

Mowgli soltou o braço do pescoço da serpente e desceu a correnteza como um tronco que bóia; em certo ponto, nadou para a margem onde a água remansava. Ria-se alto, tomado de estranha sensação de felicidade. De coisa nenhuma gostava mais do que, como dizia, "puxar os bigodes da Morte", fazendo, assim, que a Jângal conhecesse ser ele o chefe. Freqüentemente, com a ajuda de Baloo, havia furtado mel de colmeias isoladas; por isso, sabia que as abelhas detestam o cheiro do alho selvagem. Colheu uma braçada dessa planta, amarrou-a em feixe com *embira* e só então se dirigiu para o rasto sangrento de Won-tolla, no ponto em que tomava rumo para os antros da sua Alcatéia. Caminhou cerca de cinco milhas, rindo-se para as árvores.

"Mowgli, a Rã, já fui", dizia para si mesmo. "Mowgli, o Lobo, eu mesmo proclamei que sou. Agora, tenho que virar Mowgli, o Macaco, antes que me torne Mowgli, o Gamo. No fim de tudo, voltarei a ser Mowgli, o Homem. *Ho!*", e acariciou a longa lâmina de sua faca.

O rasto de Won-tolla, manchado de sangue negro, passava por dentro de uma floresta de árvores espessas, muito juntas, que seguia direção noroeste, gradualmente diminuindo até extinguir-se a duas milhas da Roca das Abelhas. Da última árvore da floresta aos arbustos nanicos da Roca, havia um descampado onde dificilmente se esconderia um lobo. Mowgli trotou sob as árvores, medindo as distâncias entre galho e galho, trepando a várias e experimentando saltar de uma para outra até alcançar o descampado, que foi cuidadosamente *perquirido* durante uma hora. Depois voltou, retomou o rasto de Won-tolla onde o havia deixado, ajeitou-se em um galho de árvore que ficava a uns oito pés do chão e ali esperou, a *trautear* cantigas para si próprio e a afiar a faca na sola dos pés.

Pouco antes do meio-dia, quando o sol já estava bastante quente, ouviu o patear e sentiu a abominável catinga do bando de dholes, em trote pelo rasto de Won-tolla. Visto de cima, pareciam menores que os lobos, mas o rapaz sabia quão rijos de pés e dentes eram. Fixou os olhos na cabeça, que vinha à frente farejando o solo, e gritou-lhe o "Boa caçada!".

O bruto olhou para cima, enquanto seus companheiros entrepararam. Eram dezenas e dezenas de cães ruivos, com caudas pendentes, ombros fortes, quartos mais fracos e bocas sanguinárias. São os dholes um povo calado e sem maneiras certas, mesmo na Jângal que habitam. Cerca de duzentos deviam estar ali, encabeçados pelos chefes, que farejavam o rasto de Won-tolla e faziam o bando mover-se para a frente. A intenção de Mowgli era mantê-los em redor da sua árvore até à tardinha.

— Com licença de quem penetrais aqui? — perguntou ele.

— Todas as Jângals são a nossa Jângal — foi a resposta, e o dhole que a deu arreganhava os dentes alvíssimos.

Mowgli olhou para baixo, rindo-se, e imitou perfeitamente o grito agudo de Chicai, o rato saltador do Dekkan, querendo significar que não tinha os dholes em melhor conta que os Chicai. O bando rodeou o tronco e o chefe latiu asselvajadamente, chamando a Mowgli de macaco. Como resposta, Mowgli espichou uma das pernas e buliu com os dedos bem em cima da cabeça do chefe. Foi mais que bastante para lançar todo o bando na mais estúpida raiva. Os que têm pêlos entre os dedos dos pés não querem ser lembrados disso. Mowgli recolheu o pé quando o chefe saltou para agarrá-lo e disse-lhe amavelmente:

— Cão, cão ruivo! Volta para o Dekkan, a comer lagartixas. Vai para a companhia dos Chicai, teus irmãos... cão ruivo, cão ruivo! — E buliu com os dedos dos pés pela segunda vez.

— Hás de descer ou morrerás de fome aí, macaco pelado! — latiu o bando, e era justamente o que Mowgli queria. Deitou-se, então, ao longo do galho, e disse aos furiosos dholes tudo quanto pensava a respeito deles, de suas maneiras, de seus costumes, de suas fêmeas e filhotes. Não há no mundo linguagem mais rancorosa e cruel do que a que o Povo da Jângal usa para mostrar desprezo. Mowgli havia dito a Kaa que tinha muitos espinhos na boca para lançar contra os dholes. Era certo. Lançou-os lentamente, um por um, levando os cães vermelhos do silêncio ao latido, do latido ao uivo e deste a verdadeiros rugidos de fúria.

S. Tresilian

Os dholes experimentaram revidar, mas isso valia tanto como os *momos* de um filhote contra a cólera de Kaa; e todo o tempo a mão direita de Mowgli permaneceu crispada no cabo da faca, enquanto seus pés se trançavam em torno do galho. O reforçado chefe dhole já tinha dado muitos botes sem que Mowgli ousasse arriscar um golpe em falso. Por fim, enfurecido por novo insulto em grau que sobreexcedia suas próprias forças, o dhole pulou a oito pés de altura. A mão de Mowgli não vacilou. Lançou-se, qual cabeça de serpente arbórea, e agarrou-o pela pelhanca do pescoço. O galho vergou com o choque a ponto de quase virem os dois ao chão. Mowgli não perdeu a presa, porém, e, polegada a polegada, içou o bruto, pendurado pela gorja, até em cima do galho. Com a mão esquerda, alcançou a faca e cortou-lhe a peluda cauda vermelha, deixando-o cair por terra em seguida. Era tudo quanto necessitava. O bando não mais se moveria daí para seguir o rasto de Won-tolla antes que Mowgli o destruísse ou fosse por ele destruído. Mowgli viu-os disporem-se em círculos, com um tremor nas ancas significativo de que ali ficariam toda a vida. Então, subiu vários galhos acima, ajeitou-se comodamente em uma *forquilha* e dormiu.

Três ou quatro horas depois, acordou e contou os dholes. Lá estavam todos — calados, inflexíveis, com olhos de aço. O sol começava a descambar. Dentro de meia hora o Povo Miúdo da Roca das Abelhas teria terminado o seu trabalho do dia. Também chegava a hora que os dholes preferem para lutar.

— Eu não precisava de tantos fiéis guardas — disse Mowgli polidamente, pondo-se em pé no seu galho —, mas guardarei lembrança da gentileza. Sois verdadeiros dholes, mas muito iguais uns aos outros. Por esse motivo, para que varieis um pouco, não restituo a cauda do chefe comedor de lagartos. Estás satisfeito, ó Cão Ruivo?

— Com meus dentes hei de arrancar-te o estômago! — urrou o chefe, lanhando furioso a casca da árvore.

— Reflete, ilustre rato do Dekkan, que doravante vão aparecer muitas ninhadas de cãezinhos ruivos com toquinhos de cauda, que muito sofrerão quando a areia estiver quente. Volta para tua terra, Cão Ruivo, e conta que um macaco te fez isso. Não vais? Então segue-me, que te farei sabido daqui por diante.

Mowgli passou, à moda dos Bandar-log, para a árvore próxima e dessa à seguinte, indefinidamente, sempre seguido pelo bando de famintas cabeças alçadas. A espaços fingia cair, e o bando se atropelava na ânsia de agarrá-lo. Espetáculo de ver-se — o rapaz com a faca a rebrilhar ao sol moribundo e o silencioso bando de ruiva pelagem incendida, negaceando-o e seguindo-o.

Quando Mowgli alcançou a última árvore da floresta, tomou o feixe de folhas de alho selvagem e com elas esfregou o corpo inteiro. Os dholes rosnaram de desprezo.

— Macaco pelado com língua de lobo, queres assim esconder tua catinga? Inútil. Nós te seguiremos até a Morte.

— Toma o teu rabo — gritou Mowgli lançando-o no meio dos dholes; e enquanto o bando inteiro, instintivamente, se atirava ao apêndice restituído, o rapaz gritou: — E agora, segui-me, cães, segui-me até a Morte...

Disse e escorregou da árvore abaixo, lançando-se em uma corrida doida como um vento de pés descalços em direção à Roca das Abelhas, antes que os dholes compreendessem o que estava fazendo.

Um uivo uníssono soou e todo o bando atirou-se em uma corrida furiosa, de vencer a tudo quanto corre. Mowgli sabia que o seu galope era muito menos rápido que o dos dholes, e jamais teria arriscado com eles corrida de duas milhas em campo raso. Os dholes estavam certos de que o rapaz lhes cairia nos dentes no fim, como certo estava Mowgli de que até o fim conduziria o jogo como o planejara. Todo o seu empenho estava em conservar os dholes suficientemente excitados atrás de si, desse modo prevenindo que, de súbito, mudassem de rumo. Mowgli corria vivamente em linha reta, com o dhole sem cauda a menos de cinco jardas do seu calcanhar; os demais o seguiam por um espaço de quarto de milha, cegos de cólera e sedentos de sangue. Mowgli media a distância com o ouvido, reservando suas últimas forças para o salto à torrente, por cima da Roca das Abelhas.

O Povo Miúdo recolhera-se no começo do crepúsculo, porque não era estação de flores vespertinas; mas, quando Mowgli alcançou o trecho esburacado de pedra podre, ouviu um som uniforme, como se toda a terra estivesse a zumbir. Então correu, como ainda não havia corrido em toda a sua existência, desmoronou uma, duas, três das pilhas de pedras amontoadas nas voçorocas, ouviu um *rebôo* semelhante ao rugido do mar em caverna, vislumbrou com o rabo dos olhos o ar a escurecer de abelhas atrás de si e viu a torrente do Waingunga lá embaixo, com uma cabeça chata à sua espera. Saltou, então, com o dhole sem cauda já a tocá-lo nos ombros, e caiu de pés juntos n'água, sem fôlego, mas triunfante. Não o picou uma só abelha, porque o cheiro do alho selvagem afastara de si o Povo Miúdo durante os segundos em que lhe cortou a nuvem. Quando Mowgli emergiu do mergulho que dera, as roscas de Kaa estavam enleadas nele — e bolos vivos rolavam do alto das rochas — bolos de abelhas, que antes de atingir a água se soltavam, revoando para cima e deixando que o corpo de um dhole viesse mergulhar na torrente. No alto, um coro furioso de ladridos curtos, abafado pelo zumbir imenso dos milhões de asas do Povo Miúdo. Alguns dholes tinham caído nas voçorocas comunicantes com as cavernas subterrâneas e debatiam-se asfixiados no meio das colmeias atingidas; por fim, moribundos, com espessas nuvens de abelhas como a impedi-los, rolaram pelas fendas exteriores para o rio, indo encalhar na prainha dos detritos. Outros haviam saltado sobre os tufos de vegetação das *barrocas*, onde as abelhas logo os revestiam de uma fervilhante camisa de fogo; a maioria, porém, enlouquecida pelas ferretoadas, precipitara-se no rio — e o Waingunga, como observara Kaa, era uma água faminta.

Kaa susteve Mowgli nas suas roscas até que o fôlego lhe voltasse.

— Não podemos ficar aqui — disse ele logo que readquiriu a voz. — O Povo Miúdo está em pé de guerra. Vamo-nos!

Nadando baixo e mergulhando o mais que podia, Mowgli desceu a torrente, de faca em punho.

— Devagar, devagar! — recomendou Kaa. — Um dente não mata um cento, a não ser que seja dente de cobra. Muitos dholes alcançaram a água antes que as abelhas os atingissem.

— Melhor para a minha faca, então. *Phai!* Como o Povo Miúdo está alerta! — exclamou Mowgli antes de novo mergulho. O ar sobre a superfície das águas escurecera de abelhas selvagens, que zumbiam raivosas e ferretoavam o que quer que encontrassem.

Cerca de metade dos dholes tinha percebido a armadilha em que seus companheiros caíram; esses voltaram-se rápido e abrigaram-se no ponto onde as águas do rio, vencida a garganta, banhavam os bancos de areia. Seus gritos de cólera e ameaças contra o macaco pelado que os ludibriara misturavam-se com os uivos de dor dos moribundos. Ficar nos bancos era morte; cada dhole sabia disso. Em conseqüência, o bando derivou água abaixo, para os fundos remoinhos do Poço da Paz, mas ainda lá os seguiram as coléricas abelhas, forçando-os a permanecer n'água. Mowgli pôde ouvir a voz do chefe derribado a animar seu povo com a perspectiva da matança de todos os lobos de Seeonee. Mas não perdeu tempo.

— Alguém nos mata por baixo! — gritou um dhole. — A água está tinta de sangue.

Mowgli tinha mergulhado, qual lontra, e puxado um dhole para debaixo d'água antes que ele pudesse abrir a boca — e logo círculos de sangue tingiram a correnteza, enquanto o cadáver do animal vinha à tona, a boiar sobre um dos lados. Os dholes tentaram voltar, mas a corrente os impediu, e o Povo Miúdo os ferreteou nas orelhas e focinho. Enquanto isso, soava ao longe o uivo de desafio da Alcatéia de Seeonee, cada vez mais profundo, vindo de dentro da escuridão. Outra vez Mowgli mergulhou e novo dhole desapareceu, para logo em seguida emergir morto. O clamor ergueu-se no bando; uns achavam melhor saírem d'água; outros pediam ao chefe que os levasse de novo ao Dekkan; outros intimavam Mowgli a que se mostrasse.

— Eles vêm para a luta com dois estômagos e várias vozes — disse Kaa. — O resto é com os teus irmãos lobos, lá embaixo. O Povo Miúdo vai recolher-se. Trouxe-nos para bem longe. Também vou agora recolher-me, porque não sou amiga de lobos. Boa caçada, Irmãozinho, e não te esqueças de que os dholes mordem baixo.

Um lobo surgiu no banco de areia, mancando sobre três patas, de cabeça rente ao solo, dorso arqueado, a gingar como se estivesse de brinquedo com os filhotes. Era Won-tolla, o Arredio, que não pronunciou palavra, mas continuou seu horrível esporte diante dos dholes. Haviam estado estes já muito tempo n'água, de modo que nadavam com desalento, entanguidos, arrastando as caudas como esponjas, tão desfeitos que guardaram silêncio do par de fulgurantes olhos que os mirava do lado oposto.

— Isto não é boa caçada — murmurou um deles ofegante.

— Boa caçada, sim! — gritou Mowgli emergindo de súbito e cravando-lhe a faca no peito, em um movimento rapidíssimo, para evitar o bote da vítima.

— Estás aí, filhote de homem? — perguntou Won-tolla do outro lado.

— Pergunta aos mortos, Arredio! — respondeu o rapaz. — Nenhum desceu a corrente? Enchi de areia a boca destes cães. Empulhei-os de dia claro, e seu chefe está sem cauda. Mas restam alguns para ti. Para onde queres que eu os conduza?

— Esperá-los-ei aqui — respondeu Won-tolla. — Tenho toda a noite na minha frente.

Cada vez mais perto se fazia ouvir o grito de guerra dos lobos de Seeonee. Mais uma curva do rio vencida, e os dholes despejariam nos rasos, como o queria Mowgli.

Só então compreenderam a falta cometida. Podiam ter saído d'água meia milha acima e atacado os lobos em terreno seco. Era tarde agora. A praia estava alinhada de olhos chamejantes e, exceto o horrível *pheeal* que não cessara de soar desde a caída da noite, nenhum outro som quebrava o misterioso silêncio da Jângal.

— Para terra! — gritou o chefe dos dholes.

O bando inteiro embicou para a praia e as águas do Waingunga branquejaram de espuma, abrindo-se em ondas lado a lado, como se um grande bote rompera por ali. Mowgli lançou-se à frente e esfaqueou e cortou quantos pôde.

A grande luta começou, então, ao longo das areias úmidas, sobre e entre as emaranhadas raízes das árvores, em redor e em cima das moitas de arbustos e gramíneas. Os dholes ainda eram dois para um. Mas tinham pela frente lobos que lutavam por tudo quanto fazia a Alcatéia e não como os caçadores habituais. Tinham pela frente as *lahinis*, lobas de olhar ansioso que se batiam pela prole, aqui e ali seguidas de filhotes de ano, que não as largavam. O lobo atira-se à garganta ou ferra nos flancos do inimigo, ao passo que o dhole morde de preferência na barriga. Assim, quando os dholes estavam lutando fora d'água e tinham de erguer a cabeça, o azar corria do lado dos lobos. Na terra seca, os lobos sofriam, mas, na água ou na praia, a faca de Mowgli trabalhava sem cessar. Seus quatro companheiros batalhavam ao seu lado. O Irmão Gris, agachado entre seus joelhos, protegia-lhe o estômago, enquanto os outros guardavam as costas e os flancos, ou trepavam sobre ele quando o salto de um dhole esfaqueado o fazia vir ao chão com o choque. Reinava quanto ao resto terrível confusão — massa cega que oscilava da direita para a esquerda e da esquerda para a direita ao longo do banco de areia, regirando lentamente em torno de si própria. Aqui, um monte, como bolha em remoinho, o qual rebentava como rebentam bolhas, lançava para cima quatro ou cinco dholes esperneantes que forcejavam para voltar ao centro; ali, um lobo engalfinhado por dois ou três dholes, os quais laboriosamente o arrastavam para adiante, caindo a espaços; lá, um lobinho de ano erguido no ar pela pressão em redor dele, já morto, enquanto sua mãe, louca de fúria, redobrava a violência de suas maxilas.

Em certo momento, Mowgli cruzou-se com Akela e o viu com um dhole de cada lado, segurando um terceiro pela espinha com a sua boca desdentada... Também viu Fao com os dentes cerrados na garganta de um inimigo, o qual arrastava para onde os mais novos o pudessem acabar. Notou que o grosso da luta era constituído por cego asfixiamento no escuro — golpe, bote, latido, uivo e tumulto —, em redor dele, atrás, adiante. À medida que a noite avançava, a fúria do combate recrudescia. Os dholes já receavam atacar tão fortes lobos, mas ainda assim não ousavam retirar-se. Mowgli percebeu que o termo da *refrega* estava próximo e limitava-se a pôr inimigos fora de ação. Os lobinhos de ano cresciam de intrepidez; já Mowgli ousava, de quando em vez, tomar fôlego e passar uma palavra a um amigo. O simples reluzir da sua faca fazia o dhole recuar.

— A carne está muito perto do osso — uivou o Irmão Gris, ferido em vinte pontos do corpo.

— Mas o osso tem de ser quebrado — replicou Mowgli. — *Eowawa!* Assim trabalhamos na Jângal! — E sua faca vermelha caiu, qual língua de fogo, sobre o flanco de um dhole cujos quartos traseiros estavam ocultos por um lobo.

— Minha caça! — rosnou esse lobo. — Deixa-o comigo só.

— Está ainda vazio o teu estômago, Won-tolla? — perguntou o rapaz em uma risada.

O lobo manco mostrava-se horrivelmente ferido; mesmo assim, suas *fauces* haviam paralisado o dhole, que não conseguia voltar-se para o morder.

— Pelo Touro que me comprou! O Sem Rabo! — exclamou Mowgli surpreso, vendo que realmente era aquele dhole o derrabado chefe do bando. — Não é direito matares filhotes e *lahinis* — observou-lhe o rapaz filosoficamente, limpando o sangue dos olhos —, a não ser que mates também Arredio... e é diante de mim que este Won-tolla dá cabo de ti!

Outro dhole saltou em auxílio ao chefe, mas, antes que seus dentes alcançassem o flanco de Won-tolla, a faca de Mowgli já lhe lacerara a garganta. O Irmão Gris completou a obra.

— Assim trabalhamos na Jângal! — repetia Mowgli, trepidante.

Won-tolla nada disse; apenas suas maxilas mais se apertaram na espinha do inimigo. O dhole sem rabo estremeceu, pendeu a cabeça, imobilizou-se. Won-tolla o largou então.

— *Huh!* A Dívida de Sangue está paga — exclamou Mowgli. — Canta o Canto da Dívida de Sangue, Won-tolla!

— Esse não caçará mais — disse o Irmão Gris. — Também Akela não caçará mais...

— O osso está quebrado! — trovejou Fao, filho de Faona. — Fogem! Os dholes fogem! Matai, matai, ó caçadores do Povo Livre!

Uns após outros retiravam-se os dholes das sangrentas areias do banco, rumo ao espesso da Jângal — rio acima, rio abaixo, por onde pudessem.

— A dívida! A dívida — gritou Mowgli. — Que seja paga a dívida! Eles mataram Akela, o Lobo Solitário! Que não fique um cão impune!

Disse e correu de faca em punho para o rio, a fim de impedir que o inimigo ganhasse a água. De passagem, viu erguer-se de uma pilha de mortos a cabeça de Akela. Mowgli atirou-se a ele.

— Não te disse eu que esta luta seria a minha última luta? — murmurou com voz moribunda o Lobo Solitário. — E tu, Irmãozinho?

— Matei inúmeros, mas vivo.

— Pois eu morro, e queria... queria morrer perto de ti, Irmãozinho.

Mowgli ajeitou sobre seus joelhos aquela querida cabeça duramente castigada e passou os braços em torno do pescoço do seu amigo.

— Longe vão os velhos dias de Shere Khan e do filhote de homem que me apareceu nuzinho na caverna...

— Não! Não! Sou lobo. Sou do mesmo sangue do Povo Livre — gritou Mowgli. — Jamais, por vontade minha, serei homem.

— És homem, Irmãozinho, lobo apenas de criação. Tu és um homem, ao contrário teria a Alcatéia fugido diante dos dholes. Já devi minha vida a ti e hoje salvaste a Alcatéia, como em tempo te salvei. Todas as dívidas estão pagas. Volta para teu povo. Digo-te outra vez, ó olho do meu olho, que esta caçada chegou ao fim. Volta para teu povo: para os homens.

— Nunca! Eu caçarei sozinho na Jângal. Já o disse.

— Depois do verão vêm as chuvas e depois das chuvas vem a primavera. Volta antes que te expulsem.

— Quem, expulsar-me?

— Mowgli expulsar Mowgli. Volta para teu povo. Volta para os homens.

— Quando Mowgli expulsar Mowgli, então voltarei.

— Nada mais tenho a dizer — concluiu Akela. — Irmãozinho, poderás erguer-me nos pés? Também fui chefe do Povo Livre...

Muito cuidadosamente Mowgli ergueu Akela de pé, com os braços em torno do seu pescoço. O Lobo Solitário tomou então longo fôlego e entoou o Canto da Morte, o qual um que já foi chefe deve cantar quando se extingue. Sua voz ganhou força, atravessou o rio. Ao soar o último "Boa caçada!", Akela desprendeu-se de Mowgli, deu um salto e caiu morto.

Mowgli sentou-se com a cabeça mergulhada nos joelhos, alheio a tudo, enquanto o remanescente dos dholes, em retirada, sofria a atroz perseguição das impiedosas *lahinis*. Pouco a pouco os gritos foram morrendo e os vitoriosos começaram a voltar, manquejantes, exaustos, sangrentos. Vinham dar balanço às perdas. Quinze machos e seis *lahinis* jaziam mortos no banco de areia. Quanto aos outros, nenhum ficara incólume. Mowgli continuou imerso na sua dor até que o focinho úmido de Fao lhe viesse tocar na mão. Ergueu, então, a cabeça e apontou para o corpo de Akela.

— Boa caçada! — rosnou Fao e, embora o corpo de Akela ainda mostrasse estremeções de vida, gritou por cima dos ombros feridos: — Uivai, cães! Um grande lobo morreu esta noite!

Mas dos duzentos cães vermelhos, cuja senha era que todas as Jângals eram a sua Jângal e que nenhuma criatura viva jamais se interpunha à sua passagem, nem um só voltou ao Dekkan para transmitir o grito de Fao.

Canção de Chil

Eles foram meus amigos pela noite caminhando...
(*Chil! Cuidado, Chil!*)
O final de seu combate vou eu agora anunciando...
(*Chil!* Arautos *de Chil!)*
Eles do alto me falavam de abatidos animais,
E de gamos na planície iam me dando sinais —
Aqui no fim de toda pista — e eles não falarão mais.
Deram o grito de caça os que nesta hora os seguiram —
(*Chil! Cuidado, Chil!*)
Eles que o Sambhur visaram e quando passou feriram,
(*Chil! Arautos de Chil!*)
Os que precedem o vento, os que vão diante do vento
E evitam o corno curto — e o vencem por um momento.
Este é o fim de toda a pista, é o fim de todo movimento.
Eles foram meus amigos. Já morreram. Tende pena!
(*Chil! Cuidado, Chil!*)
Vou agora consolá-los, eu que os vi na força plena.
(*Chil! Arautos de Chil!*)
Flancos rotos, bocas rubras, olhos fundos, doloridos,
Solitários lá ficaram os seus corpos estendidos,
Este é o fim de toda a pista... Os meus hão de ser nutridos!

A embriaguez da primavera

O homem ao homem ! É o desafio da Jângal!
Já parte aquele que foi nosso irmão.
Ouvi, então, julgai, ó vós, gente da Jângal,
Respondei: Quem irá detê-lo então?

O homem ao homem! Ele soluça na Jângal!
O nosso irmão se aflige de males supremos.
O homem ao homem! Nós o amamos na Jângal!
Este é o seu trilho e nós não mais o seguiremos.

Dois anos depois da morte de Akela, na grande luta com os dholes do Dekkan, completou Mowgli dezessete anos. Parecia mais velho, porque o intenso exercício, a forte alimentação e os banhos freqüentes lhe haviam dado força e desenvolvimento muito acima da idade. Mowgli podia manter-se pendurado num galho por uma só das mãos durante meia hora; podia deter um gamo a meio galope ou derribá-lo com uma torcida de cabeça; podia ainda cavalgar os enormes javardos cinzentos que vivem nos pantanais do norte. O Povo da Jângal, que já o temia pela sua astúcia, passou a temê-lo pela sua força — e quando Mowgli cortava a mata cuidando da vida, a sua mera aproximação fazia os carreiros desertos. Não obstante, tinha o olhar sempre bondoso. Ainda quando lutava, seus olhos não ardiam em chamas, como os de Bagheera; apenas mostravam-se mais interessados e excitados — coisa que a pantera não podia compreender. Certa vez, interpelou-o sobre isso. O rapaz respondeu sorrindo:

— Quando erro um golpe, enfureço-me. Quando passo dois dias sem comer, sinto cólera terrível. Nada dizem meus olhos?

— A boca mostra-se colérica — respondeu Bagheera —, mas

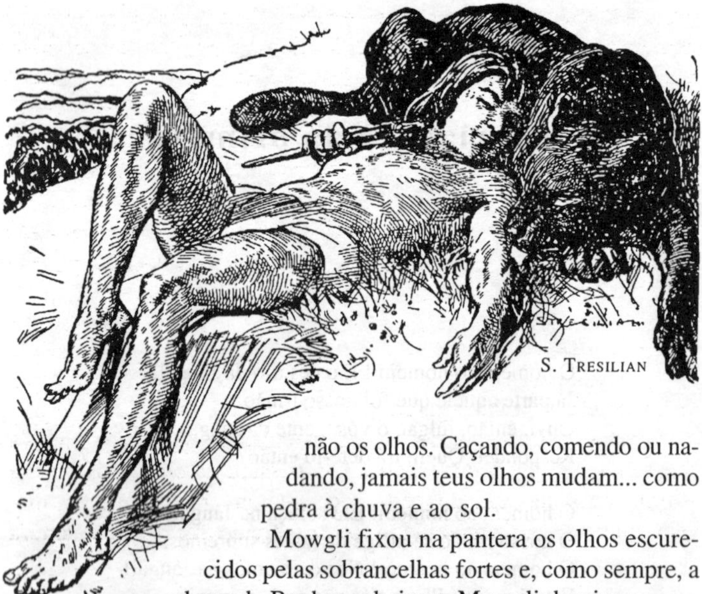

S. Tresilian

não os olhos. Caçando, comendo ou nadando, jamais teus olhos mudam... como pedra à chuva e ao sol.

Mowgli fixou na pantera os olhos escurecidos pelas sobrancelhas fortes e, como sempre, a cabeça de Bagheera baixou. Mowgli dominava-a.

Estavam os dois deitados na encosta dum morro que vertia para o Waingunga. A neblina da manhã esfumava-lhes na frente a paisagem verde. Quando o sol se ergueu, a névoa transformou-se em fantástico oceano de ouro transfeito em espuma solta no ar, e através dos seus rasgões, raios de luz vinham viver as folhas secas sobre as quais Mowgli e Bagheera repousavam. Era pelo fim do inverno: árvores e folhas cochilavam, cansadas e mortiças, e onde quer que o vento perpassasse, sons de coisas secas se erguiam. Uma folhinha colhida isolada em corrente de ar tap-tap-tapeava furiosa contra um galho resseco. O rumor *iterativo* atraiu a atenção de Bagheera, que aspirou profundamente o ar vivo da manhã e, caindo de costas, derrubou com um tapa a folhinha inquieta.

— Tudo começa a mudar — disse ela. — A Jângal renasce. O Tempo das Falas Novas vem chegando. Esta folhinha sabe disso.

— As ervas estão secas — observou Mowgli arrancando um tufo. — O próprio Olho da Primavera (pequena flor vermelha, em forma de trombeta, que abre na macega) está fechado. Mas, Bagheera, fica lá bem à Pantera Negra deitar-se assim de costas e dar tapas de gato em folhinhas no ar?

— *Aowh?* — fez Bagheera, absorta, com o pensamento longe dali.

— Eu disse: ficará bem à Pantera Negra bocejar assim e brincar deitada de costas? Lembra-te de que somos os Senhores da Jângal, eu e tu.

— Realmente — respondeu a pantera, sentando-se, com os negros flancos arrepiados e sujos de terra (Bagheera estava em muda de pêlo). — Somos, sim, os Senhores da Jângal! Quem mais forte do que Mowgli? Quem mais astuto?

Uma curiosa inflexão na voz da pantera fez o rapaz voltar-se de brusco para ver se ela estava mofando dele, porque a Jângal anda sempre cheia de palavras que soam uma coisa e dizem outra. A pantera explicou-se.

— Eu afirmei que somos os Senhores da Jângal. Estarei errada? — e notando o alheiamento de Mowgli: — Não sabia que o Filhote de Homem já se tinha erguido. Voa ele agora?

Sentado com os cotovelos nos joelhos, Mowgli contemplava com deleite o vale semidesperto. Um pássaro, lá embaixo, trinava as primeiras notas, ainda incertas, do canto que iria cantar na primavera. Embora esse canto ainda fosse sombra do que ia ser, a pantera reconheceu-o.

— Eu não disse que o Tempo das Falas Novas vem próximo? — relembrou ela com um meneio de cauda.

— Já sei — falou Mowgli. — Mas por que, Bagheera, te remexes toda? O sol já está quente.

— É Ferao, o Pica-pau Escarlate — respondeu Bagheera, sem atender à pergunta. — *Ele* não esqueceu. Ora, eu também preciso recordar meu canto — e pôs-se a ronronar para si própria, e a trautear, sempre mostrando-se desagradada do que saía.

— Não há nenhuma caça em movimento hoje — observou Mowgli.

— Irmãozinho, estarão teus *dois* ouvidos tapados? Isto que canto não é palavra de caça, mas canto que quero ter pronto para a primavera.

— Tinha-me esquecido. Reconheço muito bem a chegada do Tempo das Falas Novas, estação em que tu e os mais correreis para longe, deixando-me sozinho — respondeu Mowgli queixoso.

— Espera, Irmãozinho, nós nem sempre...

— Sim, sempre! — gritou Mowgli espichando o dedo colérico. — Vós debandais e eu, o Senhor da Jângal, tenho de viver sozinho. Como foi na primavera passada, quando eu quis colher cana doce nas roças da Alcatéia dos Homens? Mandei um mensageiro ao encontro de Hathi: mandei-te a ti, Bagheera, pedir-lhe que viesse tal noite arrancar-me as canas com a tromba.

— E ele veio duas noites mais tarde — observou a pantera um pouco vexada —, e dessa planta doce que tanto te agrada arrancou mais do que a pode chupar um filhote de homem durante todas as noites da estação chuvosa. A culpa da demora não foi minha.

— Ele não veio na noite que marquei. Ficou a trombetear e a rugir pelos vales, ao clarão da lua. Ficou a dançar diante das casas da aldeia. Eu o vi e, no entanto, Hathi não acudiu ao meu chamado. E sou o Senhor da Jângal!...

— Era Tempo de Falas Novas — explicou a pantera sempre humilde. — Quem sabe, Irmãozinho, se te esqueceste de o chamar com a palavra própria? *Bah!* Deixemos isso. Ouve o ensaio de canto de Ferao e alegra-te.

O mau humor de Mowgli evaporou-se. Mesmo assim, permaneceu de cabeça apoiada nas mãos e olhos cerrados.

— Não sei, nem se me dá sabê-lo — murmurou, por fim, sonolento. — Vamos dormir, Bagheera; sinto o estômago pesado. Faze-me um travesseiro para a cabeça.

A pantera deitou-se com um suspiro, porque continuava a ouvir a voz de Ferao em ensaios do seu canto para o Tempo das Falas Novas, como dizem da Primavera.

Na Jângal indiana, as estações se sucedem sem transição. Parecem duas apenas — a da seca e a das águas; mas se observares com atenção os aguaceiros ou as nuvens *bochornais* de pó, vereis que as quatro se sucedem de modo regular. Nenhuma tão maravilhosa como a primavera, porque não vem revestir a natureza queimada e nua de novas flores e folhas, e sim dar alento novo ao verde que sobreviveu aos rigores do inverno, fazendo que a terra cansada e murcha se sinta lepidamente moça outra vez. E tão bem realiza isto, que primavera nenhuma no mundo se compara à indiana.

Um dia chega em que todas as coisas se mostram cansadas; até os odores boiantes no ar parecem velhos e gastos. Ninguém o explica, mas todos o sentem. Outro dia — e sem que os olhos percebam a mudança — os aromas sabem a novo — e então as cerdas do Povo da Jângal vibram em suas raízes e o pêlo incubado durante o inverno rompe macio. Se pequena chuva cai, todos os arbustos e árvores e bambus e musgos e plantas de folhas carnudas despertam com um rumor de crescimento de quase ouvir-se, e esse rumor faz-se, dia e noite, zoada contínua. O som, a voz da primavera —

vibração especial que não é de abelha, nem de cascata, nem de brisa nas frondes, mas sim felino ronronar da natureza bem conchegada.

Até aquele ano, sempre se deleitara Mowgli com o retorno das estações. Era ele quem primeiro descobria o primeiro Olho da Primavera aberto no fundo dos ervaçais e quem primeiro distinguia as primeiras nuvens da estação — nuvens que valem tudo na Jângal. Sua voz era ouvida em toda a sorte de lugares úmidos e ricos de pétalas, a fazer coro com as enormes rãs ou a imitar com mofa o pio das corujas nas noites brancas. Como para todos os mais, a primavera constituía para ele o tempo próprio para a expansão máxima da atividade — correr, pelo mero prazer de correr — correr no ar morno trinta, quarenta milhas, de madrugada, à noitinha, e voltar ofegante, rindo-se, engrinaldado de flores raras. Seus quatro companheiros lobos não o seguiam nessas selvagens incursões pela Jângal; preferiam ficar uivando cantos com os outros lobos. O Povo da Jângal está constantemente ocupado na primavera; Mowgli via-os sempre rosnando, uivando, gritando, piando, silvando, conforme a espécie de cada um. Suas vozes mostram-se diferentes então — e, por isso, a primavera na Jângal é chamada o Tempo das Falas Novas.

Mas naquela estação o "estômago" de Mowgli estava mudado, como o percebera a pantera. Desde que os brotos de bambu começaram a pintalgar-se de sépia, pôs-se ele a esperar pela manhã em que os cheiros mudam. Quando essa manhã chegou e Mor, o Pavão, todo bronzes, todo azuis e ouros, principiou a grasnar na mata úmida e Mowgli abriu a boca para lhe responder, as palavras embaraçaram-se-lhe nos dentes e uma sensação de pura infelicidade o invadiu do dedo dos pés à ponta da grenha — sensação de tal modo forte que o rapaz julgou ter pisado em espinho. Mor cantava os aromas novos; outros pássaros retomaram o mote e, das rochas beirantes ao Waingunga, veio o áspero ronco de Bagheera — mistura de relincho de cavalo e grito de águia. Na galhaça acima de sua cabeça, toda brotos e botões, chiou um reboliço de barulhentos Bandar-log. No entanto, Mowgli ficou onde estava, com o peito ainda cheio do fôlego que tomara para responder ao canto de Mor — fôlego que logo se perdeu como se o ar fosse expulso por aquele estranho sentimento de infelicidade.

Olhou em redor de si: só viu os Bandar-log chasqueadores aos pulos nos galhos e, lá adiante Mor, no pleno esplendor de sua cauda aberta inteira.

— Os cheiros mudaram — gritou Mor. — Boa caçada, Irmãozinho! Por que demora tua resposta?

— Irmãozinho, boa caçada! — piaram Chil, o Abutre e a companheira e descaíram em vôo rapidíssimo, para esfrolar com as penas a face do rapaz.

Leve chuva de primavera — chuva de elefante chamada — caiu sobre a Jângal numa área de milha de largo, deixando as folhas a reluzirem para trás e indo morrer em brando trovejar num duplo arco-íris. A zoada da primavera esmoreceu por instantes, e no silêncio feito viu Mowgli que, com exceção sua, toda a Jângal estava dando à língua.

— Comi bem — disse o rapaz a si próprio —, bebi bem, minha garganta não arde ou aperta como quando mordi nas raízes manchadas de azul que Oo, a Tartaruga, me afirmou serem boas. Mas tenho o estômago pesado e tratei mal a Bagheera e outros. Ora me sinto quente, ora frio; ora nem quente nem frio, mas apenas furioso contra não sei o quê. *Huhu!* É tempo de dar minha carreira. Esta noite cruzarei as montanhas; sim, darei uma corrida de primavera até os pantanais do Norte, ida e volta. De há muito que caço sem esforço — isto enerva. Os Quatro irão comigo, porque andam também eles a engordar como saltõezinhos brancos.

Mowgli chamou-os. Nenhum respondeu. Estavam fora do alcance de sua voz, uivando cantos da primavera — o Canto da Lua e do Sambhur — lá com os demais lobos da Alcatéia; nessa estação, o Povo da Jângal faz muito pouca diferença entre o dia e a noite. Mowgli desferiu a aguda nota do ladrido de chamada, mas teve como resposta única o miado irônico do gato malhado das árvores, que marinhava pelos galhos em procura de ninhos. O rapaz enfureceu-se a ponto de sacar a meio a faca. Depois empertigou-se, insolente, embora não houvesse ali ninguém a observá-lo, e desceu o morro de queixo para cima e sobrancelhas para baixo. Não havia ninguém e pois ninguém lhe perguntou coisa nenhuma. Todos da Jângal estavam muito ocupados consigo próprios.

— Sim — rosnou Mowgli, embora soubesse lá por dentro que não tinha razão. — Os dholes que desçam do Dekkan, a Flor Vermelha que venha dançar nos bambuais, e toda a Jângal correrá para Mowgli aos uivos, chamando-lhe nomes do tamanho de Hathi. Agora, porém, só porque o Olho da Primavera abriu e Mor exibe suas pernas em danças da estação, a Jângal mostra-se louca como

Tabaqui... Pelo Touro que me comprou, sou ou não sou o Senhor da Jângal? Silêncio... Que fazeis aí?

Dois lobos novos trotavam perto em procura de clareira onde pudessem lutar (a Lei da Jângal proíbe lutas à vista dos outros). Tinham as cerdas da nuca arrepiadas como agulhas, e latiam, furiosos, na ânsia do primeiro encontro. Mowgli saltou-lhes à frente e, agarrando-os pela garganta, jogou cada qual para um lado, certo de que os lobinhos se afastariam sem briga, como tantas vezes acontecera. Mowgli esquecia-se da primavera. Os lobinhos encontraram-se de novo logo adiante e sem perda de tempo se engalfinharam.

De faca em punho e dentes à mostra, Mowgli ia-os matar a ambos naquele momento, pela simples razão de que lutavam e ele os queria quietos, embora seja da Lei que todos os lobos têm o direito de lutar. Mowgli dançou na frente deles, de ombros arcados e mão crispada no cabo da faca, pronto para desferir duplo golpe. Súbito, o ímpeto da cólera arrefeceu. Sua força esvaiu-se. Baixou a faca; meteu-a na bainha.

— Com certeza comi veneno — soluçou por fim. — Desde o tempo em que, armado da Flor Vermelha, rompi com o Conselho, desde que matei Shere Khan, nenhum lobo da Alcatéia jamais me desobedeceu, e estes nascidos ontem o fizeram! Minha força fugiu de mim; parece que vou morrer. Ó, Mowgli, por que não matas os dois?

A luta dos lobinhos continuou até que um fugiu. Mowgli ficou só na arena revolta e manchada de sangue, olhando para a faca, para seus braços e pernas, enquanto o jamais sentido sentimento de infelicidade o cobria inteiro, como a água cobre um tronco de pau imerso.

Mowgli caçara cedo aquela tarde, mas comera pouco, com o intuito de estar em boas condições para a corrida. Também comeu só, porque todo o Povo da Jângal andava disperso por longe, lutando e cantando. Corria uma perfeita noite branca, como lá dizem. Todas as coisas verdes pareciam crescidas de um mês em horas. Frondes na véspera amarelecidas espirravam agora seiva, se se lhes partia um galho. Os musgos encrespavam-se espessos e macios sob seus pés; os capins ainda não tinham serrilha de navalha nas folhas; todas as vozes da Jângal ressoavam como harpa de cordas graves tangida pela lua — a Lua das Falas Novas, que derramava em cheio seus raios nas pedras e aguadas, que os esgueirava por entre troncos e cipós, que os subdividia por entremeio de milhões de folhas. Esquecido da sua infelicidade, Mowgli cantou alto, com puro deleite, ao pôr-se em marcha. Mais voava do que corria, pois escolhera como rumo o declive que, através do coração da Jângal, conduzia direto aos pantanais do Norte. O chão fofo lhe amortecia o choque dos pés. Um homem criado entre homens teria tropeçado e caído cem vezes, vítima das traições do luar; os músculos de Mowgli, porém, treinados por anos de experiência, levavam-no como se fosse pluma. Quando um tronco podre ou pedra oculta revirava ao contato de seus pés, ele saltava adiante, sem perda do ímpeto da corrida e sem esforço — por instinto ou hábito. Quando se aborrecia de caminhar pelo solo, marinhava, por cipós, árvores acima — e, então, parecia flutuar antes que caminhar pelas estradas aéreas. Súbito, mudava de idéia e dum salto vinha de novo ao chão. Havia túneis silenciosos e de bafo quente, calçados de pedras úmidas, onde mal se respirava; havia avenidas escuras que o luar listrava de betas brancas; havia espessos onde a vegetação de rebrotos o envolvia e como que o abraçava pela cintura; havia topes coroados de pedras soltas, que ele ia saltando com grande susto das raposas que entre elas aninhavam.

Se Mowgli ouvia longe o apagado *chag-drag* dum javardo a afiar as presas num tronco, lá corria a cruzar-se com o alentado bruto de boca espumejante e olhos em fogo. Ou voava para onde vinha o som de cornos entrechocando-se entre grunhidos sibilantes — a ver de rente dois Sambhurs que de cabeça baixa se entremarravam. Ou esgueirava-se a espiar na aguada Jacala, o Crocodilo, que muge como um touro. Ou desatava rapidíssimo o nó de serpentes engalfinhadas, sumindo-se na Jângal antes que o pudessem morder.

Assim correu ele naquela noite, às vezes gritando, às vezes cantando, e correu até que o cheiro das flores o avisou de que estava próximo dos pantanais, longe, muito longe da sua Jângal.

Lá também um homem criado entre homens ter-se-ia atolado de ponta-cabeça aos primeiros passos; os pés de Mowgli, entretanto, tinham olhos, e passavam dum tufo de capim a outro, duma duna de turfa a outra, sem pedir ajuda aos olhos da cara. Correu assim até o centro do pantanal, com esparramo de marrecas, e sentou-se num ressalto coberto de musgo emergente da água negra. O *paul* estava alerta em torno dele, porque na primavera o Povo Alado dorme pouco e bandos de asas vão e vêm dentro da noite. Nenhuma só das aves, porém, deu tento de Mowgli — nenhuma o viu sentado entre as plantas aquáticas, a trautear cantigas sem palavras, enquanto examinava os pés à cata dalgum espinho. Toda a sua infelicidade de horas antes como que ficara atrás na Jângal. Súbito, quando iniciou um canto de garganta cheia, a infelicidade veio de novo, dez vezes pior do que antes.

Desta vez Mowgli apavorou-se.

— Aqui também! — gemeu alto. — Veio atrás, acompanhou-me!... — e espiou sobre os ombros se alguém o seguia. Ninguém. Os ruídos noturnos do pântano continuaram sem que nenhum animal ou ave lhe dirigisse a palavra.

O seu sentimento de infelicidade cresceu.

— Comi veneno, sem dúvida! — murmurou com voz quebrada de pânico. — Despercebidamente comi veneno e minha força vai se extinguindo. Tive medo e não era *eu* quem tinha medo! Eu, Mowgli, tive medo, senti medo quando os dois lobinhos lutaram. Akela, ou mesmo Fao, os teria feito obedecer; no entanto, eu, Mowgli, tive medo e não fui obedecido! Sinal seguro de que comi veneno... Mas que fazem eles na Jângal? Cantam, uivam, lutam, e correm em bandos ao luar... e eu... *Hai-mai!*, morro neste pântano do veneno que comi...

Tão mortificado estava que por pouco não chorou.

— E depois — prosseguiu —, eles me encontrarão estendido na água negra... Não! Não! Voltarei à minha Jângal para morrer na Roca do Conselho... e Bagheera, que tanto amo, se não andar por longe miando nos vales, talvez guarde meu corpo para que Chil não o use como usou o de Akela.

Lágrimas grossas e quentes rolaram sobre seus joelhos e, miserando como se sentia, Mowgli viu alguma felicidade em ser assim miserando — se podeis entender esta sorte de felicidade.

— Como Chil usou Akela na noite em que salvei o bando das garras dos dholes! — repetiu. Depois calou-se uns instantes, a recordar as últimas palavras do Lobo Solitário. — Akela disse-me, antes de morrer, coisas bem estranhas. Disse que... Não! Não! Não sou homem, não! Sou da Jângal!...

Na sua excitação, ao recordar a luta nos bancos de areia do Waingunga, escaparam à boca de Mowgli esse protesto e essa afirmativa em voz gritada. Uma búfala, longe, no ervaçal viçoso, ergueu-se nos joelhos e mugiu:

— Homem!

— *Uhh!* — exclamou Mysa, o Búfalo Selvagem, despegando-se com estrondo do seu lameiro. — Não é homem, não, e sim o lobo pelado da Alcatéia de Seeonee. Em noites como esta costuma errar pela Jângal.

— *Uhh!* — respondeu a búfala, baixando de novo a cabeça para o capim. — Julguei que fosse homem.

— Não é. Ó, Mowgli, estás em perigo? — mugiu Mysa dirigindo-se ao rapaz.

— Ó, Mowgli, estás em perigo? — repetiu este com sarcasmo. É tudo quanto Mysa pensa: perigo! Mas a quem importa o Mowgli que anda de lá para cá na Jângal à noite?

— Como está falando alto! — observou a búfala.

— É assim que choram os que arrancam capim, mas não sabem comê-lo — explicou Mysa com desprezo.

— Por menos do que isto — gemeu Mowgli para si próprio —, por menos do que isto, nas últimas chuvas, expulsei Mysa do seu lameiro e o fiz cruzar os pântanos em fuga louca.

Sua mão espichou-se para colher uma folha qualquer, parando a meio caminho. Mowgli suspirou. Mysa continuava a mascar seus capins em companhia da búfala.

— Não, não morrerei aqui! — berrou Mowgli com ímpeto. — Mysa, que é do mesmo sangue de Jacala e do porco, ver-me-ia morrer. Vou safar-me do pântano e ver o que acontece. Jamais corri uma corrida da primavera assim, com o corpo quente e frio a um tempo. Upa, Mowgli!

Mowgli não resistiu à tentação de cortar pelas moitas de Mysa e cutucá-lo com a ponta da faca. O enorme touro despegou-se da lama com estouro, enquanto o rapaz se ria à vontade.

— Conta agora que o lobo pelado de Seeonee já uma vez te farpeou, Mysa!

— Lobo, tu? — mugiu o touro chapinhando no lamaçal. — Toda a Jângal sabe que foste pastor de gado manso. Tu, da Jângal? Que caçador da Jângal ter-se-ia esgueirado até aqui, qual cobra, e por brincadeira... brincadeira de chacal... me teria vexado diante da companheira? Vem para terreno firme que eu... que eu...

Mysa espumejava de cólera, pois era talvez o animal de pior temperamento da Jângal. Mowgli viu-o em ponto de explosão, com aqueles olhos que nunca mudam. Quando pôde fazer-se ouvido, perguntou:

— Que antro de homens há aqui por perto, Mysa? Desconheço esta Jângal.

— Segue para o norte — rugiu o colérico búfalo, que havia sido espetado um tanto fundo. — Vai para lá e conta aos da aldeia da tua má ação junto a esta búfala.

A Alcatéia dos Homens não gosta de histórias da Jângal, nem, penso eu, Mysa, que uma simples arranhadura em teu corpo seja matéria para reunião de Conselho. Mas irei ver a aldeia. Devagar! Devagar! Não é todas as noites que o Senhor da Jângal vem farpear-te!

Mowgli caminhou pela beirada do pântano, sabendo que Mysa nunca o atacaria ali, e seguiu rindo-se da cólera do touro.

— Minha força não se foi de todo — disse consigo. — O veneno ainda não alcançou o osso. Lá está uma estrela bem baixa!...

Mowgli olhou-a pelo canudo da mão.

— Pelo Touro que me comprou! É a Flor Vermelha... a Flor Vermelha que deixei atrás de mim quando me mudei para a Alcatéia de Seeonee. Agora, que a vejo de novo, vou pôr fim à minha corrida.

O pântano dava para uma dilatada planície onde outras luzes piscavam. Muito tempo fazia que Mowgli se desapegara dos homens, mas naquela noite a Flor Vermelha o atraiu.

— Irei ver se a Alcatéia dos Homens mudou — disse ele.

Esquecido de que não estava na sua Jângal, onde podia fazer o que quisesse, Mowgli trotou descuidado pela macega úmida até alcançar a cabana donde vinha a luz. Três ou quatro cães latiram. Era nos subúrbios duma aldeia.

— *Ho!* — fez Mowgli sentando-se sem rumor após haver emitido um profundo uivo de lobo que fez calarem os cães. — O que está para vir, virá. Mowgli, Mowgli, que tens tu a fazer nos antros da Alcatéia dos Homens? — e, ao dizer isso, esfregou os lábios no ponto em que uma pedra os alcançara, anos atrás, no dia em que o expulsaram da aldeia de Buldeo.

A porta da cabana abriu-se e uma mulher espiou no escuro. Dentro, uma criança rompeu em manha.

— Dorme — disse a mulher. — Foi algum chacal que uivou para os cães. Dorme, que o dia não tarda.

Escondido na macega, Mowgli tremeu tremura de febre. Aquela voz! Aquela voz ele a conhecia! Mas, para melhor se certificar, gritou baixinho, surpreso de ver como a língua dos homens lhe vinha fácil:

— Messua! Messua!

— Quem chama? — indagou a mulher com voz trêmula.

— Já esqueceste? — respondeu Mowgli de garganta apertada.

— Se és tu, que nome devo dar-te? Dize! — perguntou Messua com a porta entreaberta e uma das mãos no peito.

— Nathoo! — respondeu Mowgli, pois, como todos sabem, fora esse o nome que lhe dera Messua quando o encontrou da primeira vez.

— Vem, meu filho! — a mulher chamou. Mowgli veio e pôs os olhos na que tinha sido boa para ele e que ele salvara da sanha dos da aldeia. Estava mais velha, com os cabelos grisalhos, mas sem mudança nos olhos nem na voz. Feminilmente, Messua esperara encontrar Mowgli como o deixara e seus olhos espantavam-se de ver um homem feito, cuja cabeça batia no portal.

— Meu filho! — murmurou tonta; e depois, num deslumbramento: — Mas não é meu filho. É um deus da Jângal! Ai!

De pé, ao clarão da lâmpada, forte, alto e belo, os longos cabelos negros a lhe caírem sobre os ombros e a cabeça coroada de jasmins, Mowgli podia realmente ser tomado por um deus da Jângal. A criança, meio adormecida no catre próximo, ergueu-se e gritou apavorada. Messua foi sossegá-la, enquanto Mowgli, de pé, olhava para as vasilhas d'água e panelas, bancos e mais tralha doméstica, de que se recordava muito bem.

— Que queres tu, comer ou beber? — sussurrou Messua. — Tudo aqui é teu. A ti devemos nossas vidas. Mas és mesmo aquele a quem chamávamos Nathoo ou és um deus da Jângal?

— Sou Nathoo — respondeu Mowgli. — Alonguei-me muito da minha Jângal, vindo aos pântanos. Avistei luz de longe e aqui estou. Não sabia quem morava nesta cabana.

— Depois que viemos para Khanhivara — disse Messua timidamente —, os ingleses quiseram ajudar-nos contra a gente perversa da outra aldeia, lembras-te?

— Nunca me esqueci.

— Mas quando Lei Inglesa ia e voltamos com ela para a aldeia da gente que nos quis queimar, nada mais encontramos.

— Também disso me recordo — murmurou Mowgli com um frêmito nas narinas.

— Meu homem, então, começou a trabalhar nestes campos e finalmente, porque era de fato homem rijo, adquirimos um pouco de terra. O lugar não era rico e fértil como lá, mas necessitávamos de pouco, nós dois sós.

— Onde está ele, o homem que cavava no chão, naquela noite, de medo?

— Morreu faz um ano.

— E este menino?

— Meu filho, nascido duas chuvas passadas. Se tu és um deus, dá-lhe o Favor da Jângal para que sempre esteja seguro no meio do teu... do teu povo... como nos sentimos seguros no dia da fuga.

Messua ergueu nos braços a criança, que, esquecida do medo, procurou brincar com a faca que pendia do peito de Mowgli.

— E se és o meu Nathoo que o tigre raptou — prosseguiu Messua — tens nele teu irmão mais novo. Dá-lhe tua benção de irmão mais velho.

— *Hai-mai!* Que sei eu disso que chamas benção? Não sou nem um deus nem seu irmão e... Mãe, mãe, meu coração está pesado dentro de mim!...

— É febre — disse Messua. — Isso vem de andares pelo pantanal à noite. A febre te penetrou até o tutano dos ossos.

Mowgli sorriu à idéia de que qualquer coisa na Jângal lhe pudesse causar dano.

— Farei fogo e te darei a beber leite quente. Tira da cabeça a coroa de jasmins; o cheiro é muito forte para esta salinha tão pequena.

Mowgli sentou-se, murmurando coisas para si, com o rosto nas mãos. Sensações jamais sentidas o invadiram, exatamente como se estivesse envenado. Bebeu o leite morno em tragos lentos, enquanto Messua, a espaços, lhe batia no ombro, mal segura ainda de que fosse Nathoo ou algum maravilhoso gênio da Jângal, embora contente de verificar que pelo menos de carne ele era.

— Filho — disse-lhe por fim com os olhos brilhantes de orgulho —, ainda ninguém te falou que és o mais belo dos homens?

— *Hah?* — exclamou Mowgli, que, naturalmente, jamais ouvira uma opinião a seu respeito.

Messua sorriu, carinhosa e feliz. Olhar para ele lhe era a felicidade.

— Sou então a primeira criatura que te diz isso? Bem. Embora as mães sempre digam lindas coisas dos seus filhos, tu és realmente belo. Nunca meus olhos viram um homem como tu!

Mowgli torceu a cabeça e procurou ver-se a si próprio, ombro abaixo. Messua riu tanto que ele, sem saber por quê, riu também — e a criança foi de um para outro igualmente a rir.

— Não te rias de teu irmão — disse-lhe Messua aconchegando-a ao peito. Quando fores metade tão belo quanto ele, casar-te-ei com a filha mais moça dum rajá, e passearás montado em elefantes.

Mowgli não entendeu mais que uma de cada três palavras ditas

S. TRESILIAN

por Messua. O leite quente começou a fazer efeito em seu organismo cansado da dura corrida. Mowgli deitou-se e, instantes depois, mergulhava em profundo sono. Messua, feliz, afastou-lhe os cabelos da testa e agasalhou-o. Dormiu ele à moda da Jângal, toda a noite e todo o dia seguinte; seu instinto o advertira de que nenhum perigo o ameaçava ali. Despertou, finalmente, e dum salto que estremeceu a cabana: o lençol com que Messua o cobrira fizera-o sonhar de trapas e mundéus. Despertou de faca na mão, pronto para a luta.

Messua sorriu e depôs diante dele a refeição da tarde, composta de bolos cozidos e um pouco de tamarindo em conserva — o necessário para lhe escorar o estômago até à hora da caçada noturna. O cheiro que vinha dos pantanais fazia-o faminto e inquieto. Mowgli precisava terminar sua corrida da primavera, mas a criança insistia em sentar-se-lhe nos joelhos e Messua quis pentear-lhe a cabeleira negra. E cantou cantigas ingênuas enquanto o penteava, ora chamando-lhe seu filhinho, ora implorando-lhe que desse à criança um pouco do seu prestígio na Jângal. A porta da cabana estava fechada, mas Mowgli ouviu fora um som muito seu conhecido, que fez o queixo de Messua cair de medo. Peluda pata se introduziu por debaixo da porta.

— Espera, Irmão Gris. Tu não vieste quando te chamei — disse-lhe Mowgli na linguagem da Jângal sem voltar o rosto. A pata do lobo desapareceu de sob a porta.

— Não tragas nunca os teus companheiros, sim? — pediu Messua tímida. — Eu... nós sempre vivemos em paz com a Jângal.

— E em paz viverá — disse Mowgli erguendo-se. — Lembras-te daquela noite no caminho de Khanhivra? Havia dezenas e dezenas de animais como este, adiante e atrás de ti. Mãe, já me vou.

Messua pôs-se ao lado de Mowgli humildemente — na realidade, era ele um deus da Jângal! Mas quando o viu abrir a porta para ir-se, a mãe que havia dentro dela a fez abraçá-lo várias vezes.

— Volta, sim? — pediu com carinho. — Filho ou não filho, volta, porque eu te amo. Olha, também ele sente...

A criança chorava ao ver que o homem da linda faca saía.

— Volta outra vez — repetiu Messua. — De dia ou de noite esta casa estará sempre de porta aberta para ti.

A garganta de Mowgli apertou-se. Sua voz parecia como que arrancada à força quando respondeu:

— Sim, voltarei. E agora — murmurou depois que saiu —, tenho minhas contas a ajustar contigo, Irmão Gris. Por que vós quatro não viestes quando vos chamei, há tanto tempo?

— Tanto tempo? Foi ontem! Eu... nós estávamos cantando na Jângal os novos cantos, porque o Tempo das Falas Novas é chegado. Não te lembras?

— É verdade, é verdade...

— E logo que os cantos foram cantados — prosseguiu o Lobo Gris com vivacidade —, segui teu rasto. Passei na frente dos outros e vim até cá. Mas, ó Irmãozinho, que te aconteceu que estás de novo comendo e dormindo na Alcatéia dos Homens?

— Se tivesses vindo quando te chamei, isto nunca se daria — respondeu Mowgli, apressando o passo.

— E agora, como será? — perguntou o lobo.

Mowgli ia responder, quando uma rapariga trajada de branco

S. TRESILIAN

surgiu no caminho que ia ter à aldeia. O Lobo Gris imediatamente escondeu-se, ao passo que Mowgli saltava para dentro dum milharal viçoso. A rapariga, surpresa, deu um grito. Depois suspirou. Mowgli seguiu-a com os olhos por entre os talos de milho até que seu vulto se perdeu ao longe.

— E agora? Agora não sei... — respondeu finalmente ao lobo, também suspirando. — *Por que* não vieste quando te chamei?

— Nós te seguimos... nós te seguimos — murmurou o lobo lambendo-lhe o calcanhar. — Nós te seguimos sempre, exceto no

Tempo das Falas Novas.

— E me seguiríeis na Alcatéia dos Homens também?

— Não o fizemos na noite em que os de Seeonee te expulsaram do bando? Quem te despertou quando dormias no meio das roças?

— Sim, mas me seguiríeis de novo?

— Não te segui eu esta noite?

— Mas me seguiríeis sempre, sempre, sempre, e outra vez e

S. TRESILIAN

outra vez, e outra vez, Irmão Gris?

O lobo calou-se por uns instantes. Quando de novo abriu a boca, foi para dizer a si próprio:

— O Lobo Negro falou verdade...

— E disse que...

— ... que o homem volta para o homem, no fim. Raksha, nossa mãe, tambem o disse.

— E Akela também, na noite do ataque dos dholes — acrescentou Mowgli.

— E também Kaa, a Serpente, que possui mais sabedoria do que todos nós.

— E tu, Irmão Gris, que dizes tu?

— Eles já te expulsaram uma vez com feios insultos. Eles te feriram nos lábios com pedras. Eles mandaram Buldeo matar-te.

Eles queriam lançar-te na Flor Vermelha. Tu, e não eu, disseste que eles eram maus e insensatos. Tu, não eu... eu sigo meu próprio povo... foste admitido na Jângal por causa deles. Tu, não eu, compuseste cantos contra eles, ainda mais amargos do que os nossos contra os Cães Vermelhos.

— Pára! Pergunto o que dizes!

Iam conversando enquanto corriam. O Lobo Gris ficou uns instantes calado; depois falou:

— Filhote de Homem, Senhor da Jângal, Filho de Raksha, Meu Irmão da Caverna: embora eu fraqueie nas primaveras, o teu caminho é o meu caminho, o teu antro é o meu antro, a tua caça é a minha caça e a tua luta de morte será a minha luta de morte. Falo por mim e pelos outros três. Mas que irás dizer à Jângal?

— Bem pensado. Vai e reúne o Conselho na Roca, que quero dizer a todos o que tenho no estômago. Mas talvez não compareçam: no Tempo das Falas Novas, todos se esquecem de mim...

— Só isso? — gritou o lobo, pondo-se em marcha e afastando-se do pensativo Mowgli.

Em qualquer outra estação aquela novidade teria reunido na Roca todo o Povo da Jângal — mas era o Tempo das Falas Novas e andavam dispersos, caçando, lutando, cantando, matando. De um para outro corria o Lobo Gris com a nova:

— O Senhor da Jângal volta para os homens!

E os animais felizes respondiam:

— Retornará pelos calores do verão, quando vierem as Chuvas. Vem cantar conosco, Irmão Gris.

— Mas o Senhor da Jângal volta para os homens! — repetia aflito o lobo.

— *Eee-Yoawa?* O Tempo das Falas Novas perde alguma coisa com isso? — respondiam-lhe.

Desse modo, quando Mowgli, de coração pesado, chegou à Roca, onde, anos atrás, fora trazido ao Conselho, apenas encontrou os Quatro, Baloo que já estava quase cego, e a pesada Kaa enrodilhada sobre a laje de Akela.

— Termina então aqui teu caminho, Homenzinho? — perguntou a serpente logo que Mowgli se sentou, com as faces nas mãos. — Grita o teu grito! Somos do mesmo sangue, eu e tu, homens e serpentes!

— Por que não morri nas garras dos dholes? — gemeu Mowgli. — Minha força esvaiu-se e não foi veneno. Dia e noite ouço um passo duplo no meu rasto. Quando volto a cabeça, sinto que alguém se esconde de mim. Procuro por toda a parte, atrás dos troncos, atrás das pedras, e não encontro ninguém. Chamo e não tenho resposta, mas sinto que alguém me ouve e se guarda de responder. Se me deito, não consigo descanso. Corri a corrida da primavera e não sosseguei. Banho-me e não me refresco. O caçar enfada-me. A Flor Vermelha está a arder em meu sangue. Meus ossos viraram água. Não sei o que sei...

— Para que falar? — observou Baloo lentamente, voltando a cabeça para onde estava Mowgli. — Akela disse, perto do rio, que Mowgli levaria Mowgli para a Alcatéia dos Homens outra vez. Também eu o disse, mas quem ouve Baloo? Bagheera... onde está Bagheera esta noite?... ela também o sabe. É da Lei.

— Quando nos encontramos nas Tocas Frias, Homenzinho, eu já o sabia — acrescentou Kaa, refazendo sua rodilha. — Homem vai para os homens, embora a Jângal o não expulse.

Os Quatro entreolharam-se e depois fixaram os olhos em Mowgli, intrigados e obedientes.

— A Jângal não me expulsa, então? — sussurrou Mowgli.

O Irmão Gris e os Três uivaram furiosamente :

— Enquanto vivermos ninguém ousará...

Mas Baloo os interrompeu :

— Eu ensinei-lhe a Lei — disse. — A mim cabe falar e, embora meus olhos não vejam a pedra que está perto, enxergam tudo quanto está longe. Rãzinha, toma teu trilho; faze teu ninho com esposa do teu próprio sangue e de tua própria raça; mas, quando necessitares pata, dente ou olho, lembra-te, Senhor da Jângal, que toda a Jângal acudirá ao teu apelo.

— Também a Jângal Média está contigo —disse Kaa. — Falo por um povo muito numeroso.

— *Hai-mai*, irmãos! — exclamou Mowgli, espichando os braços entre soluços. — Eu não sei o que sei! Não vou, não vou, não quero ir, mas sinto-me arrastado por ambos os pés. Como poderei deixar de viver estas noites da Jângal?

— Ergue os olhos, Irmãozinho — disse Baloo. — Não há mal nisso. Quando o mel está comido, abandonamos os favos.

— Depois que soltamos a pele velha não a podemos vestir de novo — ajuntou Kaa. — É da Lei.

— Ouve, querido de todos nós — disse Baloo. — Não há nem palavra nem querer aqui que te detenha entre nós. Ergue os olhos!

Quem ousará interpelar o Senhor da Jângal? Eu te vi brincando no pedregulho, lá embaixo, quando não passavas de pequenina rã; e Bagheera, que te comprou pelo preço de um Touro gordo, viu-te também. Daquela noite do "Olhai, olhai bem, ó Lobos!", só ela e eu restamos como testemunhas; Raksha, tua mãe adotiva, é morta; teu pai adotivo é morto; a velha Alcatéia daquele tempo já não existe; tu sabes o fim que teve Shere Khan e viste Akela acabar entre os dholes, os quais nos teriam destruído se não fosses tu. Só vejo ossos, velhos ossos. Hoje não é o Filhote de Homem que pede licença à sua Alcatéia — é o Senhor da Jângal que resolve mudar de caminho. Quem pedirá contas ao Homem do que ele quer ou faz?

— Bagheera e o Touro que me comprou! — respondeu Mowgli. — Eu jamais...

Suas palavras foram interrompidas por um rumor nas moitas próximas. Lépida, forte e terrível, como sempre, Bagheera vinha de saltar para dentro do grupo.

— *Por isso* — disse ela estirando o corpo — não vim. Andei em caçada longa, mas ele está morto na macega: um touro de dois anos, o touro que vai libertar-te, Irmãozinho! Todas as dívidas ficam, assim, pagas. E para mais que seja pedido, haverá a palavra de Bagheera e a palavra de Baloo.

A pantera negra lambeu os pés de Mowgli.

— Lembra-te que Bagheera te ama — disse, por fim, retirando-se dum salto. No sopé da colina entreparou e gritou: — Boas caçadas em teu novo caminho, Senhor da Jângal! Lembra-te sempre que Bagheera te ama.

— Tu a ouviste — murmurou Baloo. — Nada mais há a dizer. Vai agora, mas antes vem a mim. Vem a mim, ó sabia Rãzinha!

— É difícil arrancar a pele — murmurou Kaa, enquanto Mowgli rompia em soluços com a cabeça junto ao coração do urso cego, que experimentava lamber-lhe os pés.

— As estrelas desmaiam — concluiu o Lobo Gris, de olhos erguidos para o céu. — Onde me aninharei amanhã? Porque, dora em diante, os caminhos são novos...

Esta é a última das histórias de Mowgli.

FRITZ EICHENBERG

Baloo

Por amor de quem um dia
Mostrou, Rã, segura via
Por Baloo, ouve: Respeita
A lei pelos homens feita.
Clara ou não, seja qual for,
Segue-a com o maior fervor,
Brilhe o sol e seja dia,
Seja então noite sombria
Sem para os lados olhar.
Por quem é capaz de amar
A ti sobre todo o mundo,
Se os teus te ferirem, fundo,
Dize: Canta, Tabaqui!
Se quiserem te magoar:
Shere Khan pode matar!
Se o punhal se ergue tremendo
Vai à Lei obedecendo.
(Palma, baga, mel, raiz,

Guarda do mal o petiz.)
Água e lenho, árvore e vento
Convosco o favor da Jângal
Siga por esse momento.

Kaa

S. Tresilian

O ódio é o ovo do Terror —
Sem pálpebra o olho vê melhor.
Veneno de cobra não cura.
Fala de cobra — ó, coisa obscura —
E a força sempre se associa
Por essa terra à cortesia.
Sobre um ramo que apodreceu
Não deixes nunca o peso teu.
Mede a tua fome estas gazelas,
Não sufoquem olhos as goelas.
Dormirás depois de saciado
Num antro profundo e apartado,
De medo que a vida — ó Destino! —
Conduza a ti teu assassino.
Por todos os pontos cardeais
Tu não irás conversar mais.
(Fossa ou fenda ou celeste veio,

Segui-o, sim, Jângal do meio.)
Água e lenho, árvore e vento,
Convosco o favor da Jângal
Siga por este momento.

Bagheera

S. Tresilian

Numa gaiola eu comecei,
Os caminhos do homem eu sei.
À luz dos astros brilhantes
Não siga os gatos errantes.
Clã ou conselho, em caça ou não,
Os chacais eviteis então.
E eles comem a mudez
Quando dizem de uma vez:
"Vem a nós! É bom o trilho!"
Se quiserem teu auxílio
Contra o fraco, eles te imploram,
E o silêncio eles devoram.
Ao símio o orgulho falaz!
Traze a tua presa em paz.
Na caça nem um clamor

Te afaste seja como for.
Ó, poentes iluminados
Servi-os, vigias dos veados!
Água e lenho, árvore e vento,
Convosco o favor da Jângal
Siga por este momento.

Os três

FRITZ EICHENBERG

Por teu caminho, viajor,
Que vai ao limiar do Terror,
Onde se entreabre a rubra flor;
Nas noites em que sonharás
Imerso em grande, longa paz,
Escutarás o teu amor.
Nas manhãs em que despertares
Cheio de penas singulares,
Sofrendo por amor da Jângal.
Água e lenho, árvore e vento,
Ciência e força e cortesia,
O Favor da Jângal
Agora vos acompanharia.

O guarda-parques

O filho único deitou-se outra vez e sonhou que sonhava um sonho.
Com estalo de fagulha a última cinza no fogo se apagou,
E o filho único levantou-se outra vez e na escuridão clamou:
— Ora, nasci de mulher e ouvi da mãe acalanto?
Pois sonhei repousar em sombrio recanto.
E nasci de mulher e encontrei no pai defesas?
Pois sonhei achar refúgio em longas presas.
Ah, nasci de mulher e tive solitários brinquedos?
Pois sonhei com amigos mordendo-me em seus folguedos.
E mergulhei no leite o pão de cevada?
Pois sonhei com currais e carne crua estraçalhada.
Falta uma hora e falta uma hora para o anoitecer
Mas, como dia claro, pontos negros no chão posso ver!
É uma légua e uma légua até as Quedas do Lena,
onde o Sambhur em tropel se vai reunir,
Mas a corça nova atrás da mãe balindo posso ouvir!
É uma légua e uma légua até as Quedas do Lena
onde a seara e o planalto se vão encontrar,
Mas o vento quente e úmido que sopra no trigal posso cheirar!

O filho único

Entre as engrenagens do serviço público que giram sob o Governo da Índia, nenhuma é mais importante que o Departamento de Parques e Florestas. O reflorestamento de toda a Índia está em suas mãos, ou estará, quando o Governo tiver dinheiro para gastar. Seus empregados lutam corpo a corpo com tempestades de areia e dunas errantes: cercam os lados com trançados de varas, contêm a frente e fincam no alto grama e pinheiros, conforme instruções de Nancy. São responsáveis por toda a madeira das florestas estaduais dos Himalaias, assim como pelas despidas encostas que as monções arrastam para dentro dos leitos de rios secos e ravinas enxutas; e todos proclamam aos quatro ventos até que ponto pode chegar a falta de cuidado. Experimentam batalhões de árvores estrangeiras, forçam os eucaliptos a criarem raízes e, quem sabe, acabar com a febre do Canal. Nas planícies, sua tarefa principal é manter em bom estado os cinturões de pastagens que circundam as reservas florestais, de modo que, quando a seca chegar e o gado passar fome, possam liberar a reserva para os rebanhos e permitir que os próprios aldeões catem gravetos. Abastecem de carvão as estradas de ferro que não possuem combustível próprio; calculam os lucros das planícies até cinco casas decimais; são os médicos e parteiros das imensas florestas de *teca* na Alta Birmânia, de borracha nas Matas Orientais, e de carvalho no Sul; e são sempre tolhidos pela falta de verbas.

Entretanto, como esta atividade leva o Funcionário Florestal para longe das estradas e das estações ferroviárias, ele cresce em sabedoria, aprendendo não apenas a identificar os tipos de madeira, mas também a conhecer o povo e a organização da selva; encontrando tigres, ursos, leopardos, lobos e toda a família dos cervos não ocasionalmente, após dias de batida, mas com freqüência, no cumprimento de seu dever. Ele passa muito tempo sobre a sela ou sob a lona — amigo das árvores recém-plantadas, colega de incultos guardas-florestais e cabeludos trilheiros — até que os cuidados tornam-se visíveis e os bosques, por sua vez, nele imprimem sua marca. É então que desiste das maliciosas canções francesas que aprendeu em Nancy, e passa a cultivar o silêncio da mata.

Gisborne, dos Parques e Florestas, passara quatro anos no Departamento. A princípio gostou daquilo sem procurar compreender, porque lhe permitia viver ao ar livre montado em um cavalo e lhe dava autoridade. Depois, detestou furiosamente, e teria dado o salário de um ano por um mês de convívio como o que a Índia oferece. Passada a crise, as florestas o envolveram novamente e ele se contentou em servi-las, em aprofundar e ampliar suas pastagens; em observar a nuvem verde de uma nova plantação em contraste com as velhas folhagens; em dragar o ribeirão obstruído e em acompanhar e fortalecer a última batalha da floresta para não sucumbir ao capinzal. Em dias parados, aquela grama incendiava-se e uma centena de animais fugia, correndo diante das chamas pálidas do meio-dia. Mais tarde, a floresta voltava a se arrastar sobre o terreno enegrecido em filas ordenadas de árvores novas e Gisborne, apreciando, alegrava-se. Seu bangalô, uma casa rústica de paredes brancas e telhado de sapé, com dois quartos, estava situado em uma das extremidades do grande *rukh*, tendo-o por paisagem. Não precisava cultivar um jardim, pois o *rukh* chegava até sua porta, subindo em touceiras de bambu; ele ia da varanda até seu núcleo sem utilizar qualquer transporte.

Abdul Gafur, seu gordo copeiro maometano, atendia-o quando ele estava em casa, e passava o resto do tempo mexericando com o pequeno bando de empregados nativos, cujas choupanas ficavam atrás do bangalô. Havia dois cavalariços, um cozinheiro, um carregador de água e um faxineiro. Gisborne limpava suas próprias armas e não tinha cachorro. Os cães afugentam a caça, e agradava-lhe poder dizer onde os vassalos de seu reino iriam beber ao nascer da lua, comer ao crepúsculo e descansar no calor do dia. Os trilheiros e guardas-florestais viviam em pequenas choupanas distantes, no interior do *rukh*, aparecendo apenas quando um deles tivesse sido machucado por uma árvore que caíra ou algum animal selvagem. Portanto, Gisborne estava só.

Na primavera, o *rukh* produzia poucas folhas novas, mas permanecia seco e imóvel, não atingido pelas estações do ano, à espera da chuva. Apenas ouviam-se, então, mais gritos e rugidos na escuridão das noites calmas; o tumulto de uma luta cerrada entre tigres, o berro de algum cervo arrogante ou o estalar da madeira produzido por um velho javali afiando sua presa em um tronco de árvore. Gisborne abandonara totalmente sua arma, pois, para ele, era pecado matar. No verão, durante o escaldante calor de maio, o *rukh* cambaleava na bruma e Gisborne aguardava o primeiro sinal de espirais de fumaça denunciando um incêndio florestal. Depois, vinham as chuvas com estrondo e o *rukh* mergulhava em sucessões de névoa morna, as folhas largas fazendo ressoar na noite os pingos grossos; havia um ruído constante de água corrente, de plantas suculentas rompendo-se com as rajadas de vento; e os relâmpagos riscavam o céu por trás do denso emaranhado de folhagem, até que o sol escapulia novamente e o *rukh* voltava os flancos fumegantes para o céu recém-lavado. Então, o calor e o frio seco reduziam tudo outra vez à cor do tigre. Assim, Gisborne aprendeu a conhecer seu *rukh* e era muito feliz. Seu pagamento vinha todos os meses, mas necessitava pouco de dinheiro. As notas se acumulavam na gaveta onde guardava as cartas de sua terra. Se tirava alguma coisa, era para fazer uma aquisição do Jardim Botânico de Calcutá, ou pagar à viúva de um guarda-florestal uma quantia que o Governo da Índia custava a liberar pela morte de seu marido.

O salário era bom, mas exigia bastante em troca, e ele fazia por merecê-lo. Uma noite, um mensageiro exausto e ofegante chegou-lhe com a notícia de que um guarda-florestal jazia morto junto ao ribeirão Kani, com parte da cabeça esmagada como se fora uma casca de ovo. Gisborne saiu de madrugada para procurar o assassino. Apenas os viajantes e, vez por outra, jovens soldados, são conhecidos pelo mundo como grandes caçadores. Os Funcionários Florestais consideram caça uma rotina diária e ninguém lhe dá maior importância. Gisborne foi a pé ao local da chacina: a viúva se lamentava junto ao cadáver sobre um *enxergão*, enquanto dois ou três homens examinavam pegadas no terreno úmido.

— É o Vermelho — disse um homem. — Sabia que, mais cedo ou mais tarde, ele se voltaria contra o homem, mas, sem dúvida, há caça suficiente para todos. Isto deve ter sido feito por perversidade.

— O Vermelho fez sua toca nas rochas, por trás dos salgueiros — disse Gisborne. Ele conhecia o tigre sob suspeita.

—Agora não, *Sahib*, agora não. Ele deve estar furioso vagando de um lado para o outro. Lembrai-vos de que a primeira morte prenuncia sempre morte tripla. Nosso sangue o leva à loucura. Ele pode estar nos espreitando neste momento, enquanto conversamos.

— Ele deve ter ido para a choupana mais próxima — disse outro. — São só quatro *koss*. Encarregado, quem é ele?

Gisborne voltou-se com os outros. Um homem caminhava pelo leito seco do ribeirão, vestido apenas com uma tanga, mas coroado por uma guirlanda de flores brancas de trepadeira. Tão silenciosamente moveu-se sobre os pequenos seixos, que mesmo Gisborne, habituado ao pisar macio, assustou-se.

— O tigre assassino — começou ele sem qualquer cumprimento — foi beber e agora dorme sob a rocha atrás daquela colina.

Sua voz era clara e metálica, totalmente diferente dos gemidos comuns dos nativos, e sua face, quando ele a mostrou à luz do sol, poderia ser a de um anjo extraviado nos bosques. A viúva cessou seu lamento junto ao cadáver e olhou fixamente para o estranho, retornando à sua tarefa com redobrada energia.

— Devo conduzir o *Sahib*? — disse simplesmente.

— Se tiveres certeza... — começou Gisborne.

Eduardo Feito

— Certeza absoluta. Vi-o há apenas uma hora... o cão. Ainda não é tempo de ele voltar a comer carne humana. Há uma dúzia de dentes firmes naquela cabeça diabólica.

Os homens ajoelhados sobre as pegadas retiraram-se sorrateiramente, com medo de que Gisborne os chamasse para acompanhá-lo, e o jovem riu consigo mesmo.

— Vinde, *Sahib* — gritou ele, e voltou-se, caminhando à frente do grupo.

— Mais devagar. Não posso seguir teu passo — disse o homem branco. — Alto aqui. Teu rosto é novo para mim.

— Assim deve ser. Cheguei recentemente a esta floresta.

— Vindo de que aldeia?

— Não venho de aldeia. Venho de lá — moveu o braço em direção ao norte.

— Um cigano, então?

— Não, *Sahib*. Sou homem sem casta e, por esta razão, sem pai.

— Como os homens te chamam?

— *Mowgli, Sahib*. E qual é o nome do *Sahib*?

— Sou o administrador deste *rukh*; Gisborne é meu nome.

— Como? Aqui dão-se números às árvores e às placas de grama?

— Assim mesmo; a menos que os ciganos como tu as lancem ao fogo.

— Eu? Não faria mal à selva por nada no mundo. Este é o meu lar.

Voltou-se para Gisborne com um sorriso irresistível e levantou uma das mãos em sinal de aviso.

— Agora, *Sahib*, devemos ir mais quietos. Não é preciso despertar o cão, embora ele durma profundamente. Talvez fosse melhor eu caminhar sozinho na frente e guiá-lo na direção do vento até o *Sahib*.

— Alá! Desde quando os tigres são guiados de um lado para outro como gado por homens nus? — disse Gisborne, pasmado diante da audácia do homem.

Tornou a rir delicadamente.

— Vinde comigo e atirai nele como é vosso costume, com o grande rifle inglês.

Gisborne seguiu a pista de seu guia, torceu-se, rastejou, galgou, curvou-se e sofreu todas as muitas agonias de uma aproximação furtiva na selva. Já estava arroxeado e gotejando suor quando Mowgli, afinal, pediu-lhe que levantasse a cabeça e espiasse por sobre uma rocha *crestada* próxima a um pequeno poço na colina.

Junto da água estava o tigre, estirado e cômodo, se lambendo preguiçosamente para limpar mais uma vez sua enorme perna e a pata dianteira. Era velho, de dentes amarelos, esquálido, mas, naquela posição e à luz do sol, bastante imponente.

Gisborne não tinha a pretensão de praticar esporte ao lidar com um devorador de homens. Aquele era um animal indesejável, e precisava ser morto o mais rápido possível. Esperou até recobrar o fôlego, descansou o rifle na rocha e assobiou. A cabeça da fera voltou-se a menos de seis metros da boca do rifle e Gisborne acertou os tiros, profissionalmente, um atrás do ombro e outro pouco abaixo do olho. Àquela distância, a pesada ossatura não o protegeu das balas dilacerantes.

— Bem, não compensaria guardar a pele, de qualquer maneira — disse ele, quando a fumaça se dispersou e o animal caiu escoiceando e arfando na última agonia.

— Morte de cão para um cão — disse Mowgli calmamente. — Na verdade, não há nada em tal carniça que valha a pena ser levado.

— Os bigodes. Tu não tiras os bigodes? — disse Gisborne, que sabia como os trilheiros davam valor a esse tipo de coisa.

— Eu? Sou um piolhento *shikarri* da selva para revolver o focinho de um tigre? Eis que chegam seus amigos.

Uma águia baixando piou estridente, enquanto Gisborne recolhia as cápsulas vazias e enxugava o rosto.

— E se não és um *shikarri*, onde adquiriste o conhecimento do mundo dos tigres? — disse ele. — Nenhum trilheiro o teria feito melhor.

— Odeio todos os tigres — disse Mowgli com concisão. — Deixai-me, *Sahib*, carregar vossa arma. Ó, é excelente! E para onde vai o *Sahib* agora?

— Para minha casa.

— Posso acompanhá-lo? Nunca vi antes o interior da casa de um homem branco.

Gisborne retornou ao seu bangalô, com Mowgli dando passadas silenciosas adiante dele, sua pele morena cintilando à luz do sol.

Ele olhou curioso a varanda com suas duas cadeiras, tocou desconfiado as cortinas de tiras de bambu e entrou, sempre olhando para trás. Gisborne soltou uma cortina para vedar a entrada do sol. Ela desceu com estrondo, mas quase antes que tocasse a laje da varanda, Mowgli fugiu de um salto e parou com o peito arquejante ao ar livre.

— É uma armadilha.

Gisborne riu.

— Homens brancos não prendem outros homens em armadilhas. Sem dúvida pertences à selva.

— Vejo — disse Mowgli — que ela não prende nem cai. Eu... eu nunca presenciei tais coisas até o dia de hoje.

Entrou na ponta dos pés e observou de olhos muito abertos a mobília dos dois cômodos. Abdul Gafur, que lavava a louça do almoço, encarou-o com profunda repugnância.

— Tanto trabalho para comer, e tanto trabalho para arrumar as coisas depois de comer! — disse Mowgli com um sorriso aberto. — Fazemos melhor na selva. É maravilhoso. Aqui há muitas coisas de valor. O *Sahib* não tem medo de ser roubado?

Ele apreciava uma empoeirada travessa de bronze de Benares sobre um suporte vacilante.

— Só um ladrão da selva haveria de roubar aqui — disse Abdul Gafur, baixando um prato com ruído.

Mowgli abriu seus grandes olhos e observou o maometano de barbas brancas.

— Em meu país, quando os gansos grasnam muito alto, cortamo-lhes a garganta — devolveu ele de bom grado. — Mas não tem medo, tu. Vou-me embora.

Voltou-se e desapareceu no *rukh*. Gisborne ainda o procurou com uma risada que terminou em suspiro. Não acontecia muita coisa fora da rotina ali, e este filho da selva, que parecia conhecer tigres como outras pessoas conhecem cães, fora uma distração.

— É um companheiro maravilhoso — pensou Gisborne — e se assemelha às ilustrações do *Dicionário Clássico*. Gostaria de tê-lo como ajudante de caça. Não é divertido caçar sozinho, e este rapaz é um *shikarri* perfeito. Gostaria de saber exatamente quem é ele.

Aquela noite, sentou-se na varanda sob as estrelas, fumando enquanto pensava. Uma baforada desprendeu-se do cachimbo em espiral. Ao se dissipar, deu-se conta da presença de Mowgli, sentado de braços cruzados a um canto da varanda. Um fantasma não chegaria em maior silêncio. Gisborne assustou-se e deixou cair o cachimbo.

— Não existe um homem com quem se possa conversar no *rukh* — disse Mowgli. — Portanto, vim para cá.

Apanhou o cachimbo e devolveu-o a Gisborne.

— Ah! — falou Gisborne após uma longa pausa. — Quais são as novidades do *rukh*? Encontraste outro tigre?

— Os *nilghai* mudam de pasto com a lua nova, como de costume. Os javalis agora se alimentam próximo ao rio Kani, porque não o fariam junto com os *nilghai*, e uma das javalinas foi morta por um leopardo no capinzal da nascente do rio. Não sei de mais nada.

— E como soubeste todas estas coisas? — disse Gisborne, inclinando-se para a frente e olhando nos olhos que faiscavam à luz das estrelas.

— Como não saberia? Os *nilghai* têm seus hábitos e até uma criança sabe que os javalis não se alimentam junto deles.

— Eu não sabia disto — disse Gisborne.

— *Hum!* E sois o encarregado, segundo disseram os homens das choupanas, o encarregado de todo este *rukh* — riu para si mesmo.

— Basta de história de crianças — replicou Gisborne, irritado ao extremo. — Dizer que no *rukh* acontece isto e aquilo. Ninguém poderá te contradizer.

— Quanto à carcaça da javalina, mostrar-vos-ei os ossos amanhã — respondeu Mowgli impassível. — No que diz respeito aos *nilghai*, se o *Sahib* sentar-se aqui bem quieto, guiarei um *nilghai* até este local e, se ouvir com atenção, o *Sahib* poderá dizer de onde veio aquele *nilghai*.

— Mowgli, a selva levou-te à loucura — afirmou Gisborne. — Quem pode guiar um *nilghai*?

— Silêncio... sentai-vos em silêncio. Já vou.

— Céus, o homem é um fantasma! — disse Gisborne, pois Mowgli esvaneceu-se na escuridão sem que se ouvisse o som de seus passos.

O *rukh* jazia em envoltórios aveludados sob o brilho inconstante das nebulosas, tão silencioso que a mínima brisa sobre as copas das árvores elevava-se como o ressonar de criança adormecida. Abdul Gafur, na cozinha, empilhava pratos.

— Faz silêncio, aí! — gritou Gisborne, e preparou-se para ouvir, como alguém habituado à quietude do *rukh*. Ele costumava, para preservar sua dignidade no isolamento, vestir-se para o jantar de todas as noites, e o peitilho engomado estalou com sua respiração regular até ele mudar de posição, inclinando-se ligeiramente. Depois, o fumo de um cachimbo um tanto obstruído começou a ronronar e ele se desfez do cachimbo. Agora, com exceção da aragem noturna no *rukh*, tudo estava mudo.

De uma distância inconcebível, arrastando-se pela escuridão incomensurável, veio o débil eco do uivo de um lobo. Depois, silêncio novamente durante o que pareceram longas horas. Afinal, quando suas pernas perderam toda a sensibilidade, Gisborne ouviu algo que poderia ser um estalido ao longe atrás das moitas. Não quis acreditar até se repetir outra e outra vez.

— Vem do oeste — sussurrou. — Ouço passos vindo dali.

O ruído aumentou, estalo a estalo, arremetida a arremetida, com o rouco grunhido de um *nilghai* fugindo em pânico sem reparar no rumo que tomava.

Uma sombra tropeçou por entre os troncos das árvores, mudou de direção, voltou grunhindo e, com um estrondo no chão aberto, exibiu-se quase ao alcance de sua mão. Era um *nilghai* macho, gotejando orvalho: das vergonhas pendia uma cauda de plantas rasteiras arrancadas, os olhos cintilando com a luz da casa. A criatura parou subitamente com o olhar do homem e escapou para o lado do *rukh* até se dissolver na escuridão. A primeira impressão na mente atordoada de Gisborne foi a obscenidade de arrastar assim, para uma inspeção, o grande macho negro do *rukh*; forçar seus passos na noite por um caminho que ele deveria escolher por si mesmo.

Então, disse uma voz suave em seu ouvido, enquanto ele parava admirado:

— Veio da nascente, onde liderava a manada. Do oeste ele veio. Agora o *Sahib* acredita, ou devo trazer toda a manada para ser contada? O *Sahib* é o encarregado deste *rukh*.

Mowgli voltou a sentar-se na varanda, respirando mais rapidamente. Gisborne olhou-o boquiaberto.

— Como fizeste isso? — perguntou.

— O *Sahib* viu. O macho foi trazido, trazido como um búfalo. Ah! Ah! Terá uma boa história para contar quando voltar à manada.

— Este ardil é novo para mim. Podes então correr à mesma velocidade que o *nilghai*?

— O *Sahib* viu. Se o *Sahib* necessitar, a qualquer momento, de maiores informações sobre os movimentos da caça, eu, Mowgli, aqui estarei. Este é um bom *rukh*, e ficarei.

— Fica, então, e se tiveres necessidade, a qualquer momento, de uma refeição, meus criados servi-la-ão.

— Sim; na verdade, aprecio comida cozida — respondeu Mowgli ligeiro. — Ninguém pode dizer que não como comida fervida e assada como os outros homens. Virei para a refeição. Agora, de minha parte, prometo que o *Sahib* dormirá em segurança durante a noite, e que nenhum ladrão entrará para levar seus tesouros.

A conversa terminou por si com a abrupta partida de Mowgli.

Gisborne continuou sentado, fumando, e concluiu que Mowgli era aquele perfeito guarda-florestal que ele e o Departamento sempre procuraram.

— Devo colocá-lo a serviço do Governo, seja como for. Um homem capaz de guiar um *nilghai* deve conhecer mais o *rukh* que cinqüenta homens. Ele é um milagre, um *lusus naturae*, mas pode ser um grande guarda-florestal, bastando apenas fixar-se em um local — disse Gisborne.

A opinião de Abdul Gafur era menos favorável. Confidenciou a Gisborne, antes de se deitar, que estranhos vindos de Deus-sabe-onde eram, com toda a certeza, ladrões profissionais e que, pessoalmente, não aprovava esses párias nus que não sabiam a maneira adequada de se dirigir às pessoas brancas. Gisborne riu e mandou-o para seus aposentos, e Abdul Gafur retirou-se resmungando. Tarde da noite, ele levantou-se e espancou sua filha de treze anos de idade. Ninguém soube o motivo da discussão, mas Gisborne ouviu os gritos.

Nos dias que se seguiram, Mowgli chegava e saía como uma sombra. Estabelecera a si e a sua primitiva residência próximo ao bangalô, mas do lado do *rukh*, onde Gisborne, saindo à varanda para respirar ar fresco, o veria, às vezes, sentado ao luar, a testa nos joelhos, ou estirado sobre um galho de árvore, colado a este como um animal noturno. Dali Mowgli enviava-lhe uma saudação e pedia-lhe para dormir à vontade; ou, descendo, contava histórias prodigiosas sobre os costumes dos animais do *rukh*. Certa vez, passeando pelas estrebarias, foi encontrado observando os cavalos com profundo interesse.

— Isso — disse Abdul Gafur incisivo — é um sinal seguro de que algum dia roubará um deles. Por que, já que vive perto desta casa, não obtém um emprego honesto? Mas não, ele precisa vagar para cima e para baixo como um camelo desgarrado, virando a cabeça dos tolos e expondo os imprudentes às garras da loucura.

Assim sendo, Abdul Gafur dava ordens ríspidas a Mowgli quando se encontravam, pedia-lhe para buscar água e depenar aves, e Mowgli, rindo despreocupado, obedecia.

— Ele não pertence a nenhuma casta — disse Abdul Gafur. — Fará qualquer coisa. Uma serpente é uma serpente, e um cigano da selva é um ladrão até a morte.

— Cala-te, então — disse Gisborne —, admito que continues com teu serviço se não fizeres muito ruído, pois conheço teus usos e costumes. Os meus, tu não os conheces. O homem, sem dúvida, é um pouco louco.

— Na verdade, bastante louco — disse Abdul Gafur. — Mas veremos o que acontecerá.

Poucos dias mais tarde, Gisborne resolveu penetrar no *rukh* por três dias. Abdul Gafur, por ser velho e gordo, foi deixado em casa. Ele não aprovava freqüentar choupanas de trilheiros e costumava recolher contribuições, em nome de seu patrão, sob a forma de cereais, azeite e leite, daqueles que a custo podiam arcar com tais ônus. Gisborne saiu a cavalo de madrugada, um pouco aborrecido por seu homem dos bosques não estar na varanda para acompanhá-lo. Gostava dele: gostava de sua força, ligeireza, os passos silenciosos, e seu constante sorriso aberto; sua ignorância de todas as formas de cerimônia e saudações, e das histórias infantis que contava (e nas quais Gisborne agora acreditava) sobre o que a caça fazia pelo *rukh*. Após uma hora de cavalgada entre a folhagem, ouviu atrás de si um farfalhar e o passo apressado de Mowgli para as despedidas.

— Temos pela frente trabalho para três dias — disse Gisborne — junto às árvores novas.

— Bom — disse Mowgli. — Sempre é bom acariciar árvores jovens. Elas crescerão se as feras deixarem. Precisamos transferir os javalis novamente.

— Novamente? Como? — Gisborne sorriu.

— Ah, eles estavam revolvendo o solo e desenterrando os salgueiros novos a noite passada, e eu os afugentei. Por esta razão não estava na varanda pela manhã. Os javalis não podem ficar deste lado do *rukh* de maneira nenhuma. Devemos mantê-los além da nascente do rio Kani.

— Quem pastoreia tudo que lhe aparece pela frente pode bem fazê-lo. Mas Mowgli, se, como dizes, és pastor no *rukh* sem nada ganhares em troca, sem pagamento...

— É o *rukh* do *Sahib* — disse Mowgli elevando rapidamente o olhar.

Gisborne balançou a cabeça em agradecimento e continuou:

— Não seria melhor trabalhar por pagamento do Governo? Há uma pensão ao final de longo serviço.

— Pensei nisto — disse Mowgli —, mas os guardas-florestais vivem em choupanas de portas fechadas, e tudo isto é mais uma cilada para mim. De qualquer forma, pensarei...

— Pensa bem, pois, e fala-me mais tarde. Aqui ficaremos para o desjejum.

Gisborne desmontou, tomou a refeição da manhã de seu rude *farnel* e viu o dia clarear acima do *rukh*. Mowgli deitou-se na relva a seu lado, contemplando o céu.

Logo sussurrou com indolência:

— *Sahib*, há alguma ordem no bangalô para sair com a égua branca hoje?

— Não, já é velha, gorda e, além disso, um pouco manca. Por quê?

— Pois está sendo montada agora, e *nada* devagar, na estrada que vai dar na ferrovia.

— *Bah*, são dois *koss* de distância.

Mowgli levou a mão aos olhos para que o sol não lhe atingisse a vista.

— A estrada faz uma grande curva depois do bangalô. O larápio não deve estar a mais de um *koss*, no máximo, e faz tanto ruído que assusta os pássaros. Vamos ver?

— Que insensatez! Correr um *koss* sob este sol para ouvir um ruído na floresta.

— Não, a égua é a égua do *Sahib*. Falei apenas em trazê-la até aqui. Se não for a égua do *Sahib*, não tem importância. Se for, o *Sahib* pode fazer o que melhor lhe convier. Sem dúvida, está sendo duramente maltratada.

— E como a trarás até aqui, louco?

— O *Sahib* se esqueceu? Pelo caminho no *nilghai*, e nenhum outro.

— Levanta, então, e corre, se estás tão cheio de zelo.

— Ah, eu não corro!

Ergueu a mão em sinal de silêncio, e sempre deitado de costas, chamou três vezes em voz alta, com um grito profundo e gutural que era novo para Gisborne.

— Ela virá — disse ao terminar. — Esperemos na sombra.

Os longos cílios baixaram sobre os olhos selvagens, enquanto Mowgli começou a cochilar na calada da manhã. Gisborne esperou pacientemente. Mowgli era, sem dúvida, louco, mas uma companhia tão divertida quanto poderia desejar um solitário Funcionário da Floresta.

— Ah! Ah! — disse Mowgli preguiçoso, de olhos cerrados. — Ele caiu. Bem, primeiro chegará a égua e depois o homem.

Então bocejou, enquanto o pônei reprodutor de Gisborne relinchava. Três minutos mais tarde, a égua branca, com sela e bridão, mas sem cavaleiro, irrompeu na clareira onde se encontravam e correu para seu companheiro.

— Não está muito aquecida — disse Mowgli —, mas, com este calor, o suor aparece rápido. Logo veremos seu cavaleiro, pois um homem anda mais devagar que um cavalo, principalmente quando é um homem gordo e velho.

— Alá! Isto é obra do demônio — gritou Gisborne, pondo-se de pé de um salto, ao ouvir um brado na selva.

— Não vos preocupeis, *Sahib*. Ele não sairá ferido. Também ele dirá que é obra do demônio. Ah! Ouvi! Quem é aquele?

Era a voz de Abdul Gafur na agonia do terror, clamando por coisas desconhecidas que poupassem a ele e aos seus cabelos grisalhos.

— Não, não posso mover-me um passo — gemia. — Estou velho e perdi meu turbante. Arre! Arre! Mas hei de me mover. Na verdade, vou-me apressar. Correrei! Oh, Demônios do Inferno, sou um Muçulmano!

A vegetação rasteira partiu-se e soltou Abdul Gafur, sem turbante, sem sapatos, com a blusa solta, lama e capim em suas mãos crispadas, e o rosto arroxeado. Viu Gisborne, gemeu novamente, e projetou-se, exausto e trêmulo, a seus pés. Mowgli observava-o com um sorriso delicado.

— Não há motivo para riso — disse Gisborne com severidade. — O homem parece à morte, Mowgli.

— Não morrerá. Está apenas amedrontado. Não havia necessidade de sair a passeio.

Abdul Gafur gemeu e levantou-se, sacudindo todos os membros.

— Foi bruxaria... bruxaria e satanismo! — soluçou, batendo desajeitadamente no peito. — Por causa de meus pecados fui açoitado nos bosques pelos demônios. Tudo está terminado. Arrependo-me. Tomai, *Sahib*!

Estendeu um rolo de papel ensebado.

— Que significa isto, Abdul Gafur? — disse Gisborne, já sabendo o que viria.

— Colocai-me na prisão-khana; as notas estão todas aqui, mas trancai-me em segurança, para que os demônios não me possam acompanhar. Pequei contra o *Sahib* e seu sal que comi; e se não fosse por estes malditos demônios do bosque, teria comprado terras longínquas e vivido em paz pelo resto dos meus dias.

Batia a cabeça no solo, na agonia do desespero e da mortificação. Gisborne desenrolou o maço de notas. Eram seus salários acumulados nos últimos nove meses: o rolo que ficava na gaveta com as cartas que lhe mandavam. Mowgli observava Abdul Gafur, rindo silencioso para si mesmo.

— Não é necessário colocar-me outra vez no cavalo. Caminharei de volta à casa, devagar, junto ao *Sahib*, e depois ele poderá me enviar sob escolta para a prisão-khana. O Governo impõe muitos anos para este crime — disse o copeiro taciturno.

A solidão do *rukh* afeta muitas idéias a respeito de várias coisas. Gisborne olhava Abdul Gafur, lembrando-se de que era excelente criado, de que um novo copeiro deveria ser treinado nos hábitos da casa desde o início, e que o melhor seria um novo rosto e uma nova língua.

— Ouve, Abdul Gafur — disse ele. — Fizeste mal e perdeste totalmente teu *izzat* e tua reputação. Mas creio que isto te acometeu de súbito.

— Alá! Nunca antes cobicei este dinheiro. O Demônio me pegou de surpresa quando me descuidei.

— Também nisso posso acreditar. Retorna, pois, à minha casa e, na volta, enviarei as notas ao Banco por um mensageiro, e nada mais será dito sobre o assunto. Tu estás velho demais para a prisão-khana. Além disso, tua família é inocente.

Em resposta, Abdul Gafur soluçava entre as botas de equitação de couro de vaca.

— Então não haverá demissão? — indagou.

— Isto veremos. Dependerá de tua conduta ao retornarmos. Sobe na égua e volta devagar.

— Mas os demônios! O *rukh* está cheio de demônios.

— Não importa, meu pai. Eles não te causarão mais dano; a menos, é claro, que as ordens do *Sahib* não sejam obedecidas — disse Mowgli. — Então, quiçá, eles te conduzirão até em casa... pelo caminho do *nilghai*.

O maxilar inferior de Abdul Gafur caiu, enquanto ele ajeitava a camisa, olhando Mowgli fixamente.

— São demônios *dele*? Seus demônios! E eu que pensava em voltar e colocar a culpa neste feiticeiro!

— Foi bem pensado, Huzrut; mas, antes de construir uma armadilha, é melhor ver o tamanho da caça. Pensei que este homem apenas tirara um cavalo do *Sahib*. Não imaginei que pretendesse me fazer passar por ladrão, ou meus demônios o arrastariam até aqui pela perna. Agora não, é tarde demais.

Mowgli olhou inquiridor para Gisborne, mas Abdul Gafur caminhou apressado na direção da égua branca, estatelou-se em seu lombo e fugiu, os cascos chocalhando e ecoando atrás de si.

— Foi bem feito — disse Mowgli. — Mas cairá novamente, a menos que se segure na crina.

— Já é tempo de me contar o que significa tudo isto — disse Gisborne um pouco ríspido. — O que quer dizer esta conversa de teus demônios? Como podem os homens ser guiados para cima e para baixo no *rukh* como gado? Dá-me uma resposta.

— O *Sahib* está zangado porque lhe poupei seu dinheiro?

— Não, mas há um ardil nisto tudo que não me agrada.

— Muito bem. No entanto, se eu me levantar e der três passos *rukh* adentro, ninguém, nem mesmo o *Sahib*, poderá me encontrar, até eu decidir o contrário. Como não faria isto voluntariamente, não contaria voluntariamente. Tende um pouco de paciência, *Sahib*, e algum dia mostrar-vos-ei tudo, pois, se desejardes, algum dia guiaremos juntos os cervos. Não há qualquer tipo de satanismo no fato. Apenas... conheço o *rukh* como alguém conhece a cozinha de sua própria casa.

Mowgli falava como falaria a uma criança impaciente. Gisborne, confundido, frustrado e bastante aborrecido, nada disse; só fitava o solo e pensava. Quando levantou os olhos, o homem dos bosques se fora.

— Não é bom — disse uma voz uniforme vinda da mata — zangar-se com os amigos. Aguardai o anoitecer, *Sahib*, quando o ar refresca.

Abandonado, assim, à própria sorte, deixado como estava no coração do *rukh*, Gisborne praguejou, depois riu, remontou e prosseguiu seu caminho. Visitou a choupana de um trilheiro, supervisionou duas novas plantações, deu algumas ordens quanto à queima de um canteiro de relva seca, e designou para acampamento um terreno de sua própria escolha, uma pilha de rochas lascadas, toscamente coberta de galhos e folhas, não distante das margens do rio Kani. Era o crepúsculo quando avistou seu local de descanso, e o *rukh* despertava para uma voraz e calada vida noturna.

Uma fogueira bruxuleava no *outeiro*, e havia no ar o odor de um bom jantar.

— *Hum* — disse Gisborne —, é melhor que uma refeição fria,

pelo menos. Ora, o único homem que poderia estar aqui neste momento seria Muller e, oficialmente, ele deve estar inspecionando o *rukh* de Changamanga. Suponho ser esta a razão de ele estar em meu terreno.

O gigantesco alemão que era o chefe dos Parques e Florestas de toda a Índia, Trilheiro-Chefe da Birmânia e Bombaim, tinha o costume de voar como morcego, sem aviso, de um lado a outro, e aparecer exatamente no local em que era menos esperado. Sua teoria era a de que as visitas repentinas, a descoberta das deficiências, e as repreensões verbais aos subordinados valiam infinitamente mais que o lento processo de correspondência que deveria terminar em reprimenda oficial, com peso negativo na documentação trabalhista de um Funcionário Florestal. Conforme ele explicava:

— Ze eu falar zimplezmente com meus rapazes como um tio alemão, eles dirão: "Foi zó o maldito felho Muller", e farrão melhor da próxima fez. Mas ze meu lerbo zecretárrio escrefer e dizer que Muller, der Inspector-Gerral, deixou de entender e está muito aborrezido, primeirro, não é bom porque não estou lá e, zegundo, o idiota que fier depois de mim pode dizer aos meus melhorres rapazes: "Olha aqui, foste repreendido por meu antezezor". Digo-te que os grandes generrais não fazem as árforres crezerrem.

A voz profunda de Muller surgiu da escuridão por trás da luz do fogo, enquanto ele se inclinava sobre o ombro de seu cozinheiro favorito.

— Não põe molho demais, zeu filho de Belial! O molho inglês é um condimento, não um combustível. Ah, Gisborne, fieste parra um pézimo jantar! Onde é teu acampamento? — e subiu para cumprimentá-lo.

— Estou no acampamento, senhor — disse Gisborne. — Não sabia que estáveis aqui.

Muller olhou para a figura elegante do jovem homem.

— *Gut!* É muito bom! Um cafálo e comida frio. Quando eu erra jovem acampava azim. Agorra jantarrás comigo. Entrei na Zede parra fazer meu relatórrio no mês pazado. Redigi a metade, *ho! ho!*, o resto deixei parra meu zecretárrio, e zaí a pazeio. Der Goferno está louco por ezes relatórios. Eu dize isto ao Vize-Rei em Zimla.

Gisborne deu um risinho tolo, lembrando-se das muitas histórias contadas sobre os conflitos de Muller com o Governo Supremo. Ele era o libertino mais privilegiado de todos os departamentos, pois como Funcionário Florestal não tinha semelhante.

— Ze eu te encontraze, Gisborne, zentado em teu bangalô infentando relatórrios zobre as plantazões, em fez de correr pelas plantazões, transferrir-te-ia parra o meio do Deserto de Bikaneer parra reflorestar o *deserto*. Estou canzado de relatórrios e papéis penzados, quando há tanto trabalho por fazer.

— Não há muito perigo de que eu venha a perder meu tempo com os anuários. Detesto-os tanto quanto vós, senhor.

A partir daí, a conversa tomou o rumo dos assuntos profissionais. Muller tinha perguntas a fazer, e Gisborne ordens e sugestões a receber, até que o jantar ficou pronto. Foi a refeição mais civilizada que Gisborne fez durante meses. Nem a distância das fontes de abastecimento intervinha no trabalho do cozinheiro de Muller; e a mesa desdobrada em fartura iniciou-se com pequenos peixes de água doce temperada, e terminou com café e conhaque.

— Ah! — disse Muller ao final, com um suspiro de satisfação, ao acender um charuto e atirar-se em sua já gasta cadeira de campanha. — Quando fazo meus relatórrios, zou um lifre-penzador e ateu, mas aqui no *rukh*, zou mais que cristão. Zou pagão também.

Rolou com sensualidade a ponta do charuto sob a língua, deixou cair as mãos sobre os joelhos, e contemplou diante de si o obscuro e cambiante coração do *rukh*, pleno de ruídos furtivos; o estalido dos galhos e o estalido do fogo; o sussurro e o farfalhar de um galho recurvado pelo calor recobrando sua forma na noite fresca; o incessante murmurar do ribeirão Kani e o piar dos habitantes da relva dos planaltos que se perdiam de vista atrás de uma saliência na colina. Soprou uma grossa baforada de fumaça e começou a citar Heine para si mesmo.

— Zim, é muito bom. Muito bom. "Zim, operro milagres e, por Deus, eles ocorrem." Lembro-me de quando não hafia um *rukh* maior que a palma da tua mão, daqui até as plantazões, e na época da zeca o gado comia carcazas aqui e ali. Agorra, as árforres foltarram. Forram plantadas por um lifre-penzador, porque zabemos que apenas a causa não produz o efeito. Mas as árforres cultuam os antigos deuses, "e os Deuses Cristãos clamam inzistentemente". Eles não podem fifer no *rukh*, Gisborne.

Uma sombra moveu-se em uma das trilhas dos cavalos. Moveu-se e saiu para a luz das estrelas.

— Eu dize a ferdade. Eis que o próprio Fauno feio fer Der Inspector-Gerral. Himmel, é o deus! Vê!

Era Mowgli, coroado com sua guirlanda de flores brancas,

apoiando-se em um ramo desfolhado. Era Mowgli, muito desconfiado da luz da fogueira e pronto a fugir de volta à mata ao menor sinal de alarme.

— É um amigo meu — disse Gisborne. — Está me procurando. Olá, Mowgli!

Muller teve tempo apenas de dar um grito abafado antes que o homem estivesse ao lado de Gisborne, gritando:

— Fiz mal em sair. Eu estava errado, mas não sabia, então, que a companheira do que foi morto junto deste rio estava desperta procurando por vós. Gostaria de não ter ido embora. Ela seguiu vossa pista atrás dos últimos trilheiros, *Sahib*.

— Ele é um pouco louco — disse Gisborne — e fala de todos os animais daqui como se fosse amigo deles.

— Clarro, clarro. Ze o Fauno não zouber, quem zaberrá? — disse Muller com seriedade. — O que diz ele dos tigres... eze deus que te conheze tão bem?

Gisborne reacendeu o charuto e, antes de terminar a história de Mowgli e suas proezas, tinha queimado a ponta do bigode. Muller ouviu sem interromper.

— Isto não é loucurra — disse afinal, quando Gisborne relatou como guiara Abdul Gafur. — Isto não é loucurra alguma.

— O que é então? Abandonou-me de mau humor esta manhã porque lhe pedi que contasse como o fizera. Imagino que o homem esteja com algum tipo de possessão.

— Não, não é pozezão, é o que há de mais marafilhoso. Em gerral eles morrem jofens, estas pezoas. E agorra, dizes que teu criado ladrão não zoube dizer o que guiou o pônei e, por zerto, o *nilghai*, ele não podia falar.

— Não, mas, raios o partam, não havia nada! Eu ouvi, e posso escutar a maior parte das coisas. A fera e o homem chegaram precipitadamente, loucos de pavor.

Em resposta, Muller olhou Mowgli de cima a baixo, da cabeça aos pés, e depois acenou-lhe para que chegasse mais perto. Ele veio como um cervo que pisa um atalho contaminado.

— Tenho boas intenções — disse Muller em vernáculo. — Estende um braço.

Ele levou a mão ao cotovelo de Mowgli, tocou-o e balançou a cabeça.

— Como eu pensava. Agora o joelho.

Gisborne o viu tocar a rótula e sorriu. Dois ou três cortes

esbranquiçados logo acima do tornozelo atraíram sua atenção.

— São de quando eras bem pequeno? — perguntou.

— Certo — disse Mowgli com um sorriso. — Eram provas de amor dos pequeninos.

Voltando-se para Gisborne por sobre o ombro:

— Este *Sahib* tudo sabe. Quem é ele?

— Isto vem depois, meu amigo. Agora, onde estão eles? — perguntou Muller.

Mowgli curvou o braço em círculo sobre a cabeça.

— Assim mesmo! E podes guiar *nilghai*? Vê! Eis minha égua presa à estaca. Podes trazê-la até mim sem assustá-la?

— Posso trazer a égua ao *Sahib* sem assustá-la! — repetiu Mowgli, elevando a voz um pouco acima do tom normal.

— Que há de mais fácil, se as cordas que prendem as patas estiverem soltas?

— Solta as pontas das *cavilhas* — gritou Muller para o cavalariço.

Ele as colocou quase fora do solo, adiante da égua, uma enorme australiana negra, que arremeteu com a cabeça e empertigou as orelhas.

— Cuidado! Não quero que seja guiada para dentro do *rukh* — disse Muller.

Mowgli parou em silêncio defronte às chamas da fogueira, com todo aspecto e aparência daquele deus grego tão generosamente descrito nos romances. A égua estremeceu, ergueu a pata traseira, descobriu que as cordas dos cascos estavam soltas, e dirigiu-se ligeira para seu dono, em cujo peito deixou cair a cabeça, transpirando.

— Ela veio por sua própria vontade. Meus cavalos fariam o mesmo — gritou Gisborne.

— Observai como transpira — disse Mowgli.

Gisborne colocou a mão no dorso úmido.

— Basta — disse Muller.

— Basta — Mowgli repetiu, e uma rocha atrás dele devolveu a palavra.

— Isto é estranho, não é? — disse Gisborne.

— Não, é apenas marrafilhoso... o mais marrafilhoso. Ainda não crês, Gisborne?

— Confesso que não.

— Bem, então não contarrei. Ele diz que algum dia te mostrarrá o que é. Eu zerria cruel ze contaze. Mas não entendo como ele não morreu. Agorra, escuta. — Muller voltou-se para Mowgli e retornou ao vernáculo. — Sou o chefe de todos os *rukhs* da Índia e outros além das Águas Negras. Não sei quantos homens tenho sob minhas ordens... talvez cinco mil, talvez dez. Teu dever é o seguinte: não mais vagar pelo *rukh* para cima e para baixo, nem guiar animais por distração ou exibicionismo, mas colocar-te a meu serviço, pois sou o Governo em questões de Parques e Florestas, e viver neste *rukh* como guarda-florestal; dirigir os bodes dos aldeões para fora quando não houver ordem para alimentá-los no *rukh*, admiti-los em caso contrário; manter afastados, como podes fazê-lo, os javalis e os *nilghai* quando forem muitos; contar ao *Sahib* Gisborne como e para onde os tigres se mudam, e que tipo de caça existe nas florestas; e dar alarmes seguros de todos os incêndios no *rukh*, pois podes fazê-lo mais rápido que qualquer outro. Por este serviço existe um pagamento mensal em dinheiro e, ao final, após teres adquirido uma esposa, gado e, quem sabe, filhos, haverá uma pensão. Qual a resposta?

— É exatamente o que eu... — principiou Gisborne.

— Meu *Sahib* falou-me esta manhã de tal serviço. Caminhei sozinho todo o dia considerando o assunto, e minha resposta, já a tenho. Servirei, *se* servir, neste *rukh* e em nenhum outro, *com* o *Sahib* Gisborne e com nenhum outro.

Assim será. Dentro de uma semana chega a ordem escrita na qual o Governo se compromete a pagar-te uma pensão. Após o que, erguerás tua choupana onde o *Sahib* Gisborne indicar.

— Pretendia falar-vos a este respeito — disse Gisborne.

— Não quis que falasses nada ao fer este homem. Nunca haferrá um guarda-florrestal como ele. É um milagre. Digo-te, Gisborne, algum dia concordarrás comigo. Ouve, ele é irmão de zangue de todos os animais do *rukh*!

— Ficaria mais tranqüilo se pudesse entendê-lo.

— Isto firrá com o tempo. Agorra digo-te que apenas uma fez em meu zervizo, e isto zão trinta anos, encontrei um menino que tiveze comezado como este homem comezou. E ele morreu. Às vezes se oufe falar deles nos relatórrios dos rezenzeamentos, mas todos morrem. Este homem zobrefifeu, e é um anacronismo, por zer anterior à Idade da Pedra. Olha aqui, ele está nos primórdios da história da humanidade... Adão no Parraíso, e agorra zó prezizamos de uma Efa! Não! Ele é mais felho que esta lenda, da mesma forma que o *rukh* é mais felho que os deuses. Gisborne, agorra zou pagão, de uma fez por todas.

Pelo resto da longa noite, Muller sentou-se fumando e fumando, olhando e olhando para dentro da escuridão, seus lábios movendo-se em múltiplas citações, e um grande encantamento estampado em seu rosto. Foi para sua tenda, mas logo saiu outra vez, em seu majestoso pijama rosa, e foram estas as últimas palavras que Gisborne ouviu-o dirigir ao *rukh*, no profundo silêncio da meia-noite, proferidas com enorme ênfase:

— Emborra me iludir e ornar eu poza,
Zois nobreza, mudez, antiguidade,
Priapo fozo pai, Libitina foza
Mãe, zois da Grézia difindade.

— Agorra zei que, pagão ou cristão, nunca conhezerrei a verdadeirra naturreza do *rukh*!

Era meia-noite no bangalô, uma semana mais tarde, quando Abdul Gafur, transfigurado pelo ódio, chegou ao pé da cama de Gisborne e, sussurrando, pediu-lhe que acordasse:

— Levantai-vos, *Sahib* — gaguejou ele. — Levantai-vos e trazei vossa arma. Minha honra está perdida. Levantai-vos e matai-me antes que alguém me veja.

O velho tinha as feições alteradas e Gisborne o encarava estupefato.

— Era por isso, então, que aquele pária da selva me ajudava a limpar a mesa do *Sahib*, buscava água e depenava as aves. Eles se foram juntos apesar de todas as minhas surras, e agora ele está sentado entre seus demônios, arrastando a alma dela para as profundezas. Levantai-vos, *Sahib*, e vinde comigo!

Empurrou um rifle na mão semi-adormecida de Gisborne e quase o arrastou do quarto para a varanda.

— Estão no *rukh*, mesmo ao alcance da arma. Vinde comigo em silêncio.

— Mas o que é isto? Qual é o problema, Abdul?

— Mowgli e seus demônios. E também minha própria filha — disse Abdul Gafur.

Gisborne suspirou e seguiu seu guia. Não fora sem motivo, percebeu, então, que Abdul Gafur espancara sua filha noite após noite, e não fora sem motivo que Mowgli ajudara nos trabalhos domésticos um homem a quem seus próprios poderes, fossem quais fossem, induziram a roubar. Além disso, o namoro na floresta anda ligeiro.

Ouviram o som surdo de uma flauta no *rukh*, como se algum deus vagasse pelo bosque e, ao se aproximarem, um murmúrio de vozes. O caminho terminava em uma pequena clareira semicircular cercada em parte pelo capinzal e em parte pelas árvores. No centro, sobre um tronco caído, de costas para os observadores e com o braço em volta do pescoço da filha de Abdul Gafur, estava Mowgli, coroado de flores novas, tocando uma flauta rústica de bambu, a cuja música quatro enormes lobos dançavam solenes sobre as patas traseiras.

— São seus demônios — murmurou Abdul Gafur.

Trazia um punhado de cartuchos na mão. Os animais caíram com uma nota prolongada e trêmula, e ficaram quietos, os olhos verdes fitando a moça.

— Observa — disse Mowgli, pondo de lado a flauta. — Há algo a temer? Já te disse, pequena corajosa, que não havia, mas não acreditaste. Teu pai disse... ah, se tivesses podido ver teu pai sendo guiado pelo caminho do *nilghai*! Teu pai disse que eram demônios; e, por Alá, que é teu Deus, não me espanto por ele pensar assim.

A moça deu uma risadinha modulada e Gisborne ouviu Abdul Gafur ranger os poucos dentes que lhe restavam. Esta não era, absolutamente, a menina que Gisborne vira de soslaio, esgueirando-se pela casa, velada e silenciosa, mas outra: uma mulher que florescera em uma noite, como a orquídea floresce em uma hora de calor e umidade.

— Mas eles são meus companheiros e irmãos, filhos da mesma mãe que me alimentou, como te contei atrás da cozinha — Mowgli continuou. — Filhos do pai que ficava entre mim e o frio na boca da caverna, quando eu era uma criancinha nua. Olha — um lobo ergueu a mandíbula pardacenta, salivando no joelho de Mowgli — meu irmão sabe que estou falando deles. Sim, quando eu era criancinha, ele era um filhote e rolava comigo na lama.

— Mas disseste que nasceste humano — arrulhou a moça, aninhando-se em seu ombro. — És humano?

— Disseste! E ainda mais, sei que nasci humano, porque meu coração te pertence, pequenina.

A cabeça da moça caiu no peito de Mowgli. Gisborne levantou a mão para deter Abdul Gafur, que não fora, absolutamente, tocado pelo encantamento da cena.

— Mas eu era um lobo entre lobos; contudo, chegou um tempo em que Aqueles da selva me convidaram a sair porque eu era um homem.

— Quem te convidou a sair? Isto não parece conversa de um verdadeiro homem.

— Os próprios animais. Pequenina, não acreditarias se te contassem, mas assim ocorreu. Os animais da selva me convidaram a sair, mas estes quatro seguiram-me por eu ser seu irmão. Fui então pastor de gado entre os homens, tenho aprendido sua língua. *Ho! Ho!* Meus irmãos não davam descanso àquele rebanho, até que uma mulher (era uma velha, querida) viu-me brincar à noite com meus irmãos nas plantações. Disseram que eu estava possuído pelo demônio e me expulsaram daquela aldeia com paus e pedras, e os quatro vieram comigo em segredo, não mais às claras. Foi quando aprendi a comer comida cozida e a conversar sem timidez. De aldeia em aldeia, fui, do fundo do coração, pastor de gado, guarda de búfalos, trilheiro de caça, mas não houve homem que ousasse erguer um dedo contra mim por duas vezes. — Fez uma pausa e acariciou a cabeça de um dos animais. — Também gostas deles. Não causam dano nem fazem mágica. Vê, eles te conhecem.

— Os bosques estão repletos de toda espécie de demônios — disse a moça sobressaltada.

— Mentira. Mentira para crianças — respondeu Mowgli confiante. — Deitei-me a céu aberto no orvalho, sob as estrelas, na noite escura, e eu sei. A selva é minha casa. Deve um homem temer as vigas de seu próprio teto ou uma mulher o lar de seu marido? Abaixa-te e os acaricia.

— São cães e imundos — murmurou ela, ao se adiantar, voltando a cabeça.

— "Tendo comido do fruto, perceberam que estavam nus!" — disse Abdul Gafur amargamente. — Qual a utilidade desta espera, *Sahib*? Matai!

— Psiu, tu. Deixa-nos saber o que aconteceu — disse Gisborne.

— Agiste bem — disse Mowgli, deslizando novamente o braço em volta da moça. — Cães ou não, estiveram comigo por mil aldeias.

— Ai, e onde estava então teu coração? Por mil aldeias. Viste mil donzelas. Eu... que sou... que sou apenas mais uma donzela, possuo teu coração?

— Por quem devo jurar? Por Alá, de quem falaste?

— Não, pela vida que há em ti, e ficarei satisfeita. Onde estava teu coração naquela época?

Mowgli riu um pouco.

— No estômago, porque eu era jovem e faminto. Assim, aprendi a trilhar e a caçar, enviando meus irmãos de um lado a outro e chamando-os de volta, como um rei chama seus exércitos. Desta forma guiei o *nilghai* para o jovem *Sahib* tolo, e a grande égua gorda para o grande *Sahib* gordo, quando questionaram meus poderes. Foi tão fácil quanto guiar os próprios homens. Agora mesmo — sua voz elevou-se ligeiramente —, agora mesmo sei que atrás de mim estão teu pai e o *Sahib* Gisborne. Não, não corre, pois nem dez homens ousariam mover-se um passo adiante. Ao lembrar que teu pai te espancou mais de uma vez, devo dar o sinal e guiá-lo em círculos pela *rukh*?

Um lobo levantou-se com os dentes à mostra.

Gisborne sentiu Abdul Gafur tremer a seu lado. Em seguida, o lugar que ocupava ficou vazio e o gordo homem deslizou pelo atalho.

— Permanece apenas o *Sahib* Gisborne — disse Mowgli, ainda sem se voltar —, mas comi do pão do *Sahib* Gisborne, logo estarei a seu serviço e meus irmãos serão seus criados para conduzirem os cervos e trazerem notícias. Oculta-te na relva.

A moça fugiu, o capim fechou-se atrás dela e do lobo que a defendia, e Mowgli, voltando-se com os três remanescentes, encarou Gisborne, quando o Funcionário Florestal se adiantou.

— Eis toda a magia — disse ele, apontando para os três. — O *Sahib* gordo sabia que nós, criados entre os lobos, corremos sobre os joelhos e cotovelos por uns tempos. Ao tocar meus braços e pernas, tocou a verdade que não conhecíeis. É assim tão maravilhoso, *Sahib*?

— Na verdade, é mais maravilha que magia. Estes, pois, guiaram o *nilghai*?

— Sim, como conduziriam Eblis, se eu ordenasse. São meus olhos e meus pés.

— Vê-se, porém, que Eblis não leva um rifle de dois canos. Eles ainda têm o que aprender, teus demônios, pois colocam-se um atrás do outro, de modo que dois tiros matariam os três.

— Ah, mas eles sabem que serão vossos criados assim que eu for guarda-florestal.

— Guarda ou não, Mowgli, provocaste grande humilhação em Abdul Gafur. Desonraste sua casa e difamaste seu nome.

— Se for por isto, ele foi difamado ao se apossar de vosso dinheiro e, mais ainda, ao sussurrar em vosso ouvido, há bem pouco tempo atrás, que matasse um homem indefeso. Eu mesmo conversarei com Abdul Gafur, pois sou um homem a serviço do Governo, com uma pensão. Ele realizará o casamento segundo o rito que melhor lhe aprouver ou correrá mais uma vez. Falarei com ele ao amanhecer. Quanto ao resto, o *Sahib* possui sua casa e esta é a minha. É hora de voltar a dormir, *Sahib*.

Mowgli virou-se e desapareceu no capinzal, deixando Gisborne sozinho. A sugestão do deus do bosque não deveria ser mal-interpretada; e Gisborne voltou ao bangalô, onde Abdul Gafur, transtornado pelo ódio e pelo medo, agitava-se na varanda.

— Paz, paz — disse Gisborne sacudindo-o, pois parecia que ia ter uma síncope. — O *Sahib* Muller fez dele um guarda-florestal e, como sabes, este emprego concede uma pensão ao final do trabalho, e é serviço do Governo.

— Ele é um pária, um *mlech*, um cão entre cães; um devorador de carniça! Que pensão pagará por isto?

— Alá sabe, e tu escutaste que o mal já está feito. Proclamá-lo-ias a todos os outros criados? Realiza o *shadi* rapidamente, e a moça fará dele um muçulmano. Ele é muito digno. Não te surpreendes de que, após tuas surras, ela fosse ter com ele?

— Ele disse que iria ao meu encalço com seus animais?

— Assim me pareceu. Se for um feiticeiro, é pelo menos dos bem fortes.

Abdul Gafur refletiu por algum tempo, e depois sucumbiu e bradou, esquecendo-se de que era muçulmano:

— Vós sois um brâmane. Sou vosso gado. Decidi sobre o assunto e salvai minha honra, se é que ainda pode ser salva!

Pela segunda vez, portanto, Gisborne mergulhou no *rukh* e chamou Mowgli. A resposta veio do alto e em tom nada submisso.

— Fala delicadamente — disse Gisborne, olhando para cima. — Já é tempo de despir-te de teu orgulho e dar caça a ti e teus lobos. A moça deve voltar esta noite para a casa de seu pai. Amanhã haverá o *shadi*, segundo a lei muçulmana, e depois podes levá-la contigo. Traga-a agora a Abdul Gafur.

— Eu escuto — houve um murmúrio de duas vozes conferenciando entre as folhas. — E obedeceremos. Pela última vez.

Um ano mais tarde, Muller e Gisborne cavalgavam juntos pelo *rukh*, conversando sobre assuntos profissionais. Chegaram às rochas próximas ao ribeirão Kani; Muller ia um pouco à frente. Sob a sombra de um arbusto espinhoso, espairecia um bebê moreno e nu e, do matagal logo atrás dele, assomava a cabeça de um lobo cinzento. Gisborne pôde apenas levantar de um golpe o rifle de Muller, e a bala rasgou a folhagem dos galhos acima deles.

— Enlouqueceste? — vociferou Muller. — Olha!

— Eu vejo — disse Gisborne calmamente. — A mãe está em algum lugar perto daqui. Despertareis toda a alcatéia, por Javé!

Os arbustos abriram-se mais uma vez e uma mulher sem véu arrebatou a criança.

— Quem atirou, *Sahib*? — gritou ela para Gisborne.

— Este *Sahib*. Ele não se lembrava da gente do teu marido.

— Não se lembrava? Mas, na verdade, deve ser assim, pois nós, que vivemos entre eles, esquecemo-nos de que são totalmente estranhos. Mowgli está ribeirão abaixo, pescando. O *Sahib* deseja vê-lo? Saí daí, mal-educados. Saí das moitas e fazei vosso serviço aos *Sahibs*.

Os olhos de Muller arregalavam-se cada vez mais. Suspendeu-se sobre a égua ofegante e desmontou, enquanto da selva escapavam quatro lobos que cercaram Gisborne com agrados. A mãe ficou amamentando a criança e repelindo-os quando roçavam seus pés nus.

— Estáveis totalmente certo quanto a Mowgli — disse Gisborne. — Tencionava contar-vos, mas habituei-me de tal forma a esta companhia, nos últimos doze meses, que se me escapou da memória.

— Ó, não te desculpes — falou Muller. — Não é nada. *Gott in Himmel!* "Eu operro milagres... e eles ocorrem!"

S. Tresilian

Glossário

Algente: (adj.) muito frio; gélido, glacial.
Alígero: (adj.) ligeiro, veloz, rápido.
Aprisco: (s. m.) curral; covil, toca.
Arautos: (s. m.) emissário, mensageiro; pregoeiro; núncio.
Archotes: (s. m.) facho breado que se acende para iluminar, em geral ao ar livre.
Aríete: (s. m.) antiga máquina de guerra usada para abater muralhas.

Barroca: (s. f.) cova.
Bochornal: (adj.) quente, calorento; sufocante.

Caçoula: (s. f.) pequena peça de madeira, cilíndrica, com um rebaixo de meia-cana para ajustar-se a uma enxárcia ou estai.
Carbúnculo: (s. m.) antiga designação da granada almandina, lapidada em cabucho.
Cavilha: (s. f.) peça de madeira ou de metal usada para juntar ou segurar madeiras, chapas, etc., ou tapar um orifício. Tem cabeça numa das extremidades e, na outra, uma fenda que a mantém presa por meio de chaveta.
Charrua: (adj.; sentido fig.) a agricultura, o campo.
Chibata: (s. f.) chicote.
Corpanzil: (s. m.) grande corpo; corpaço.

Desfastio: (s. m.) *por desfastio*: para entreter; por graça.
Diadema: (s. m.) coroa, grinalda.
Dimanar: (v.) originar-se, provir, proceder, derivar.

Embira: (s. f.) qualquer casca ou cipó usado para amarrar.
Embrechado: (s. m.) ornamentado com ouro (dentro do nosso contexto).
Enxergão: (s. m.) espécie de colchão de palha muito apertada, que se coloca por debaixo do colchão da cama.

Farnel: (s. m.) saco ou bolsa em que se colocam provisões para uma jornada.
Fauce: (s. f.) garganta, goela, mandíbula.
Fímbria: (s. f.) franja, orla.
Fojo: (s. m.) cova funda, cuja abertura se tapa ou disfarça com ramos, a fim de que caiam animais ferozes nela.
Formão: (s. m.) utensílio de carpinteiro ou de ferrador, com uma extremidade chata e cortante, e a outra embutida em um cabo de madeira.
Forquilha: (s. f.) pau ou tronco bifurcado.
Frouxel: (s. m.) fluidez, maciez, suavidade.

Galhardo: (adj.) elegante.
Gamo: (s. m.) ruminante asiático semelhante ao veado, mas que tem a cauda comprida e a parte superior dos galhos achatada e palmada.
Gonzo: (s. m.) dobradiça.
Grei: (s. f.) nação, povo.
Guarida: (s. f.) abrigo, refúgio.

Horda: (s. f.) tribo nômade.

Ilharga: (s. f.) cada uma das partes laterais e inferiores do baixo-ventre.
Impar: (v.) mostrar-se soberbo.
Incontinente: (adv.) imediatamente.
Iterativo: (adj.) repetido.

Javardo: (s. m.) javali.
Jirau: (s. m.) espécie de plataforma; qualquer armação que repousa sobre forquilhas para diversos fins.

Liana: (s. f.) trepadeira lenhosa, geralmente de grande tamanho, semelhante ao cipó.
Liteira: espécie de cadeirinha coberta, sustentada por dois longos varais e conduzida por duas bestas ou dois homens.

Macega: (s. f.) erva daninha que surge nas searas.
Magote: (s. m.) grande porção de pessoas ou de coisas; grande número; grande quantidade.
Merencório: (adj.) melancólico.
Milhano: (s. m.) ave de rapina, européia, da família dos falconídeos.
Minudência: (s. f.) pormenor. Exame atento, observação escrupulosa.
Momo: (s. m.) zombaria.
Monturo: (s. m.) monte de lixo, de imundícies, de coisas sujas ou imprestáveis; lixeira.
Mundéu: (s. m.) armadilha de caça.

Nédio: (adj.) luzidio, brilhante, nítido; de pele lustrosa.
Nilgó: (s. m.) antílope asiático de pelagem curta, cinzenta e com pequenos cornos presentes apenas nos machos.

Onzeneiro: (adj.) intrigante, mexeriqueiro, bisbilhoteiro.
Outeiro: (s. m.) pequeno monte.

Pago: (s. m.) o lugar natal; o povoado.
Palanquim: (s. m.) espécie de liteira usada na Índia e na China.
Pária: (s. m.) no sistema hindu de castas, a mais baixa, constituída pelos indivíduos privados de todos os direitos religiosos ou sociais, quer pelo seu nascimento, quer pela sua exclusão da sociedade bramânica.
Paul: (s. m.) pântano.
Perquirir: (v.) pesquisar, indagar, perscrutar, esquadrinhar.
Plaga: (s. f.) região, terreno; trato de terreno.
Podriqueira: (s. f.) podridão.
Potoca: (s. f.) mentira.
Proscrito: (s. m.) aquele que foi desterrado; emigrado.

Ravina: (s. f.) enxurrada que cai de lugar elevado ou escavação provocada por ela.

Razia: (s. f.) destruição, devastação; invasão predatória em território inimigo.
Rebôo: (s. m.) eco.
Refrega: (s. f.) briga, luta.
Repuxo: (s. m.) jato.

Segar: (v.) ceifar, cortar; pôr fim.
Surdir: (v.) sair da terra; brotar (água); aparecer, surgir.

Tapera: (s. f.) habitação ou aldeia abandonada.
Tareco: (s. m.) tralha.
Teca: (s. f.) árvore asiática de grande porte, importante em todo o mundo pela sua excelente madeira, clara e durável.
Trapa: (s. f.) cova apropriada para caçar feras.
Trautear: (v.) cantarolar.
Turíbulo: (s. m.) incensário.

Voçoroca: (s. f.) desmoronamento que dá origem a um "buracão"; ravina.

Rudyard Kipling

LUIZ CARLOS GABRIEL

O autor e sua obra

Rudyard Kipling nasceu em Bombaim, na Índia, em 1865. Seu pai, John Lockwood Kipling, foi autor e ilustrador de *Beast and man in India*, e sua mãe era irmã de Lady Burne-Jones. Em 1871, Kipling foi levado da Índia para a Inglaterra, em Southsea, onde estudou e passou cinco anos morando com pais adotivos. Essa experiência é contada no livro *The light that failed* (1890). Os anos que passou no United Service College, uma escola para filhos de oficiais, são retratados em *Stalky & Co.* (1899), cujo personagem, Beetle, é uma espécie de auto-retrato.

Começou a escrever poesia durante a faculdade e *Schoolboy lyrics* foi publicado discretamente em 1881. No ano seguinte, começou a trabalhar como jornalista e editor assistente na Índia, na *Civil Military Gazette*. No período em que ficou no país, escreveu histórias, *sketches*, poemas, notavelmente o livro *Simples contos das colinas* (1888), obra que o transformou em uma iminente celebridade literária quando voltou para a Inglaterra, em 1889. *Baladas da caserna* (1892) apresenta alguns de seus poemas mais conhecidos, incluindo "Mandalay", Gunga din" e "Danny Deever". Nessa coletânea, Kipling experimentou formas e dialetos, especialmente o *cockney* dos poemas dos soldados, mas as influências de hinos, músicas do teatro de variedades, baladas e poemas populares pode ser encontrada em toda a sua poesia.

Em 1892, casou-se com uma americana, Caroline Balestier, e de 1892 a 1896 o casal viveu em Vermont, onde Kipling escreveu *O Livro da Jângal*, publicado em 1894. Em 1901, publicou *Kim* e, em 1902, *Just so stories*. Narrativas de todos os tipos, inclusive históricas e de ficção científica, continuaram a fluir de sua pena; no entanto, *Kim* é considerada sua obra-prima, colocando-o num lugar privilegiado entre os cronistas da expansão britânica.

A partir de 1902, Kipling passou a morar em Sussex, mas continuou a viajar pelo mundo e vislumbrou os primeiros sinais de guerra na África do Sul, onde escreveu excelentes reportagens sobre a Guerra dos Bôeres. Entretanto, muitas de suas opiniões foram rejeitadas por antiimperialistas que o acusavam de jingoísmo e de ter um espírito belicoso. Em 1927, durante o governo Washington Luís, esteve no Brasil e visitou o Rio de Janeiro, São Paulo e Cubatão. Suas impressões sobre esta viagem foram publicadas no livro *Cenas brasileiras*.

Apesar de rico e bem-sucedido, ele nunca mais desfrutou do apreço literário dos primeiros anos. Com o advento da Primeira Guerra, seu trabalho tornou-se muito mais melancólico. A morte do filho único, em 1915, também contribuiu para uma visão de mundo mais intimista. As histórias que escreveu nessa época, *A diversity of creatures* (1917), *Debits and credits* (1926) e *Fins e recomeços* (1932) são consideradas como o que há de mais requintado em sua escrita.

Kipling recusou o papel de Poeta Laureado e outras honras civis, mas foi o primeiro escritor inglês a receber o Prêmio Nobel de Literatura, em 1907. Faleceu em 1936, aos 71 anos, em Londres.

Cronologia

1865 – *30 de dezembro* – Nasce em Bombaim, Índia. Pai, John Lockwood Kipling; mãe, Alice Macdonald.

1871 – Vai para Londres e fica hospedado na casa do Capitão Holloway.

1881 – Volta à Índia e se torna assistente do editor do *Civil and Military Gazette*: início de sua vida como jornalista e escritor.

1894 – Publica *O Livro da Jângal*.

Rudyard Kipling em visita ao Brasil, 1927.

1895 – Publica o *Segundo Livro da Jângal.*

1901 – Publica *Kim.*

1907 – Recebe o Prêmio Nobel de Literatura.

1923 – Publica *Land and Sea Tales for Scouts and Guides.*

1927 – Visita o Brasil.

1936 – *18 de janeiro* – Falece em Londres, vítima de úlcera gástrica.

Índice

O Livro da Jângal

Relação dos Volumes Publicados

1. Dom Casmurro
Machado de Assis
2. O Príncipe
Maquiavel
3. Mensagem
Fernando Pessoa
4. O Lobo do Mar
Jack London
5. A Arte da Prudência
Baltasar Gracián
6. Iracema
José de Alencar
7. Inocência
Visconde de Taunay
8. A Mulher de 30 Anos
Honoré de Balzac
9. A Moreninha
Joaquim Manuel de Macedo
10. A Escrava Isaura
Bernardo Guimarães
11. As Viagens - "Il Milione"
Marco Polo
12. O Retrato de Dorian Gray
Oscar Wilde
13. A Volta ao Mundo em 80 Dias
Júlio Verne
14. A Carne
Júlio Ribeiro
15. Amor de Perdição
Camilo Castelo Branco
16. Sonetos
Luís de Camões
17. O Guarani
José de Alencar
18. Memórias Póstumas de Brás Cubas
Machado de Assis
19. Lira dos Vinte Anos
Álvares de Azevedo
20. Apologia de Sócrates
Platão
21. A Metamorfose/Carta a Meu Pai/Um Artista da Fome
Franz Kafka
22. Assim Falou Zaratustra
Friedrich Nietzsche
23. Triste Fim de Policarpo Quaresma
Lima Barreto
24. A Ilustre Casa de Ramires
Eça de Queirós
25. Memórias de um Sargento de Milícias
Manuel Antônio de Almeida
26. Robinson Crusoé
Daniel Defoe
27. Espumas Flutuantes
Castro Alves
28. O Ateneu
Raul Pompéia
29. O Noviço
Martins Pena
30. A Relíquia
Eça de Queirós
31. O Jogador
Dostoiévski
32. Histórias Extraordinárias
Edgar Allan Poe
33. Os Lusíadas
Luís de Camões
34. As Aventuras de Tom Sawyer
Mark Twain
35. Bola de Sebo e Outros Contos
Guy de Maupassant
36. A República
Platão
37. Elogio da Loucura
Erasmo de Rotterdam
38. Caninos Brancos
Jack London
39. Hamlet
William Shakespeare
40. A Utopia
Thomas More
41. O Processo
Franz Kafka
42. O Médico e o Monstro
Robert Louis Stevenson
43. Ecce Homo
Friedrich Nietzsche
44. O Manifesto Comunista
Marx e Engels
45. Discurso do Método / Regras para a Direção do Espírito
René Descartes
46. Do Contrato Social
Jean-Jacques Rousseau
47. A Luta pelo Direito
Rudolf von Ihering
48. Dos Delitos e das Penas
Cesare Beccaria
49. A Ética Protestante e o Espírito do Capitalismo
Max Weber
50. O Anticristo
Friedrich Nietzsche
51. Os Sofrimentos do Jovem Werther
Goethe
52. As Flores do Mal
Charles Baudelaire
53. Ética a Nicômaco
Aristóteles
54. A Arte da Guerra
Sun Tzu
55. Imitação de Cristo
Tomás de Kempis
56. Cândido ou o Otimismo
Voltaire
57. Rei Lear
William Shakespeare
58. Frankenstein
Mary Shelley
59. Quincas Borba
Machado de Assis
60. Fedro
Platão
61. Política
Aristóteles
62. A Viuvinha / Encarnação
José de Alencar
63. As Regras do Método Sociológico
Émile Durkheim
64. O Cão dos Baskervilles
Sir Arthur Conan Doyle
65. Contos Escolhidos
Machado de Assis
66. Da Morte / Metafísica do Amor / Do Sofrimento do Mundo
Arthur Schopenhauer
67. As Minas do Rei Salomão
Henry Rider Haggard
68. Manuscritos Econômico-Filosóficos
Karl Marx
69. Um Estudo em Vermelho
Sir Arthur Conan Doyle
70. Meditações
Marco Aurélio
71. A Vida das Abelhas
Maurice Materlinck
72. O Cortiço
Aluísio Azevedo
73. Senhora
José de Alencar
74. Brás, Bexiga e Barra Funda / Laranja da China
Antônio de Alcântara Machado
75. Eugênia Grandet
Honoré de Balzac
76. Contos Gauchescos
João Simões Lopes Neto
77. Esaú e Jacó
Machado de Assis
78. O Desespero Humano
Sören Kierkegaard
79. Dos Deveres
Cícero
80. Ciência e Política
Max Weber
81. Satíricon
Petrônio
82. Eu e Outras Poesias
Augusto dos Anjos
83. Farsa de Inês Pereira / Auto da Barca do Inferno / Auto da Alma
Gil Vicente
84. A Desobediência Civil e Outros Escritos
Henry David Toreau
85. Para Além do Bem e do Mal
Friedrich Nietzsche
86. A Ilha do Tesouro
R. Louis Stevenson
87. Marília de Dirceu / Cartas Chilenas
Tomás A. Gonzaga
88. As Aventuras de Pinóquio
Carlo Collodi
89. Segundo Tratado Sobre o Governo
John Locke
90. Amor de Salvação
Camilo Castelo Branco
91. Broquéis/Faróis
Cruz e Souza
92. I-Juca-Pirama / Os Timbiras / Outros Poemas
Gonçalves Dias
93. Romeu e Julieta
William Shakespeare
94. A Capital Federal
Arthur Azevedo
95. Diário de um Sedutor
Sören Kierkegaard
96. Carta de Pero Vaz Caminha a El-Rei Sobre o Achamento do Brasil
97. Casa de Pensão
Aluísio Azevedo
98. Macbeth
William Shakespeare
99. Édipo Rei/Antígona
Sófocles
100. Lucíola
José de Alencar
101. As Aventuras de Sherlock Holmes
Sir Arthur Conan Doyle
102. Bom-Crioulo
Adolfo Caminha
103. Helena
Machado de Assis
104. Poemas Satíricos
Gregório de Matos
105. Escritos Políticos / A Arte da Guerra
Maquiavel

106. **Ubirajara**
José de Alencar

107. **Diva**
José de Alencar

108. **Eurico, o Presbítero**
Alexandre Herculano

109. **Contos**
Lima Barreto

110. **A Luneta Mágica**
Joaquim Manuel de Macedo

111. **Fundamentação da Metafísica dos Costumes**
Immanuel Kant

112. **O Príncipe e o Mendigo**
Mark Twain

113. **O Domínio de Si Mesmo pela Auto-Sugestão Consciente**
Émile Coué

114. **O Mulato**
Aluísio Azevedo

115. **Sonetos**
Florbela Espanca

116. **Uma Estadia no Inferno / Poemas / Carta do Vidente**
Arthur Rimbaud

117. **Várias Histórias**
Machado de Assis

118. **Fédon**
Platão

119. **Poesias**
Olavo Bilac

120. **A Conduta para a Vida**
Ralph Waldo Emerson

121. **O Livro Vermelho**
Mao Tsé-Tung

122. **Oração aos Moços**
Rui Barbosa

123. **Otelo, o Mouro de Veneza**
William Shakespeare

124. **Ensaios**
Ralph Waldo Emerson

125. **De Profundis / Balada do Cárcere de Reading**
Oscar Wilde

126. **Crítica da Razão Prática**
Immanuel Kant

127. **A Arte de Amar**
Ovídio Naso

128. **O Tartufo ou o Impostor**
Molière

129. **Metamorfoses**
Ovídio Naso

130. **A Gaia Ciência**
Friedrich Nietzsche

131. **O Doente Imaginário**
Molière

132. **Uma Lágrima de Mulher**
Aluísio Azevedo

133. **O Último Adeus de Sherlock Holmes**
Sir Arthur Conan Doyle

134. **Canudos - Diário de uma Expedição**
Euclides da Cunha

135. **A Doutrina de Buda**
Siddharta Gautama

136. **Tao Te Ching**
Lao-Tsé

137. **Da Monarquia / Vida Nova**
Dante Alighieri

138. **A Brasileira de Prazins**
Camilo Castelo Branco

139. **O Velho da Horta / Quem Tem Farelos?**
Gil Vicente

140. **O Seminarista**
Bernardo Guimarães

141. **O Alienista**
Machado de Assis

142. **Sonetos**
Manuel du Bocage

143. **O Mandarim**
Eça de Queirós

144. **Noite na Taverna/Macário**
Álvares de Azevedo

145. **Viagens na Minha Terra**
Almeida Garret

146. **Sermões Escolhidos**
Padre Antonio Vieira

147. **Os Escravos**
Castro Alves

148. **O Demônio Familiar**
José de Alencar

149. **A Mandrágora / Belfagor, o Arquidiabo**
Maquiavel

150. **O Homem**
Aluísio Azevedo

151. **Arte Poética**
Aristóteles

152. **A Megera Domada**
William Shakespeare

153. **Alceste/Electra/Hipólito**
Eurípedes

154. **O Sermão da Montanha**
Huberto Rohden

155. **O Cabeleira**
Franklin Távora

156. **Rubáiyát**
Omar Khayyám

157. **Luzia-Homem**
Domingos Olímpio

158. **A Cidade e as Serras**
Eça de Queirós

159. **A Retirada da Laguna**
Visconde de Taunay

160. **A Viagem ao Centro da Terra**
Júlio Verne

161. **Caramuru**
Frei Santa Rita Durão

162. **Clara dos Anjos**
Lima Barreto

163. **Memorial de Aires**
Machado de Assis

164. **Bhagavad Gita**
Krishna

165. **O Profeta**
Khalil Gibran

166. **Aforismos**
Hipócrates

167. **Kama Sutra**
Vatsyayana

168. **O Livro da Jângal**
Rudyard Kipling

169. **De Alma para Alma**
Huberto Rohden

170. **Orações**
Cícero

171. **Sabedoria das Parábolas**
Huberto Rohden

172. **Salomé**
Oscar Wilde

173. **Do Cidadão**
Thomas Hobbes

174. **Porque Sofremos**
Huberto Rohden

175. **Einstein: o Enigma do Universo**
Huberto Rohden

176. **A Mensagem Viva do Cristo**
Huberto Rohden

177. **Mahatma Gandhi**
Huberto Rohden

178. **A Cidade do Sol**
Tommaso Campanella

179. **Setas para o Infinito**
Huberto Rohden

180. **A Voz do Silêncio**
Helena Blavatsky

181. **Frei Luís de Sousa**
Almeida Garrett

182. **Fábulas**
Esopo

183. **Cântico de Natal/ Os Carrilhões**
Charles Dickens

184. **Contos**
Eça de Queirós

185. **O Pai Goriot**
Honoré de Balzac

186. **Noites Brancas e Outras Histórias**
Dostoiévski

187. **Minha Formação**
Joaquim Nabuco

188. **Pragmatismo**
William James

189. **Discursos Forenses**
Enrico Ferri

190. **Medéia**
Eurípedes

191. **Discursos de Acusação**
Enrico Ferri

192. **A Ideologia Alemã**
Marx & Engels

193. **Prometeu Acorrentado**
Ésquilo

194. **Iaiá Garcia**
Machado de Assis

195. **Discursos no Instituto dos Advogados Brasileiros**
Rui Barbosa

196. **Édipo em Colono**
Sófocles

197. **A Arte de Curar pelo Espírito**
Joel S. Goldsmith

198. **Jesus, o Filho do Homem**
Khalil Gibran

199. **Discurso sobre a Origem e os Fundamentos da Desigualdade entre os Homens**
Jean-Jacques Rousseau

200. **Fábulas**
La Fontaine

201. **O Sonho de uma Noite de Verão**
William Shakespeare

202. **Maquiavel, o Poder**
José Nivaldo Junior

203. **Ressurreição**
Machado de Assis

204. **O Caminho da Felicidade**
Huberto Rohden

205. **A Velhice do Padre Eterno**
Guerra Junqueiro

206. **O Sertanejo**
José de Alencar

207. **Gitañjali**
Rabindranath Tagore

208. **Senso Comum**
Thomas Paine

209. **Canaã**
Graça Aranha

210. **O Caminho Infinito**
Joel S. Goldsmith

211. **Pensamentos**
Epicuro

212. **A Letra Escarlate**
Nathaniel Hawthorne

213. **Autobiografia**
Benjamin Franklin

214. **Memórias de Sherlock Holmes**
Sir Arthur Conan Doyle

215. **O Dever do Advogado / Posse de Direitos Pessoais**
Rui Barbosa

216. **O Tronco do Ipê**
José de Alencar

217. **A Consolação da Filosofia**
Boécio

218. **Contos Amazônicos**
Inglez de Souza

219. **Tempestade**
William Shakespeare

220. **Ondas**
Euclides da Cunha

221. **Educação do Homem Integral**
Huberto Rohden

222. **Novos Rumos para a Educação**
Huberto Rohden

223. **Mulherzinhas**
Louise May Alcott

224. **A Mão e a Luva**
Machado de Assis

225. **A Morte de Ivan Ilicht / Senhores e Servos**
Tolstói

226. **Álcoois**
Apollinaire

227. **Pais e Filhos**
Ivan Turguêniev

228. **Alice no País das Maravilhas**
Lewis Carroll

229. **À Margem da História**
Euclides da Cunha

230. **Viagem ao Brasil**
Hans Staden

Série Ouro
(Livros com mais de 400 p.)

1. **Leviatã**
Thomas Hobbes

2. **A Cidade Antiga**
Fustel de Coulanges

3. **Crítica da Razão Pura**
Immanuel Kant

4. **Confissões**
Santo Agostinho

5. **Os Sertões**
Euclides da Cunha

6. **Dicionário Filosófico**
Voltaire

7. **A Divina Comédia**
Dante Alighieri

8. **Ética**
Baruch de Spinoza

9. **Do Espírito das Leis**
Montesquieu

10. **O Primo Basílio**
Eça de Queirós

11. **O Crime do Padre Amaro**
Eça de Queirós

12. **Crime e Castigo**
Dostoiévski

13. **Fausto**
Goethe

14. **O Suicídio**
Émile Durkheim

15. **Odisséia**
Homero

16. **Paraíso Perdido**
John Milton

17. **Drácula**
Bram Stocker

18. **Ilíada**
Homero

19. **As Aventuras de Huckleberry Finn**
Mark Twain

20. **Paulo – O 13º Apóstolo**
Ernest Renan

21. **Eneida**
Virgílio

22. **Pensamentos**
Blaise Pascal

23. **A Origem das Espécies**
Charles Darwin

24. **Vida de Jesus**
Ernest Renan

25. **Moby Dick**
Herman Melville

26. **Os Irmãos Karamazovi**
Dostoiévski

27. **O Morro dos Ventos Uivantes**
Emily Brontë

28. **Vinte Mil Léguas Submarinas**
Júlio Verne

29. **Madame Bovary**
Gustave Flaubert

30. **O Vermelho e o Negro**
Stendhal

31. **Os Trabalhadores do Mar**
Victor Hugo

32. **A Vida dos Doze Césares**
Suetônio

33. **Grandes Esperanças**
Charles Dickens

34. **O Idiota**
Dostoiévski

35. **Paulo de Tarso**
Huberto Rohden

36. **O Peregrino**
John Bunyan

37. **As Profecias**
Nostradamus